PETE NELSON

Ich lass dich nicht allein

GOLDMANN
Lesen erleben

Buch

Das Leben meint es nicht gut mit Paul Gustavson: Seine Frau hat ihn verlassen, sein Vater hat einen Schlaganfall erlitten, sein Bruder ist dabei, das ganze Vermögen der Familie bei Börsenspekulationen zu verlieren, und seine neue Freundin Tamsen entscheidet sich für einen anderen Mann. Und Paul selbst, der sein Geld als Autor von billigen Ratgebern verdient, leidet unter einer Schreibblockade. Aber Paul hat Stella. Stella, eine betagte Labrador-Schäferhund-Dame, ist die einzige Konstante in Pauls Leben. Sie urteilt nicht über ihn, sie schenkt ihm bedingungslose Liebe, und sie kennt Paul besser als er sich selbst. Und wenn Paul nicht weiterweiß, dann fragt er Stella um Rat, die ihm auch prompt eine Antwort gibt – eine Antwort, die niemand hört, außer ihm selbst.

Als Paul in der größten Krise seines Lebens ist, geht er jeden Abend in die Bay State Bar und ersäuft seinen Kummer in unzähligen Cocktails. Stella begleitet ihn nie in die Kneipe – lieber würde sie Katzenfutter fressen, als diese Spelunke zu betreten. Aber sie wartet jede Nacht im Vorraum des Lokals und bringt den angetrunkenen Paul dann treu nach Hause. Doch so kann es nicht weitergehen – das weiß Stella, und das weiß auch Paul selbst. Also beschließt Paul, sein Leben zu ändern – und kauft sich als Erstes ein Paar neue Turnschuhe. Aber was ist ein Leben ohne Cocktails und mit Sport, wenn ein Lebenspartner fehlt. Hat Paul Tamsen wirklich an den gutaussehenden, erfolgreichen »Supermann« Stephen verloren? Schließlich ist Tamsen der einzige Mensch, den Stella fast so sehr liebt wie Paul. Und Stella kann sich nicht irren …

Autor

Pete Nelson ist Journalist und Autor zahlreicher preisgekrönter Jugendbücher. Als Liedermacher verfügt er über eine treue Fangemeinde. Mit seiner Frau und seinem Sohn lebt er in Westchester, New York. »Ich lass dich nicht allein« ist sein erster Roman.

Pete Nelson

Ich lass dich nicht allein

Roman

Aus dem Amerikanischen
von Christine Heinzius

GOLDMANN

Die Originalausgabe erschien 2011
unter dem Titel »I Thought You Were Dead«
bei Algonquin Books of Chapel Hill, New York.

FSC
www.fsc.org
MIX
Papier aus verantwortungsvollen Quellen
FSC® C014496

Verlagsgruppe Random House FSC-DEU-0100
Das FSC®-zertifizierte Papier *Holmen Book Cream* für dieses Buch
liefert Holmen Paper, Hallstavik, Schweden.

1. Auflage
Deutsche Erstveröffentlichung November 2011
First published in the United States under the title
I Thought You Were Dead: A Love Story

Published by arrangement with Algonquin Books of Chapel Hill,
a division of Workman Publishing Company, New York.

Umschlaggestaltung: UNO Werbeagentur München
Umschlagfoto: © FinePic, München; Getty Images /
Jetta Productions / Walter Hodges
Redaktion: Gerhard Seidl
BH · Herstellung: Str.
Druck und Bindung: GGP Media GmbH, Pößneck
Printed in Germany
ISBN: 978-3-442-47479-0

www.goldmann-verlag.de

Für Jen und Jack

TEIL 1
Winter/Frühling

Einzelne Herzzellen schlagen in ihrem eigenen Rhythmus, wenn man sie voneinander trennt, ein Phänomen, das leicht unter dem Mikroskop beobachtet werden kann. Es ist seit Langem bekannt, dass sie ihren Rhythmus synchronisieren, wenn man sie zusammenlegt. Aktuelle Studien haben jedoch gezeigt, dass die Herzzellen sich synchronisieren, kurz *bevor* sie sich berühren. Es ist nicht bekannt, wie sie über diese Entfernung miteinander kommunizieren. Einige Wissenschaftler spekulieren, dass diese Kommunikationsmethode große Entfernungen überbrücken und vielleicht erklären könnte, wie soziale Tiere Verbindungen aufbauen oder wie Haustiere zu spüren scheinen, wann ihre Herrchen nach Hause kommen, oder sogar, wie Menschen sich verlieben, ein Herz das andere ruft.

Paul Gustavson, *Natur für Deppen*

ERSTES KAPITEL

Zwei, die nirgendwohin unterwegs sind

Im Winter 1998, am Ende des zwanzigsten Jahrhunderts, in einer kleinen Universitätsstadt am Connecticut River, auf einem Bürgersteig vor einem Haus, das so nah an den Gleisen stand, dass die Bilder an den Wänden ständig gerade gerückt werden müssten, was aber niemand tat, zog Paul Gustavson, nachdem er etwas zu viel getrunken hatte, seinen rechten Handschuh aus, klemmte ihn unter den linken Arm und suchte in seiner Hosentasche nach seinem Hausschlüssel.

Es schneite stark, was bedeutete, dass die Schneepflüge die ganze Nacht rumpelnd die Straßen räumen würden. Es war Anfang März. Paul würde am nächsten Morgen Schnee schippen müssen, ein Gefallen, den er seiner Vermieterin tat, die oben wohnte und die Miete seit Jahren nicht mehr erhöht hatte, weil er ihr immer wieder Gefallen tat. Sein tatkräftiger Nachbar hätte dann schon seine eigene Auffahrt mit seiner Schneefräse sauber gemacht, sie mit Salz und Sand bestreut und wahrscheinlich auch noch mit einem Föhn getrocknet, bevor Paul überhaupt aus dem Bett gekommen war. Paul machte das Schneeschaufeln nichts aus, auch wenn er als Kind in Minneapolis schon genug Schnee geschippt hatte, dass es für ein ganzes Leben reichte. Er musste um zwölf Uhr mittags am Flughafen sein, um in die Twin Citys zurückzufliegen, ein Flug, der nicht notwendig gewesen wäre, wäre er mehr am Ball geblieben. Manche Tage waren besser als andere.

»Ich bin zu Hause«, sagte Paul, als er eintrat und die Tür schloss, um die Kälte draußen zu halten.

»Ich dachte, du wärst tot«, sagte der Hund. Sein Name war Stella, und sie war eine Mischung aus Deutschem Schäferhund und gelbem Labrador, äußerlich Letzterem ähnlicher. Zum Glück hatte sie auch ihre Persönlichkeit von der Labradorseite der Familie geerbt, von der deutschen Seite hatte sie nur einen gewissen angeborenen Ordnungssinn und ein starkes Bedürfnis zu beschützen, doch da sie in ihrem Wurf der Omegahund gewesen war, bedeutete das nur, dass sie sich oft ausgenutzt fühlte.

»Und noch einmal, ich bin nicht tot.«

»Welch eine Freude«, sagte sie trocken. Stella hatte kein Gefühl für Dauer, sodass sie immer annahm, dass Paul tot sei, sobald er außer Sicht-, Hör- oder Riechweite war. »Wie war dein Abend?«

»Ich bin ins Bay State und habe Blues gehört«, sagte Paul. Sein Kopf drehte sich, als er sich vorbeugte, um sie hinterm Ohr zu kraulen, dabei klimperte ihr Halsband.

»Ist dir klar, dass du nur geringfügig weniger ein Gewohnheitstier bist als eine Katze?«

»Du brauchst mich ja nicht gleich zu beleidigen. Willst du spazieren gehen oder was?«

»Ein Spaziergang? Ja. Ich glaube, ein Spaziergang wäre nett. Ist es kalt draußen? Ich will nicht gehen, wenn das Wetter schlecht ist.«

»Es gibt kein schlechtes Wetter«, sagte er. »Nur schlechte Kleidung.«

Sie konnte immer noch zur Tür gehen, obwohl Paul manchmal ihr Hinterteil anheben musste, um ihr vom Hundebett herunterzuhelfen. Normalerweise nahm er den Hund überallhin mit, aber heute Abend hatte er sie wegen des Wetters zu Hause gelassen. Sie wohnten in einer Erdgeschosswohnung in einem Zweifamilienhaus zwischen den Eisenbahngleisen und dem Friedhof in Northampton, einer kleinen Collegestadt im westlichen Massachusetts.

Stella blieb auf der Veranda stehen, sah besorgt auf den Schnee und machte dann vorsichtig einen Schritt nach vorn.

»Warte«, sagte Paul, hob sie hoch und trug sie die drei Betonstufen zum Bürgersteig hinunter. Er hatte ihr eine Rampe aus einer alten Tür gebaut, auf die er Teppichfliesen genagelt hatte, so konnte sie hinaufgehen, aber hinunter war schwierig. Er stellte sie sanft ab. Sie ging vor ihm her, schnüffelte an den Büschen der Sliwoskis und am Haus direkt daneben und an allen Stellen, an denen sie in den sieben Jahren, die sie hier wohnten, stehen geblieben war, um zu schnüffeln. Sie stolperte manchmal.

Damit waren sie also zu zweit.

Paul atmete tief durch die Nase ein. Er spürte die Schneeflocken auf seinem Gesicht. Die Nachbarn auf der anderen Straßenseite hatten immer noch ihre Weihnachtsbeleuchtung angeschaltet. Die Nachbarn daneben schauten fern. Am Eckhaus blickte er auf. Die Studentin, die dort wohnte, er hatte sie Zeitungsmädchen genannt, saß wieder vor ihrem Computer, ihr Profil im zweiten Stock blau beleuchtet. Manchmal fuhr sie sich durch die Haare. Sie war wunderschön.

An der Straßenlaterne an der Ecke betrachtete er das Pflaster unter seinen Füßen. Die Schneeflocken waren so dick, dass sie Schatten warfen, die, während der Schnee fiel, im Lichtkreis der Natriumlampe ineinanderflossen. Er stand genau in der Mitte des Zusammenfließens und stellte sich vor, wie er eine Art von nördlicher Energie absorbierte, dann hörte er damit auf, bevor ihn jemand sah.

»Habe ich dir schon erzählt, dass du ein Wochenende in Chesters Haus verbringen wirst?«, sagte er dem Hund.

»Kein Problem«, sagte Stella. »Ich mag Chester.«

»Da ist nix, was man nicht mögen kann.«

»Warum komme ich in Chesters Haus?«

»Ich muss nach Hause fliegen. Mein Dad hatte einen Schlaganfall.«

»Was ist ein Schlaganfall?«

»Dabei stirbt ein Teil deines Gehirns«, sagte Paul. »Entweder verstopft ein Blutpfropfen eine Arterie, sodass dein Gehirn nicht genug Blut bekommt, oder eine Arterie platzt, und es bekommt zu viel Blut. Ich habe es nachgeschlagen.«

»Und zu viel Blut ist schlecht, aber nicht genug ist auch schlecht?«

»Ich nehme an«, sagte Paul.

»Ein Dilemma.«

»Ein Dilemma«, stimmte Paul zu. »Ironisch.«

»Also ist ein Teil seines Gehirns gestorben?«, fragte sie.

»So etwas in der Art«, sagte Paul. Sie gingen weiter.

»Welches Teil? Wie viele Teile gibt es?«

»Viele. Sie wissen noch nicht, wie schlimm es ist. Ich habe mit einem Typ in der Bar geredet, der gesagt hat, wenn sie einen frühzeitig erwischen, dann können sie den Schaden begrenzen.«

»Das hat ein Typ in der Bar gesagt?«

»Ja.«

»Immer eine gute Quelle für zuverlässige medizinische Informationen«, sagte sie. »Es tut mir leid.«

»Er hat den Weg frei geschippt.«

»Dein Dad oder der Typ in der Bar.«

»Mein Dad. Also ist es meine Schuld. Wir wollten ihm eine Schneefräse kaufen. Ich sollte mich darüber informieren und die beste heraussuchen, aber ich bin einfach noch nicht dazu gekommen. Wir hatten uns Sorgen gemacht, weil er Schnee schippte. Es gibt in unserer Familie einige Schlaganfälle und Herzinfarkte.«

Paul strich eine Handvoll Schnee von einer Motorhaube und versuchte, einen Schneeball zu formen, aber der Schnee war nicht nass genug.

»Ich bin verwirrt«, sagte Stella und hielt inne, um unten an einem Zaunpfahl zu schnüffeln. »Wenn es in der Familie liegt, wie kann es dann deine Schuld sein?«

»Er hat sich überanstrengt«, sagte Paul. »Hätten wir ihm die Schneefräse gekauft, über die ich mich informieren sollte, hätte er es leichter gehabt.«

»Hätte, wäre, könnte.«

»Auch wenn er sie wahrscheinlich gar nicht benutzt hätte. Er mochte die Bewegung.«

»Da siehst du es also. Du kannst dein Leben nicht leben, indem du dir nachträglich Vorwürfe machst.«

»Hunde«, sagte Paul und bog nach links ab.

»Wohin?«, fragte Stella.

»Ich muss ein bisschen gehen«, sagte Paul. Er ging auf den Friedhof zu.

»Auf dem Schild steht HUNDE VERBOTEN«, erinnerte Stella ihn.

»Lass uns gefährlich leben«, sagte er und schlug seinen Kragen hoch, damit ihm der Schnee nicht in den Nacken fiel. Er zog einen Handschuh aus und sah in seiner Gesäßtasche nach, ob er noch Plastiktüten dabeihatte, um die Hinterlassenschaften seines Hundes zu entfernen. Er hatte noch welche. Sie gingen auf der Straße und blieben dabei in den Reifenspuren. Das knirschende Geräusch seiner Schritte auf dem Schnee erinnerte ihn an seine Jahre als Teenager, bevor er einen Führerschein hatte, die Kilometer um Kilometer, die er gegangen war, sogar in Schneestürmen, auf der Suche nach Freunden, Abenteuer, etwas zu tun, irgendwas, um aus dem Haus zu kommen. Die Erinnerung daran, wie sehr er damals aus dem Haus seiner Eltern wegwollte, schmerzte ihn. Sie wären schon bald ganz weg, die Steine auf dem Friedhof erinnerten ihn daran. Wenn man zwischen ihnen spazierte, war es schwer, so zu tun, als sei das nicht wahr.

»Eine schöne Nacht«, sagte Stella und bemühte sich, die Dinge besser erscheinen zu lassen. »Ich liebe die Stille, wenn es schneit.«

»Ich auch.«

»Obwohl es dadurch schwieriger wird, Dinge zu riechen.«

»Warum denn das?«

»Wasser verdunstet in der Kälte nicht so wie bei Hitze«, erklärte Stella geduldig. Sie hatten dieses Gespräch schon einmal geführt.

»Weißt du, was auf dem Grabstein eines Schornsteinfegers steht?«, fragte Paul und las die Namen auf den Grabsteinen. Eine der städtischen Berühmtheiten, Sylvester Graham, war hier beerdigt. Ein Redner und Gesundheitsapostel, der oft fälschlicherweise für den Erfinder der Graham Cracker gehalten wird, obwohl er nur das Mehl erfunden hat, aus dem die Cracker gebacken werden. Die andere lokale Berühmtheit war Emily Dickinson, die auf der anderen Seite des Flusses in Amherst gelebt hat. Er fragte sich, ob die beiden sich je begegnet waren, als Zeitgenossen oder als Geister.

»Was denn, Paul?«, fragte Stella, obwohl sie den Witz schon Dutzende Male gehört hatte.

»Er kehrt nie wieder.«

»Der ist gut«, sagte Stella. »Und beim Beamten steht doch: Umgebettet – Ruhe weiter in Frieden, oder?«

»Habe ich dir den schon mal erzählt?«

»Ein oder zwei Mal«, sagte Stella. Tatsächlich erzählte er den Witz jedes Mal, wenn er den Friedhofsmauerwitz erzählte, und immer in derselben Reihenfolge. Er hatte noch andere Witze, die er in bestimmten Situationen jedes Mal erzählte. Wenn er einen Kühlschrank sieht, fragt er: »Wissen Sie, wie man einen Kühlschrank kastriert? Tür auf. Eier raus. Tür zu.« Der Hund tolerierte es. Besser als so manche Menschen, sagte Paul immer.

Als sie nach Hause kamen, trug er sie die Stufen hinauf und stellte sie auf der Veranda ab. Drinnen trank sie in der Küche etwas Wasser, roch an ihrem Napf, ob darin noch etwas Neues lag, und ging dann zu ihrem Bett an der Heizung. L. L. Bean, rotes Karo, mit Daunenfüllung, nur das Feinste, erzählte sie den anderen Hunden in der Nachbarschaft, obwohl ihr Freund Chester schwor, dass es mit Poly gefüllt sei, aber er war ein Golden – was bedeutete, nicht gerade ein Genie. Sie seufzte, als sie ihr Gewicht auf den Boden sinken ließ, und wirkte dann zufrieden. Paul warf seinen Mantel über einen Stuhl und setzte sich auf die Couch.

Er nahm die Fernbedienung des Fernsehers und begann ganz oben mit Kanal 98, schaltete langsam durch, hielt an jedem Kanal nur gerade so lange an, um sich ein Urteil zu bilden. Nein, er wollte nicht in Immobilien investieren oder in Autopolituren oder Fleckentfernern oder Haar- oder Hautpflegeprodukte, die von alternden Schauspielern und Schauspielerinnen angepriesen wurden. Er konnte sich noch erinnern, als das Kabelfernsehen in den Siebzigerjahren neu war. »Die Leute werden eine monatliche Gebühr bezahlen, um die Sender zu sehen, sodass Werbung nicht nötig sein wird, es wird werbefreies Fernsehen sein«, hatte es geheißen.

Paul schaltete den Fernseher aus. Und da behauptete Karen, er hätte keine Selbstdisziplin. Sie hat nie gern ferngesehen. Er hatte das von Beginn an gewusst und sie trotzdem geheiratet. Er konnte nur sich selbst die Schuld geben. Es war ein Fehler gewesen, den er nicht mehr begehen würde, gesetzt den Fall, dass er je die Möglichkeit hätte, ihn zu wiederholen.

Er war müde und wollte ins Bett gehen. Fliegen machte ihn nervös, sodass er wohl nicht allzu gut schlafen würde. Erst als er die Hintertür abschloss, wurde ihm bewusst, dass er vergessen hatte, seinen Anrufbeantworter abzuhören. Es gab zwei Nachrichten.

Die erste war von Tamsen, der Frau, mit der er seit drei Monaten eine Art Beziehung hatte, eigentlich keine echte Romanze, mehr ein merkwürdiger gegenseitiger Austausch von Höflichkeiten, eine wohlwollende Nähe, die körperlichen Kontakt möglich machte, weswegen er etwas Hemmungen hatte, sie einfach zurückzurufen. Doch um als echte Romanze durchzugehen, hätte die Beziehung für beide mehr für die nahe und ferne Zukunft versprechen müssen, und soweit Paul es beurteilen konnte, war ihre langfristige Prognose eher schlecht. »*Hi Paul, ich bin's. Ich rufe nur an, weil ich einen furchtbaren Tag hatte. Es sieht nicht gut aus für WebVan. Alle hier frischen ihre Lebensläufe auf und klauen Büroartikel, und da ist noch ein schlechtes Zeichen – Derek hat seinen Lieblingsflipper zur ›Reparatur‹ gegeben, so sagt er jedenfalls, aber ich wette, dass er ihn irgendwo versteckt, damit er nicht zur Insolvenzmasse gehört, wenn hier alles untergeht. Jedenfalls wollte ich nur mit dir sprechen, weil ich dich vermisse und deine Stimme hören wollte. Es ist jetzt elf Uhr, aber du kannst mich anrufen und aufwecken, wenn du möchtest. Guten Flug morgen, falls ich nichts mehr von dir höre, und ruf mich an, wenn du im Haus deiner Eltern angekommen bist. Ich weiß, dass es schwierig für dich sein wird, aber du kannst es. Ich weiß, dass du es kannst. Okay? Dein Dad kommt in Ordnung. Also, ruf mich an.«*

Sie hatte eine sexy Stimme, ein bisschen rauchig und mit einem leichten Akzent aus der Ecke Boston – Rhode Island – New York, der sie härter klingen ließ, als sie wirklich war. Es war viel zu spät, um sie zurückzurufen.

Die zweite Nachricht war von seiner Mutter, die ihre Nachrichten immer so begann: »Hi Paul, hier ist deine Mom«, als würde er ihre Stimme nicht erkennen.

»Hi Paul, hier ist deine Mom«, sagte sie. *»Es ist gegen elf abends hier, und ich bin im Mercy Hospital. Dein Vater ruht sich noch aus, und deine Schwester ist hier, und ich fahre zurück, sobald ich etwas Kaffee bekommen habe. Pastor Rolander war hier, aber er ist auch gegangen. Bits wird dich wohl am Flughafen abholen, sie hat deine Flugnummer und alles, mach dir also keine Sorgen. Ich freue mich, meinen kleinen Jungen zu sehen. Hab dich lieb. Tschüss.«*

Der Gedanke, dass es wenigstens noch einen Menschen auf der Erde gab, für den er ein kleiner Junge war, war nett.

Paul füllte ein Glas mit Eis und goss sich einen Scotch ein, er schenkte sich großzügig ein, weil es ein sehr schwieriger Abend gewesen war und morgen wahrscheinlich noch schlimmer würde. Er nahm den Drink mit ins Bett, wo er noch einen Abschnitt in *Anna Karenina* las. Er las seit ungefähr drei Jahren jeden Abend einen Abschnitt des Buchs. Er hörte Fußnägel auf dem Boden klicken. Stella war ganz allein von ihrem Hundebett aufgestanden und zu ihm gekommen.

»Willst du aufs Bett kommen?«, fragte er.

»Klar.«

»Du versprichst mir, dass du nicht mitten in der Nacht zu jaulen anfängst, damit ich dich wieder herunterlasse?«, fragte er. »Ich brauche meinen Schlaf. Chesters Herrchen und Frauchen werden dich abholen und dich mit in ihr Haus nehmen, wenn ich schon weg bin.«

»Kein Jaulen, ich verspreche es«, sagte sie.

Er hob den Hund auf sein Bett, wo er es sich an seinen Füßen bequem machte. Er versuchte zu lesen. Levin war davon überzeugt, dass Kitty ihn für ein Arschloch hielt. Paul wollte ihr da zustimmen. Er legte das Buch zur Seite. Er fragte sich, ob sein Vater noch den Unterschied zwischen Schlafen und Wachsein spürte, oder ob er keine Wörter mehr in seinem Kopf hatte und sich gefangen, gefesselt und geknebelt fühlte. Vielleicht stimmte auch das Gegenteil, und er betete ein ununterbrochenes Gebet und fühlte sich völlig geborgen. Ein Schlaganfall konnte in jedem Teil des Gehirns passieren, nicht wahr? Jeder Schlaganfall ist wahrscheinlich einzigartig, unmessbar und bis zu einem gewissen Grad unvorhersehbar. Seine Mutter hatte gesagt, bevor es geschehen war, hatte Pauls Vater sich über Kopfschmerzen beklagt und etwas undeutlich gesprochen, aber damals hatte sie sich nichts dabei gedacht. »Ich habe ihn schippen gesehen, und als ich ihn dann nicht mehr gesehen habe, habe ich gedacht, er wäre um den Block gegangen«, hatte Pauls Mutter ihm am Telefon erzählt. »Dann, als ich ging, um nach ihm zu sehen, sah ich ihn auf dem Bürgersteig liegen, und ich dachte zuerst, dass er auf dem Eis ausgerutscht wäre.«

Als er nicht aufstand, hatte sie den Notruf gewählt, aus Angst, er hätte einen Herzinfarkt. Am Telefon hieß es, sie solle ihn nicht bewegen, weil das einen zweiten Herzinfarkt auslösen könnte. Pauls Mutter hatte ihren Mann an Ort und

Stelle zugedeckt und war bei ihm geblieben. Er wurde in einem Krankenwagen in die Klinik gebracht, wo die Ärzte einen Schlafanfall diagnostizierten. Sie gaben ihm Medikamente, um den Blutpfropfen aufzulösen, aber die wirkten nur dann, wenn man sie rechtzeitig gab, bevor durch Blut- und Sauerstoffmangel zu viel Schaden im Gehirn angerichtet worden war. Vielleicht dachte der alte Mann nur, dass er träumte und nicht aufwachen konnte. Vielleicht war es ein guter Traum. Vielleicht auch nicht.

»Was?«, fragte Stella. »Du hast geseufzt.«

»Ich denke nur nach«, sagte Paul. »Wenn du ein Gemüse wärst, welches Gemüse wärst du dann?«

»Ist eine Tomate Obst oder Gemüse?«

»Darüber wurde gestritten. Warum wärst du gern eine Tomate?«

»Um neben all diese Hamburger zu kommen«, sagte der Hund.

»Aber wenn du eine Tomate wärst, würdest du keine Hamburger essen wollen.«

»Natürlich würde ich das. Würde ich mich verändern, bloß weil ich eine Tomate wäre?«

»Du würdest Tomaten essen wollen. Das muss das dämlichste Gespräch sein, das wir je hatten«, sagte Paul.

»Eigentlich ist es ziemlich typisch für uns«, sagte der Hund.

»Glaubst du, dass mein Dad wieder gesund wird?«, fragte Paul.

»Klar, er ist ein zäher alter Knochen, stimmt's?«

»Er ist bis fünfundsechzig immer in den Park gegangen, um Eishockey mit den Eisratten der Highschool zu spielen.«

»Er ist der einzige lebende Typ, der die Eishockeylegende Gordie Howe für einen Schlappschwanz hält.«

»Das stimmt«, sagte Paul. »Der einzige lebende Typ, der Gordie Howe für einen Schlappschwanz hält.«

»Dein Dad ist kein Schlappschwanz.«

»Das muss ihm zu seinem Vorteil gereichen.«

»Andererseits«, sagte Stella, »jeder wird alt und stirbt. Das weißt du, nicht wahr?«

»Natürlich weiß ich das.«

»So soll es laufen. Wenn es nicht so wäre, wäre der ganze Planet voller nutzloser alter Wracks, um die sich alle anderen kümmern müssten. Und das wäre nicht gut, oder?«

»Nein, das wäre nicht gut.«

»Wenn du mich fragst, dann habt ihr Menschen eure Lebenserwartung sowieso schon künstlich erhöht, und zwar so sehr, dass ihr die Umwelt für den Rest von uns ruiniert. Ihr solltet mit vierzig oder höchstens fünfundvierzig sterben. Ihr solltet nicht alles vermasseln, weil ihr noch dreißig oder vierzig Jahre länger herumhängt.«

»*Das* ist ein bisschen unsensibel.«

»Ist nicht persönlich gemeint.«

»Wer im Glashaus sitzt«, sagte Paul. »Wie alt bist du? Fünfzehn? Was macht das in Menschenjahren?«

»Fünfzehneinhalb«, sagte sie stolz. »Und es ist alles relativ. In Schildkrötenjahren ist das gar nichts, in Schmetterlingsjahren ist es ewig. Ich möchte, dass es deinem Dad gut geht, aber wenn es ihm nicht gut geht, dann ist das im Weltgefüge nicht weniger wünschenswert. Das ist alles, was ich sage. Wenn er geht, dann bedeutet das, mehr Essen für euch.«

»Es ist keine Frage des Essens«, sagte Paul.

»Paul«, sagte Stella, »alles ist eine Frage des Essens. Alles, außer, wo man sich hinlegt. Und selbst das muss irgendwie in der Nähe des Essens sein. Wenn man die Wahl hat, sich an einem weichen und warmen Platz hinzulegen, der jedoch tausend Meilen vom Essen entfernt ist, oder an einem Platz zu schlafen, der total unbequem ist, aber direkt neben der Küche, dann würdest du dort schlafen, wo das Essen ist.«

»Ich bin für dich nur ein Napf voller Hundefutter, nicht wahr? Mehr bin ich nicht.«

»Du bist mehr als ein Napf voller Hundefutter, Paul. Du bist auch eine Schale mit Wasser. Du hebst sogar meine Kacke auf.« Manchmal kackte sie mitten auf den Bürgersteig im Zentrum, drehte sich dann um und sagte: »Sei so lieb und mach das weg, Paul, bitte?«

»Ich sage ja nur«, fuhr sie fort, »dass es eine Grenze gibt. Und über der Grenze ist das Leben gut, also lebe weiter, weil du gesund und wach bist und alles in Ordnung ist. Aber unter dieser Grenze ist das Leben nicht gut. Unter dieser Grenze hat man Schmerzen, oder man tut anderen weh, oder man hat keine Freude mehr daran, seine Lieben zu sehen, oder man ist die ganze Zeit über verlegen, weil man inkontinent ist und sich bepinkelt. Unter dieser Grenze ist es besser, den Stecker zu ziehen, als ihn nicht zu ziehen. Geh einfach nach deinem Gefühl, wenn du dort ankommst.«

»Ich nehme das als Ratschlag«, sagte er.

Sie ruckelte sich zurecht, legte ihren Kopf auf seinem Bein ab.

»Wenn er stirbt«, fragte sie einen Augenblick später, »wirst du dann zum Alphahund deiner Familie?«

Er hatte ihr mal erklärt, wie Wölfe sich als soziale Tiere organisierten, er bezog sich dabei auf Recherchen, die er für das Buch gemacht hatte, an dem er arbeitete und das vorerst *Natur für Deppen* hieß.

»Nein«, sagte Paul. »Das wäre mein Bruder Carl.«

»Oh«, wunderte sich Stella. »Du würdest es also nicht einmal versuchen?«

»Mach dir darüber keine Sorgen, diesen Kampf habe ich vor langer Zeit verloren«, sagte er. »Das ist etwas, das wir gemeinsam haben. Du erinnerst dich nicht, aber du warst der schüchternste Welpe im Wurf, als ich dich bekam. Deine Geschwister haben dich die ganze Zeit gestupst.«

»In diesem Fall«, sagte sie, »möchtest du vielleicht eine Art von Angebot machen …« Aber er war eingeschlafen, bevor sie die Worte ausgesprochen hatte.

Sie schnüffelte die Luft, dann legte sie ihren Kopf einen Moment schief, um zu lauschen. Sie hörte, wie die Heizung im Keller anging, einen Lastwagen weit weg, das Kontrolllicht im Gasofen zischen. Eine Maus kratzte irgendwo hinter der Sockelleiste in der Küche, und natürlich hörte sie ihr Herrchen atmen, sein Herz schlagen, seine Zähne leicht knirschen, das tat er, wenn er gestresst war. Abgesehen davon schien alles in Ordnung zu sein.

Wie schwierig es jetzt war, sich an ihre Geschwister zu erinnern. Sie konnte sich daran erinnern, dass sie wild durch das Gras gelaufen war, meistens als Letzte der Gruppe, aber es hatte sie nie gestört, die Letzte zu sein, solange jemand mit ihr lief. Sie erinnerte sich an einen Bauernhof und vage an einen dicken Mann, der im Abendlicht Banjo spielte und dazu sang:

Was wirst du tun, wenn der Alkohol ausgeht, Liebling?
Was wirst du tun, wenn der Alkohol ausgeht, Liebling?
Was wirst du tun, wenn der Alkohol ausgeht?
An der Ecke stehen und einen Schmollmund ziehen,
Liebling, Liebling, Liebling.

»Gute Nacht, Paul«, sagte sie. Er schnarchte, aber das störte sie auch nicht.

ZWEITES KAPITEL

Komm nach Hause, Waffelbauch

Der Name seiner Schwester war Elizabeth, aber jeder nannte sie Bits. Sie war zwei Jahre älter als Paul, hatte helle Haare, war aber nach den Minnesota-Standards nicht blond. Sie wartete allein an der Ankunft und umarmte ihn. Sie hatte die Kinder zu Hause bei ihrem Ehemann Eugene gelassen. »Sie wollten kommen und dich sehen«, sagte sie, »aber ich hatte Angst, dass dein Flug vielleicht wegen des Schnees abgesagt würde.«

Bits war sein Liebling unter seinen Geschwistern, obwohl sie ihn, Paul, das Baby der Familie, als sie klein waren, manchmal gequält hat, wie es ältere Geschwister eben tun. Er musste den Einfallsreichtum, mit dem sie ihn gequält hatte, aber bewundern. Sie drückte ihn zum Beispiel mithilfe seines älteren Bruders Carl auf den Boden, setzte sich auf ihn, zog sein Hemd hoch und presste einen Tennisschläger auf seinen Bauch, dann bürstete sie mit einer Haarbürste darüber, sodass er, wenn sie den Tennisschläger wegnahm, das hatte, was sie einen Waffelbauch nannte. Sie war ausgeglichen, das Organisationstalent, das vermittelnde mittlere Kind und das ängstliche, das sich an einem schlechten Tag über Einzelheiten Sorgen machte, aber an einem guten vernünftig war. Ihr Haus lag nur ein paar Hundert Meter von ihrem Elternhaus entfernt, sodass sie diejenige war, die regelmäßig vorbeischaute, ob Harrold und Beverly irgendetwas brauchten.

»Wie geht es ihm?«, fragte er seine Schwester.

»Er ist stabil. Es geht ihm nicht gut, aber es geht ihm auch nicht schlechter. Du wirst es sehen. Wie war dein Flug?«

Er machte eine vage Geste mit der Hand. »Ich glaube nicht, dass ich jemals ein gutes Gespräch in einem Flugzeug führen werde.«

»Das tut mir leid«, sagte sie. »Gab's was zu essen?«

»Nichts«, antwortete er.

»Ich glaube, die Cafeteria in der Klinik hat noch auf. Das Essen dort macht dich krank, aber sollte dir übel werden, bist du wenigstens schon mal im Krankenhaus.«

Er hatte auch vier Wodkas im Flugzeug getrunken und musste aufs Klo. Flughafentoiletten mochte er nicht, Typen, die sich mit ihren Taschen über der Schulter vor die Pissoirs drängelten und dabei gegen einen stießen, sodass man sich auf die Schuhe machte. Er überlegte, ob er eine der Miniflaschen aus seinem Koffer leeren sollte, aber beschloss, bis später zu warten. Er wurde erwartet.

Während der Fahrt brachte sie Paul so gut es ging auf den neuesten Stand. Ihr Vater hatte den stärksten ischämischen Schlaganfall, den man erleiden konnte, sagte sie. Das einzig Positive war, dass er keinen hämorrhagischen Schlaganfall gehabt hatte, weil ein geplatztes Blutgefäß schwieriger zu behandeln war als ein Blutgerinnsel. Es waren vor allem die rechte Gehirnhälfte geschädigt worden und der motorische Bereich. Er würde so ziemlich alles wieder neu erlernen müssen, sagte sie. Er konnte seine rechte Hand bewegen und etwas damit greifen, aber ansonsten war er gelähmt. Er hatte eine Art spastischer Lähmung im linken Bein, was auf lebendige Nervenbahnen deutete, und er schien bei Bewusstsein zu sein, aber innerhalb der ersten vierundzwanzig Stunden hatte er zwei schwere Anfälle gehabt. Er wurde genau überwacht. Sie warnte ihren Bruder, er könnte vom Anblick ihres Vaters mit all den Kanülen und Kabeln und angeschlossenen Maschinen geschockt sein.

Bits fuhr mit ihrem Minivan an bekannten Wahrzeichen vorbei, einem Rexall-Geschäft, einem Sportgeschäft, dem Sears-Gebäude. Als er am Krankenhaus ankam, fand Paul eine Herrentoilette neben dem Geschenkladen, leerte noch eine Miniflasche, steckte sich ein Pfefferminzbonbon in den Mund, fuhr sich vor dem Spiegel mit den Fingern durch die Haare und ging dann, um der Wahrheit ins Gesicht zu sehen.

»Ich hasse diesen Ort«, sagte er, während sie durch den Flur liefen und dabei einem blauen Streifen auf dem Boden folgten. Paul war vorher schon drei Mal im Mercy-Krankenhaus gewesen, das erste Mal, als er genäht werden musste, als ihn ein Kind in der sechsten Klasse mit einem Schneeball am Auge getroffen hatte, und das zweite Mal, als er sich beim Football in der Highschool einen Arm gebrochen hatte. Das letzte Mal, als er seinen Namensvetter, Grandpa Paul, besucht hatte, der nach seiner Krebsoperation in seinem Bett gelegen hatte, verdörrt wie ein Pilz auf einer Fensterbank.

»Das letzte Mal, als ich hier war, lag ich siebenunddreißig Stunden in den Wehen«, sagte seine Schwester. »Ach, die Erinnerungen.«

»Sie sollten die Rechnung nach Stunden schreiben«, meinte Paul. »Dann würden sie die Leute schneller raus bekommen.«

»Ich hatte ein schlechtes Gewissen als Simulantin«, sagte Bits, »aber ich hatte so viel Spaß.«

Paul hielt sie im Flur an.

»Ich muss dich etwas fragen«, sagte er. »Bist du wütend auf mich?«

»Weswegen?«

»Ich sollte mich über Schneefräsen informieren. Hätte er nicht geschaufelt, wäre das hier vielleicht nicht passiert.«

»Ich war für vielleicht fünf Sekunden wütend auf dich«, sagte sie. »Er hat nicht wegen dir ein Blutgerinnsel in seinem Kopf. Und wenn es nicht während des Schippens passiert wäre, dann zu einem anderen Zeitpunkt. Er hätte auch einen Schlaganfall im Bett haben können. Dasselbe habe ich Mom gesagt. Sie hat sich die Schuld gegeben, weil sie dachte, wenn sie aus dem Fenster gesehen hätte, hätte sie gesehen, wie er gefallen ist. Man kann niemanden rund um die Uhr beobachten. Wenn man das könnte, hätten meine Kinder nicht so oft am Kopf genäht werden müssen.«

Die Tür zum Krankenhauszimmer seines Vaters, direkt unterhalb der Intensivstation, stand ein Stückchen auf, also öffnete er sie langsam. Pauls Mutter Beverly war unterwegs, um etwas zu erledigen, sagte eine Krankenschwester. Bits ging sie suchen. Davor drückte sie Pauls Arm und sagte: »Mach dir keine Sorgen, er wird dich nicht beißen.«

Der Wodka betäubte ihn, aber nicht genug. Sein erster Eindruck war, dass sein Vater ohne sein Gebiss und seine Brille, mit seinen schneeweißen Haaren und den Kanülen in seiner Nase und seinen Venen sehr wie Grandpa Paul aussah; der Unterschied war, dass Grandpa Paul bis zum letzten Augenblick halb bei Bewusstsein und fröhlich gewesen war. Die Augen von Pauls Vater waren geschlossen, sein Atmen nur in nächster Nähe zu hören. Ein pinkfarbenes Plastikding, das wie ein Schnurrbart mit Verbindung zu durchsichtigen Plastikkanülen aussah, führte Sauerstoff an seine Nase. Infusionen ließen Medikamente und Seren und

Nährstoffe in beide Arme tropfen. Ein halb voller Katheterbeutel hing am Bettende und sammelte Urin. Andere Sensoren, die auf unterschiedliche Körperteile seines Vaters geklebt waren, leiteten Daten an einen mehrstöckigen Monitor weiter, an dem Dinge wie die Körpertemperatur, der Herzschlag, der Blutdruck – Paul wusste nicht, was noch alles – notiert wurden. Eine ganze Reihe von ungenutzten Geräten war an die gegenüberliegende Wand geschoben worden. Irgendwie war sein erster Eindruck, dass es sich hierbei um ein Wissenschaftsprojekt handelte und nicht um ein menschliches Drama oder um eine Szene aus einer Krankenhausserie im Fernsehen, nicht ganz real. Er fragte sich, was sein Vater gerade dachte. Er trug ein Krankenhaushemd aus weißer Baumwolle mit blauen Rauten darauf. Auf dem Bett neben ihm standen ein Blumenstrauß, ein leeres Glas, eine Cola light, eine halb leere Packung Ritzcracker, eine Bibel und die Lesebrille seiner Mutter. Der Fernseher, der in der Ecke des Raums befestigt war, war ausgeschaltet, aber Paul hätte ihn gern angemacht, da er sich so sehr Ablenkung wünschte. Wie merkwürdig, dachte Paul, sich bewegen, sehen, sprechen, hören und verstehen zu können, während sein Vater das nicht konnte. Harrold war die Quelle aller Kraft, die Paul besaß. Wenn der alte Mann ihm irgendetwas beigebracht hatte, dann, wie man durchhält.

»Wo bist du jetzt?«, wollte er fragen.

Sein Vater war erst zweiundsiebzig, aber im Neonlicht sah er aus wie neunzig, wächsern und blass. Auf eine gewisse Art hatte er einen Kreis vollendet, denn das Seltsamste war, dass Pauls früheste Erinnerung an seinen Vater die war, wie Harrold in einem Krankenhausbett liegt, in einem anderen Krankenhaus, zu einer anderen Zeit, mit nicht mal einem Zehntel der Technik, die ihn heute umgab. Paul war knapp drei Jahre alt gewesen und hatte keine Erinnerungen an den Unfall selbst, aber erinnerte sich an seinen Vater mit Verbänden um den Kopf und Kanülen in der Nase, nachdem er durch Glatteis von einer Straße abgekommen und gegen eine Brücke gefahren war, mit der gesamten Familie im Auto. Sie waren auf dem Rückweg von einer Adventsfeier, die einer von Harrolds Freunden aus der Navy organisiert hatte, Männer, mit denen er im Pazifik gedient hatte. Paul konnte sich daran erinnern, wie er Grandpa Pauls Hand hielt und einen langen Krankenhausflur, der nach Desinfektionsmitteln roch, entlangging, er hörte Stimmen in der Luft, die Namen von Doktoren, die über die Lautsprecheranlage ausgerufen wurden. Er erinnerte sich, dass man ihm gesagt hatte, dass er sich irgendetwas im Geschenkladen aussuchen dürfe, wenn er brav sei, bloß um dann festzustellen, dass es dort nichts gab, das er haben wollte. Er erinnerte sich, dass er sehr leise sein solle, bis er glaubte, dass jedes Geräusch, das er unabsichtlich machte, jemanden zufällig umbringen könne, sodass er *sehr* leise war.

Sie hatten zuerst seine Mutter besucht, die weniger schwer verletzt war. Beverly hatte matt gelächelt und seine Hand gedrückt. Dann waren sie zu Harrold gegangen, der Paul angesehen hatte, aber nicht sprechen konnte. Carl hatte eine gebrochene Schulter und eine Zeit lang einen Kopfverband, und Bits hatte ihren Kopf angestoßen und Schnitte von herumfliegenden Glassplittern. Sie hatte immer noch eine Narbe über ihrer rechten Augenbraue, die über die Jahre zu einer Linie geworden war, durch die sie ständig amüsiert aussah. Leute, die sie nicht kannten, dachten manchmal, sie sei sarkastisch oder ironisch, wenn sie es gar nicht war. Paul war mehr oder weniger unverletzt aus dem Unfall herausgekommen, ein paar Schnitte, ein blauer Fleck an der Brust, wo er gegen die Kopfstütze geprallt war, und eine kollabierte Lunge, die schnell wieder entfaltet wurde. Die Kinder waren bei Grandpa Paul und Grandma Lula geblieben, während ihre Eltern sich erholten.

Paul erinnerte sich an etwas anderes. Er erinnerte sich daran, im Krankenzimmer seines Vaters einen Mann getroffen zu haben, einen großen Typ mit breiter Brust und einem blonden Bürstenschnitt, in einer Militäruniform, wahrscheinlich einer von den Navy-Freunden seines Vaters. Er erinnerte sich an die Uniform und ganz besonders an die militärischen Abzeichen, die der Mann an Brust und Ärmel trug. Das war alles. Sein Vater sprach nie über seine Zeit bei der Armee und genauso wenig über den Unfall. Damals bedeutete der Tod noch nichts für Paul, sodass er sich keine Sorgen gemacht hatte, er war nur ungeduldig gewesen, hatte darauf gewartet, dass sein Familienleben wieder normal würde.

»Du hast es schon einmal geschafft, harter Kerl«, flüsterte Paul, »du kannst es noch einmal schaffen.«

Er dachte an Sterblichkeit und verwandte Themen – also Erfüllung, Erfolg und Versagen, das letzte Urteil, die Ewigkeit et cetera –, als seine Schwester zu ihm kam.

»Mom ist unten im Eingangsbereich. Sie hat gesagt, sie käme gleich zurück. Wir sollen etwas Chinesisches bestellen. Sie haben uns gesagt, dass es in Ordnung sei, in der Lounge zu essen«, sagte sie. »Ich habe noch gar keine Zeit gehabt, nach dir zu fragen. Wie geht es dir? Siehst du Karen noch?«

Paul fragte sich, ob Harrold sie hören konnte. Wenn ja, dann zeigte er es nicht.

»In einer Kleinstadt ist es schwer, sich aus dem Weg zu gehen«, sagte Paul. Niemand in der Familie hatte gewusst, wie sie auf die Scheidung reagieren sollten, was zum Teil daran lag, dass, auch wenn es ganz unwahrscheinlich klang, niemand in seiner Familie sich je hatte scheiden lassen, aber das war schon in Ordnung, weil er auch nicht darüber reden wollte. »Sie ist immer noch bei der Kunstbehörde. Daher ist sie oft im Stadtzentrum, aber bisher sind wir uns gut aus dem Weg gegangen.«

»Würdest du sagen, dass ihr euch gut versteht?«, fragte Bits.

»So weit würde ich nicht gehen«, sagte er. »Wir haben weitergemacht.«

Sie wurden unterbrochen, als Pauls Mutter hereinkam und ihn lange umarmte; er war dankbar für die Art von Familie, die sich nicht von einem scheiden lassen und abhauen kann, um jemand Neues zu finden, mit dem sie leben will.

»Es ist so gut, dich zu sehen«, sagte sie. »Es tut mir leid, dass du unter diesen Umständen nach Hause fliegen musstest, aber ich bin froh, dass du hier bist. Ich bin mir sicher, dass sich dein Vater auch freut.« Sie ging zum Bett und beugte sich über ihren Ehemann. »Schau mal, wer hier ist, Harrold? Es ist Paul.«

Paul hoffte, aus egoistischen und anderen Gründen, einen plötzlichen Ausschlag auf dem Herzmonitor seines Vaters zu sehen, aber der Herzschlag war unverändert gleichmäßig. Beverly ging zu Paul zurück.

»Mein Gott«, sagte sie. »Deine Haare sind so viel dunkler geworden.«

»Mom«, sagte Paul, »das sagst du jetzt schon, seit ich zum College gegangen bin. Mein Haar ist dunkler geworden, als ich fünf war. Seitdem hat es sich nicht mehr verändert.«

»Ich weiß«, sagte sie, »ich komme bloß nicht darüber hinweg.«

Paul leistete seiner Mutter Gesellschaft, während Bits das Abendessen abholte. Eine Krankenschwester bat sie, in der Lounge zu warten, während sie die technischen Geräte, an die Pauls Vater angeschlossen war und die ihn umgaben, überprüfte.

»Wie kommst du damit klar?«, fragte Paul Beverly.

»Na ja, weißt du«, sagte sie, »wenn man unser Alter hat, dann muss man sich darüber klar sein, dass so etwas passieren kann. Zwei unserer Kirchenfreunde hatten einen Schlaganfall.«

Beverly war gerade mal einen Meter siebenundfünfzig groß und wurde kleiner. Er hatte ihr mal gesagt, dass sie eines Tages so groß wie ein Waschbär sein würde und sie dann mit ihr in einer Katzenbox fliegen und ihr all die Orte zeigen könnten, die sie sehen wollte. Ihre Haare waren grau, aber voll. Heute wirkte sie dünner. Sie saß auf der Couch und schob einen Stapel alter Zeitschriften zur Seite. Paul setzte sich neben sie. Sie erzählte ihm, was die Ärzte ihr bisher gesagt hatten. Sie wirkte merkwürdig ruhig und selbstsicher auf eine Art, wie er es bei ihr noch nie gesehen hatte. Paul hatte immer angenommen, dass er seine Unsicherheit von ihr und seine Sturheit von seinem Vater geerbt hatte. Sie hatte sich auf einem kleinen Block Notizen gemacht und schaute darauf, um Paul alles zu erklären. Die Ärzte hatten sie gewarnt, dass sie nicht vorhersagen konnten, wie behindert Harrold sein würde und für wie lange. Früher dachte man, dass die Patienten kaum über den Fortschritt, den sie in den ersten sechs Monaten machten, hinauskämen, aber neuere Therapien und Medikamente hatten die Genesungsphase auf bis zu vier Jahre ausgedehnt.

Er bekam Aspirin und Heparin, um sein Blut zu verdünnen, sagte Beverly zu Paul, damit sich nicht neue Gerinnsel in seinen Beinen bildeten und um eine Lungenembolie zu verhindern. Er bekam auch Prozac, für seinen emotionalen Zustand, da Schädigungen durch einen Schlaganfall in der rechten Hirnhälfte oft Depressionen verursachten. Harrold konnte nicht sprechen, und es war zu früh, um sagen zu können, wie viel er verstand. Er war offensichtlich verwirrt und hatte wahrscheinlich Konzentrationsschwierigkeiten.

Die beste Nachricht war, dass es ihm nicht schlechter gehen würde und dass es unwahrscheinlich war, dass er noch einen Schlaganfall erleiden würde, sagte Beverly. Paul war beeindruckt davon, wie viel seine Mutter aufgenommen hatte. Er fragte sich, ob die Ärzte ihr alles erzählt hatten oder eher, ob sie alles, was sie gesagt hatten, gehört hatte. Es war nur menschlich, etwas selektiv wahrzunehmen, damit es so gut wie möglich aussah. Er erinnerte sich daran, was Bits über Beverlys Schuldgefühle gesagt hatte, weil sie Harrold nicht genauer beobachtet hatte.

»Es klingt wie etwas, was einfach irgendwann hätte passieren können«, sagte Paul. »Niemand wusste es. Er war in guter Form vor alldem.«

»Die Ärzte sagen, dass er für einen Mann seines Alters in sehr guter körperlicher Verfassung sei«, sagte Beverly. »Er wird vielleicht schon in einem oder zwei Tagen auf eine Station für Schlaganfallpatienten verlegt.«

»Ich möchte nur, dass auch du in einer guten Verfassung bist«, sagte Paul. »Du musst dich auch immer noch um dich selbst kümmern.«

»Ach, mach dir wegen mir keine Sorgen«, sagte Beverly. »Weißt du, unten, gegenüber der Cafeteria gibt es eine sehr nette, kleine Kapelle, wo man beten kann, wenn man das Bedürfnis hat. Ich habe Gott gebeten, vorbeizukommen und deinen Vater im Auge zu behalten.«

Als Paul über Tierverhalten recherchiert hatte, war er auf eine wissenschaftliche Studie gestoßen, in der die neuesten Daten und Statistiken zeigten, dass, entgegen der weitverbreiteten Überzeugung, Gebete und Optimismus und/oder ein Sinn für Humor keinen messbaren Effekt auf die Genesung oder Überlebensrate von Krankenhauspatienten hatten, aber das bedeutete ja nicht, dass es nicht gut für die Familien war, die in Krankenhausfluren warten.

»Gut zu wissen«, sagte er.

»Dein Bruder hat uns so geholfen«, sagte Beverly zu ihm. »Er hat darauf bestanden, dass ein Neurologe der behandelnde Arzt deines Vaters ist. Ich glaube, das hat unseren Hausarzt ein bisschen verletzt. Sie haben darüber gesprochen, Harrold in ein Pflegeheim zu verlegen anstatt in eine Reha-Klinik, wegen seines Alters, aber Carl hat sich durchgesetzt. Ich glaube, ich hätte nicht gewusst, was ich hätte sagen sollen.«

»War er heute schon hier?«, fragte Paul. Es war nicht schwer, sich vorzustellen, wie sein Bruder sein anwaltliches Gewicht in die Waagschale warf. Man kann Witze über Anwälte machen, aber es war gut, einen in der Familie zu haben, wenn man einen brauchte.

»Er sollte jede Minute hier sein«, sagte Beverly. »Er kommt nach seinem Meeting. Hat Bits dir das nicht erzählt?«

»Ich glaube nicht«, sagte Paul. »Vielleicht schon.«

Carl war ein Anwalt bei IBM, er verdiente ein kleines Vermögen und vergrößerte es durch seine unterschiedlichen Geldanlagen. Er drängte Paul oft, er solle es genauso machen, auch wenn Paul kein Gespür für Finanzielles hatte, woran Carl ihn immer wieder gern erinnerte. Carl schaffte es immer wieder, ihm ein Kompliment zu machen, das dann zu einer Beleidigung wurde: »Mann, Paul, weißt du, du hast immer das gesamte kreative Talent der Familie gehabt, was bedeutet, dass du echt clever sein musst. Woher kommt es dann bloß, dass du keine Ahnung von Geld hast?« Paul hatte gemischte Gefühle bei dem Gedanken, Carl wiederzusehen. Er liebte seinen Bruder, aber Carl machte ihn wahnsinnig.

»Er hat wirklich viel geholfen«, sagte seine Mutter. »Es ist gut, dass er hier wohnt. Ich wünschte, du würdest näher wohnen, damit wir dich öfter sehen können.«

»Das wünschte ich auch«, sagte er, obwohl ihm die Ostküste sehr gut gefiel.

Es befanden sich noch drei Leute mit ihnen in der Lobby: eine alte Frau, die CNN auf dem Fernsehgerät in der Ecke sah, und eine junge Mutter mit einem Kleinkind, das lange nach seiner Schlafenszeit noch auf war. Als Bits mit dem Essen kam, fragte Beverly die anderen, ob sie hungrig waren. Die alte Frau lächelte höflich und schüttelte den Kopf. Die junge Mutter bedankte sich, sagte aber, dass sie gehen würden, sobald sie mit dem Arzt gesprochen hätte. Bits stellte das Essen auf einen runden Tisch in der Ecke, sie nahm fünf weiße Kartons mit Drahtgriffen aus einer braunen Papiertüte und verteilte mehrere einzeln verpackte Bestecke auf den Tisch. Sie hatte auch Pappteller mitgebracht. Sie sagte, dass sie Carl im Parkhaus getroffen hatte und dass er allen etwas aus dem Getränkeautomaten mitbringen würde und bald auftauchen müsste.

Einen Augenblick später hörte Paul Carls Schritte näher kommen, sie waren gut von den Schritten der Krankenpfleger mit ihren weichen Sohlen zu unterscheiden. Er freute sich ehrlich, seinen großen Bruder zu sehen. Carl verkörperte das Wort Klasse, mit seiner schwarzen Breitcordhose und dem schwarzen Kaschmirpullover mit Stehkragen über einem blauen, bügelfreien Oxford-Nadelstreifenhemd, seinen braunen Cole-Haan-Slippern mit Troddeln, seinen roten Haaren – seine Eltern hätten ihn fast Eric genannt –, der Einzige in der Familie mit roten Haaren, in einer Art Robert-Redford-Stil geschnitten, dazu passend ein penibel gestutzter, roter Bart.

»Ich war gerade im Zimmer«, sagte Carl, stellte die Getränke auf dem Tisch ab und umarmte seine Mutter. »Dad schläft.« Er wandte sich Paul zu. »Bist du gut hergekommen? Hat die Fluglinie dir einen medizinischen Rabatt gewährt?«

»Das haben sie«, sagte Paul.

»Irgendetwas Neues?«, fragte Carl Beverly.

Beverly erzählte es ihm. Es hatte sich seit Carls letztem Besuch kaum etwas verändert. Harrold hatte leichtes Fieber gehabt, aber seine Temperatur war wieder normal, seit Antibiotika in seine Infusion gegeben wurden. Carl verkündete, dass er am Verhungern war, und Paul erinnerte sich, dass er ebenfalls hungrig war. Sie öffneten die Kartons und verteilten den Inhalt, dabei unterhielten sie sich im gedämpften Krankenhaustonfall.

»Alles wird gut werden«, sagte Carl zu Beverly. Paul wunderte sich über die Zuversicht seines Bruders, aber Carl war immer schon zuversichtlich gewesen, egal, ob es Gründe dafür gab oder nicht. »Wie läuft's denn so?«, fragte er Paul und aß geschickt mit seinen Essstäbchen, während Paul eine Gabel benutzte. »Arbeitest du immer noch bis spät in die Nacht? Was ist dein neues Projekt? Eines der Idiotenbücher, stimmt's?«

»Deppen«, verbesserte Paul ihn. »Die Idiotenbücher sind etwas technischer als unsere.«

»Diese Idiotenbücher sind ein witziger Einfall. Worum geht's bei diesem?«

»Natur.«

»*Natur für Deppen*?«, sagte Carl. »Gott, dafür bist du der Richtige.«

Er bezog sich auf Pauls Pfadfinderabenteuer. Carl, der drei Jahre vor Paul der Mount Oliver Troop 110 beigetreten war, hatte es bis ganz nach oben zum Eagle Scout geschafft, während Paul wegen Rauchens rausgeschmissen worden war, noch bevor er First Class wurde. Es war kein Tabak, den Paul und seine Patrol-Freunde rauchten. Es war auch kein Marihuana. Es war alles Mögliche, was sie im Wald fanden – Stechwindenblätter, Stinktierkohl, Streifenfarn, Gänsefüße und diverse andere Flora des Nadelwalds im nördlichen Minnesota – jeder experimentelle Joint in Zig-Zag-Papier mit einem Bärlappfilter eingerollt. Nichts von dem, was sie rauchten, brachte ihnen einen Rausch, aber es schien eine sinnvolle Forschung zu sein. Carl war derjenige, der sie erwischte. Paul hatte damit argumentiert, dass die Regeln der Truppe streng genommen nur das Rauchen von Tabak oder Pot verboten, aber Carl wusste, dass ein Pfadfinder vor allem der Wahrheit verpflichtet war, auch wenn das bedeutete, den jüngeren Bruder zu verpfeifen. Paul stellte später fest, dass es eigentlich Glück im Unglück gewesen war, aus der Pfadfinderschaft herausgeworfen worden zu sein. Er merkte schon bald, dass es viel spaßiger war, mit den coolen – oder auch den uncoolen – Leuten am Strand herumzuhängen, als ins Pfadfinderlager zu gehen, aber damals hatte es ihn ziemlich aufgebracht.

Er ließ die Beleidigung stehen. Es war weder die Zeit noch der Ort dafür, aber er spürte, wie er wachsamer wurde.

»War das deine Idee?«, fragte Carl.

»Eigentlich die des Verlegers«, sagte Paul. »Ich glaube, er will etwas wiedergutmachen.«

»Was denn?«

»Er gehörte zur Greenpeacegruppe, die nach Labrador gefahren ist, um die Babyrobben anzusprühen«, sagte Paul.

»Na, da sollte er aber wirklich ein schlechtes Gewissen haben.« Pauls Mutter schüttelte den Kopf. »Das ist schrecklich.«

»Sie wollten ihnen nichts Böses, Mom«, meinte Paul. »Sie wollten die Robbenjäger aufhalten, die die Robben wegen der Pelze erschlagen. Sie beschlossen, sie orange fluoreszierend anzusprühen, um ihre Pelze nutzlos zu machen.«

»Nun, das klingt schon besser«, sagte Beverly.

»Eigentlich nicht«, sagte Paul. »Alles, was Robbenbabys haben, um sich vor Eisbären zu schützen, ist ihre Tarnfarbe. Die Bären fraßen sie alle auf. Wahrscheinlich sprechen sie immer noch darüber, vom ›Abend des großen Büfetts‹.«

Beim Essen besprachen sie die praktischen Dinge, die vor ihnen lagen. Carl hatte sich lange mit denjenigen unterhalten, die Harrolds Reha-Behandlungen koordinieren werden. So schnell wie möglich wollte er Harrold dazu bringen, sich wieder selbst anziehen und allein essen zu können, da das Risiko, an einer Depression zu erkranken, für die Patienten am größten ist, die die Hoffnung aufgeben, je wieder unabhängig leben zu können. Wenn Harrold nach Hause käme, würde er zunächst die Treppe nicht hinaufsteigen können und das wahrscheinlich noch für einige Zeit, aber ins Sonnenzimmer könnte man ein Bett stellen. Carl hatte einen Physiotherapeuten engagiert, der neun Stunden pro Woche mit Harrold arbeiten würde, sobald dieser zu Hause wäre, und auch noch einen Logopäden, der weitere neun Stunden pro Woche mit ihm trainieren würde. Er und Bits und Erica und Eugene kämen so oft wie möglich vorbei, um zu helfen und ihrer Mutter einiges ihrer Last zu nehmen. Sollte sich das als unhaltbar herausstellen, müssten sie sich wahrscheinlich Pflegeheime ansehen, aber alles zu seiner Zeit. Die Versicherung würde die meisten Kosten übernehmen. Paul sagte, er wolle seinen Teil an den Kosten bezahlen, aber Tatsache war, dass Carls Jahreseinkommen mindestens zehnmal so hoch war wie Pauls, sodass ein gleicher und ein gerechter Anteil zwei verschiedene Dinge waren, und das wussten sie beide.

Carl hatte auch schon geplant, ihren Eltern einen Computer zu kaufen, nachdem ihm die Frau, mit der er gesprochen hatte, erzählt hatte, dass es Rehabilitationsprogramme gab, bei denen Patienten, die nur eine Hand teilweise benutzen konnten, mit Mausklicks simple Rätsel lösen konnten, um ihr Gehirn auf Trab zu halten, und sie konnten sogar mit anderen kommunizieren, indem sie auf ihren Computerbildschirmen auf die Antworten zu Ja-Nein-Fragen klickten. Wenn eine größere Kontrolle der Motorik zurückkehrte, konnten die Patienten schließlich auf Icons oder Buchstaben klicken, um Wörter zu schreiben. Jegliche Stimulation des Sprachzentrums in Harrolds Gehirn war therapeutisch, unterstützte die Neurogenese und half Harrold einfach dabei, sich wieder konzentrieren zu lernen.

»Vielleicht könntest du dir mit Dad Instant Messages schreiben?«, schlug Carl Paul vor. Er wandte sich Beverly zu: »Es wird sowieso Zeit, dass ihr mal online geht.«

Paul stimmte zu, das könnte er tun. Beverly schien zu zögern. Carl fragte sie, warum.

»Ich glaube, ich will einfach nicht ins Internet«, antwortete sie.

»Warum?«, fragte Carl.

»Na ja«, sagte sie, »ich kenne mich da ja nicht aus, aber ich will nicht, dass diese Hackerleute meine Kreditkarte benutzen. Ich weiß, dass sie an Dinge gelangen und deine Informationen stehlen können.«

Sie stimmte erst zu, nachdem Carl ihr versichert hatte, dass sie sich um nichts Sorgen zu machen brauchte und dass er die Verbindung gern in seinem Namen anlegen und mit seiner eigenen Kreditkarte dafür bezahlen würde, wenn sie sich dann besser fühlte.

Paul aß. Er dachte an all die Familienmahlzeiten, die sie gemeinsam am Küchentisch eingenommen hatten, Harrold, der die Zeitung las, sie aber ab und zu sinken ließ, um mitzusprechen, Carl, der seinen Teller im Uhrzeigersinn leer aß und laut kaute, auch wenn sein Mund dabei zu war, Bits, die Paul unter dem Tisch gegen das Schienbein trat, Beverly, die alle paar Minuten aufstand, um Nachschlag vom Herd zu holen – und immer als Letzte ihr Essen beendete –, die sagte: »Hab keine Angst vor den Kartoffeln« oder »Nimm dir nur, hab keine Angst vor dem Spargel«, bis ihre Kinder sie veräppelten, indem sie so taten, als hätten sie Angst vor den Kartoffeln oder wären vom Spargel eingeschüchtert, und dann lachten alle. Er erinnerte sich auch an die Streitereien. Im Wartezimmer des Krankenhauses fehlte deutlich jemand. Es war alles verkehrt.

Beverly erzählte, dass Pastor Rolander angerufen hatte, um Bescheid zu sagen, dass es morgen in der Kirche ein spezielles Gebet für Harrolds Genesung geben würde. Carl sagte, dass sie beschlossen hätten, trotzdem die Geburtstagsparty für seinen Sohn Howard zu feiern, die sie lange vor Harrolds Schlaganfall geplant hatten, und zwar nach der Kirche bei Carl zu Hause, nur die Familie und Cousins. Bits stimmte zu, die Kinder wären zu enttäuscht, wenn sie absagen würden.

»Das Leben geht weiter, nicht wahr?«, sagte Carl. »Ich wollte vorbeikommen und Dad vor der Kirche besuchen, und dann können wir die Kinder vielleicht nach der Party herbringen, damit sie Grandpa sehen können. Es sei denn, du findest, das wäre zu viel.«

»Er würde es sehr mögen«, stimmte Beverly zu.

Als es so weit war, dass jeder sich einen Glückskeks aus dem Karton, der mitten auf dem Tisch stand, nehmen sollte, lehnte Paul ab. Er hatte irgendwann im Laufe des Tages, als er sich Gedanken über die aktuelle Situation seines Vaters machte, beschlossen, dass er an seine eigene Gesundheit denken und sie verbessern musste. Ab und zu den Nachtisch abzulehnen war ein erster Schritt. Ihm hatte sowieso nie viel an Glückskeksen gelegen. Meistens waren sie muffig oder weich. Sein Bruder sah auf.

»Isst du deinen Keks nicht?«

»Ich glaube nicht«, sagte Paul.

»Du musst wenigstens den Zettel lesen.« Vielleicht lag es an Carls Befehlston, aber plötzlich erinnerte sich Paul an all die alten Kämpfe. Sie sprachen leise, aber die Spannung wurde extrem.

»Nein danke«, sagte Paul.

»Warum nicht? Es macht Spaß.«

»Warum sollte ich?«, sagte Paul. »Es würde mich sehr überraschen, wenn das, was im Keks steht, auch nur die leiseste Verbindung zu meiner tatsächlichen Zukunft hätte, wenn man daran denkt, dass es vor fünfzig Jahren von einem Mann in China geschrieben wurde, der mich nie getroffen hat und der wahrscheinlich schon tot ist.«

»Darum geht es nicht«, sagte Carl. »Es ist Schicksal.«

»Was ist Schicksal?«

»Welchen Keks du bekommst.«

»Es ist nur noch einer übrig«, sagte Paul. »Welche Wahl habe ich da?«

»Dann ist das derjenige, der für dich bestimmt ist.«

»Wenn ich keinen möchte«, sagte Paul, »dann ist das auch Schicksal.«

»Nein«, sagte Carl, »das ist freier Wille. Für das Schicksal musst du deinen Keks öffnen.«

»Ich *muss* meinen Keks nicht öffnen, wenn ich es nicht *will*. Ich *muss* gar nichts tun.«

»Dann öffne ich ihn für dich«, sagte Carl und griff danach. Paul erwischte den letzten Keks noch vor Carl.

»Es ist mein Keks, stimmt's?«, sagte er. Er nahm ihn in die Hand, durchquerte das Wartezimmer und fragte die junge Mutter, ob ihr kleiner Junge etwas zum Naschen wolle. Sie bedankte sich bei Paul, nahm die Zellophantüte von ihm entgegen, öffnete sie und gab ihrem Dreijährigen den Keks, der ihn hin und her wandte, bevor er hineinbiss, der Zettel fiel zusammen mit der zweiten Hälfte des Kekses zu Boden. Die junge Mutter hob die Krümel auf, schaute kurz auf den Zettel und warf ihn dann in den Papierkorb, ihr Kind war noch zu jung, um etwas damit anzufangen.

»Na also«, sagte Paul und kehrte zum Tisch zurück. »Offensichtlich wollte das Schicksal, dass er ihn bekommt.«

Bits verdrehte die Augen, sie hatte ähnliche Szenen schon unzählige Male miterlebt. Carl schaute düster und sagte nichts, aber Paul wusste, dass Carl tief im Innersten den kleinen Papierzettel aus dem Papierkorb holen und lesen wollte. Paul durchkreuzte diesen Plan, indem er Bits beim Aufräumen half und ihre Reste in den Abfalleimer auf den Zettel kippte.

Als Bits ihm anbot, ihn zu ihrem Elternhaus zu bringen, sagte er ihr, er würde bei Beverly mitfahren.

»Fahrt nur schon vor. Ich glaube, ich bleibe noch eine weitere Nacht hier«, sagte Beverly. »Der Stuhl im Zimmer eures Vaters lässt sich ausklappen. Er ist wirklich ziemlich bequem. Wenn ihr nach Hause kommt, könnt ihr dann noch schnell nachsehen, ob ich auch nichts angeschaltet gelassen habe …«

»Das habe ich schon überprüft, Mom«, sagte Bits. »Wir kommen schon klar. Ich habe meinen Schlüssel.«

»Ich werde nach Hause kommen, um mich vor der Kirche umzuziehen«, sagte Beverly und nahm ihren Mantel und ihre Tasche. »Ich glaube, dass wir alle etwas Schlaf gebrauchen können.«

Sie begleiteten sie bis zu Harrolds Zimmer. Als Paul sich über seinen Vater beugte, um ihn zum Abschied zu küssen, war er überrascht, dass Harrold Tränen über die Wangen liefen.

»Die Krankenschwester hat gesagt, dass es nur eine neurologische Reaktion ist«, meinte Bits. »Angeblich hat es nichts damit zu tun, wie er sich jetzt fühlt.«

»Angeblich«, sagte Paul. Als Beverly ihrem Mann die Augen mit einem Tuch trocken tupfte, wurde Paul bewusst, dass er seinen Vater gerade zum ersten Mal weinen sah.

DRITTES KAPITEL

Brrzzlfft!

Während seine Schwester fuhr, schaute Paul aus dem Fenster. Die Stadt hatte sich verändert, seit er weggezogen war, aber vor allem an den Rändern, wo die entfernten Vororte sich immer weiter in das Agrarland fraßen, und im Zentrum, der innerstädtischen Gegend, wo Kommerz und Kultur aufeinandertrafen. Zwischen dem Zentrum und den Rändern sah alles so aus wie früher. Sie fuhren an seiner alten Highschool vorbei, Bits erzählte ihm, dass es jetzt eine Schauspielschule war, die Jugendliche aus der ganzen Stadt anzog. Paul sah die Gasse, in der er gekifft hatte, bevor er zur ersten Stunde ging. Er erinnerte sich an einen Tag, an dem er dachte, der Pot, den er rauchte, wäre Oregano oder Wilder Marihuana aus Minnesota, ein Betrug, doch als es klingelte, merkte er, dass er seit über einer Stunde immer und immer wieder den ersten Satz seiner Schulzeitung gelesen hatte.

Das Haus war im Federal Style gebaut und hatte drei Schlafzimmer. Seine Eltern hatten das Dach im letzten Sommer neu decken lassen, da sie einen Verkauf planten, aber bisher hatten sie noch keine Wohnung gefunden, die ihnen gefallen hatte. Es wurde darüber gesprochen, dass sie irgendwo im Süden, in Arizona oder Texas eine Seniorengemeinde suchen würden, aber es blieb beim Reden. Er konnte sich nicht vorstellen, dass sie irgendwo anders als in Minnesota wohnten.

Bits zeigte ihm, wo Beverly den Ersatzschlüssel versteckte, unter einem Blumentopf auf der Veranda, dann benutzte sie ihren eigenen Schlüssel, um aufzuschließen. Paul ließ seine Taschen am Fuß der Treppe fallen. Bits sagte ihm, dass er am besten Feuer im Kamin machen solle, und fragte ihn, ob er noch irgendetwas brauchte. Es würde merkwürdig werden. Soweit er sich erinnerte, hatte er noch nie allein in dem Haus geschlafen.

»Nur das Telefon«, sagte er.

Bits fragte ihn, wen er anrufen wollte. »Hast du eine Freundin?«

»Ich habe weibliche Freunde, ja.«

Bits runzelte die Stirn. Sie waren in der Küche.

»Was soll das heißen?«, sagte sie und lehnte sich gegen die Arbeitsfläche. »Bist du mit dieser Frau zusammen oder nicht?«

»Irgendwie schon.«

»Was meinst du mit ›irgendwie schon‹?«

»Was bist du?«, fragte Paul, »eine Privatdetektivin?«

»Jetzt stell dich nicht so an, Paulie«, sagte sie. »Ich frage ja nur, weil ich dachte, dass du noch nicht bereit bist, wieder in den Singlepool zu springen.«

Ihm fiel auf, dass seine Mutter seine Hochzeitsfotos aus der Fotogalerie an ihrer Kühlschranktür entfernt hatte, darunter auch das zwölf mal zwanzig Zentimeter große von ihm im Anzug und Karen in Hochzeitskleid mit Schleier, wie sie gemeinsam die Hochzeitstorte anschneiden. Er fragte sich, was Beverly mit den Fotos gemacht hatte. Sie hatte Schachteln mit dreißig Jahre alten Weihnachtskarten auf dem Speicher. Sie würde etwas geschichtlich so Wichtiges wie ein Hochzeitsfoto niemals wegwerfen.

»Ich bin noch nicht bereit«, sagte er seiner Schwester. »Das ist ja der springende Punkt. Ich bin im Pool, aber nur knöcheltief. Es ist eine Art von gegenseitiger Ich-will-eigentlich-keine-Beziehung-Beziehung. Wir mögen einander einfach, aber versuchen, nichts zu überstürzen.«

»Ist es eine ernste, monogame Beziehung?«

»Für mich schon«, antwortete er. »Sie hat noch eine schon vorher existierende Beziehung.«

»Hat sie das?«

»Ja, aber die führt nirgendwohin. Es steht ihr frei, mich zu treffen, wenn sie das will, und sie hat ihm von mir erzählt. Da läuft nichts Hinterhältiges. Niemand wird hintergangen. Wir sind mit allem sehr offen, es gibt keine Regel, die besagt, dass man sich nur mit einer Person auf einmal treffen darf.«

»Na«, sagte seine Schwester, »sei dir nur sicher, dass sie gut zu dir ist. Ich will nicht, dass du etwas mit der falschen Person anfängst.«

»Genau deswegen verbringen wir ja Zeit miteinander. Wenn ich jetzt die richtige Person treffen würde, wüsste ich nicht, was ich tun sollte. Wir fangen keine Beziehung an. Deswegen ist sie jetzt die Richtige.«

Sosehr er Frauen auch immer geliebt hatte – was in der zweiten Klasse angefangen hatte, als er ein gesamtes Schuljahr lang die Augen nicht von Miss Lasseters Hängebusen wenden konnte –, war ihm doch vor Kurzem klar geworden, dass er nicht viel über sie wusste. Er konnte wirklich nicht sagen, ob er zu viel oder zu wenig über Liebe nachdachte. Ihm war bewusst, dass es da Geheimnisse und einen Zauber gab, und dass er die letzten zwanzig Jahre versucht hatte, das Geheimnis zu lüften, auch wenn er wusste, dass er damit riskierte, den Zauber zu zerstören. Gegen Ende seiner Beziehungen verbrachte er meistens mehr Zeit damit, über die Liebe nachzudenken und sie zu analysieren, als sie zu genießen oder daran teilzuhaben. Manchmal schien es, als hätten die Typen das meiste Glück, die am wenigsten darüber nachdachten, die eindimensionalen Kerle mit zusammengewachsenen Augenbrauen und einem minimalen Wortschatz, zu denen Frauen sich anscheinend hingezogen fühlten. Für Paul wurden seine Beziehungen, je länger sie andauerten, umso verwirrender, und der springende Punkt bei seiner Beziehung zu Tamsen war, es nie so weit kommen zu lassen. Es sollte einfach bleiben. Sie war auch nicht wirklich falsch für ihn, abgesehen von der Tatsache, dass sie auch nicht wirklich frei war. Wäre sie völlig und sofort verfügbar, würde sie mehr fordern oder erwarten, als er bieten konnte, dann würde er wahrscheinlich weglaufen, obwohl sein Ziel war, sie für sich zu gewinnen. Es ergab keinen Sinn, aber es machte Spaß, solange er nicht zu viel darüber nachdachte. Er wusste, dass er es seiner Schwester nicht erklären konnte. Nach der Scheidung hatte er mit Bits lange am Telefon darüber gesprochen, was schiefgelaufen war und dass er und Karen von Anfang an nicht zueinandergepasst hatten, und dass Bits schon bei der Hochzeit Bedenken gehabt hatte. Paul ließ sie versprechen, dass sie sofort Bescheid sagen würde, sollte sie noch einmal Bedenken haben.

»Wie heißt sie?«

»Tamsen.«

»Tamsen? Das gefällt mir. Was für ein Name ist Tamsen?«

»Es ist ein alter Familienname«, sagte er. »Französisch, glaube ich.«

»Hat sie einen Nachnamen?«

»Prouty.«

»Und sie ist alt genug, um alle vier Beatles aufzählen zu können?«

»Pete Best, Stu Sutcliffe, Billy Preston, Brian Epstein, George Martin und Alan Freed auch. Sie ist nur fünf Jahre jünger als ich.«

»Bist du sicher, dass du bereit bist, dich auf jemanden auf deinem eigenen Niveau einzulassen?«, sagte seine Schwester. »Das klingt nach einem ziemlich großen Schritt.«

»Du hast mir doch gesagt, dass ich jemanden brauche, der mir in den Hintern tritt«, sagte er.

»Tritt sie dir in den Hintern?«

»Nein«, sagte er, »aber sie könnte es.«

»Wie habt ihr euch getroffen.«

»Wir haben zusammen zu Mittag gegessen«, erzählte er seiner Schwester. »Rein geschäftlich, zuerst.«

Tamsen hatte angerufen, um zu fragen, ob er die Website für sein Buch mit einer E-Commerce-Seite verlinken würde, für die sie arbeitete. Sein Name stand auf dem Titel eines Buchs namens *Windows 95 für Deppen*, aber er hatte das Projekt nur zu Ende geführt, erläuterte er, nachdem der ursprüngliche Autor gestorben war, bevor er die erste Version abgeben konnte. Sie sagte ihm, er solle sich keine Sorgen machen. Ihr Arbeitgeber, eine Firma namens WebVan.com, brauchte nur Inhalte, um Browser auf ihre Website aufmerksam zu machen, das bedeutete Artikel, Neuigkeiten, witzige Geschichten, Kurzgeschichten, sogar Gedichte. Bei diesem ersten Anruf redeten sie über eine Stunde lang. Als sie sagte, dass sie für eine Konferenz nach Worcester käme, und vorschlug, sich zum Mittagessen zu treffen, raste sein Herz.

»Ist sie geschieden?«

»Ja, aber ich wollte niemanden, der das nicht ist.«

»Kinder?«

Er schüttelte den Kopf.

»Sie haben es versucht, aber sie wurde nicht schwanger.«

»Und was ist das für eine andere Beziehung von ihr?«, fragte Bits. »Ist die nichts Ernsthaftes?«

»Er ist Radiologe«, sagte Paul. »Stephen. Er und seine Frau leben getrennt und werden geschieden, aber sie haben zwei Jungs, zehn und zwölf. Ich nehme an, das macht die Sache recht kompliziert. Ihre beste Freundin Caitlin hat mir erzählt, sie möge mich viel mehr.«

»›Sie‹ Tamsen oder ›sie‹ Caitlin?«

»Caitlin mag mich mehr als Stephen«, erklärte Paul. Er hatte Caitlin bei einer Party getroffen und hatte laut Tamsen »den Beste-Freundin-Test mit fliegenden Fahnen bestanden«. Er hatte eigentlich meistens das Gefühl, dass er eher linkisch denn charmant wirkte, aber es war eine spaßige Party gewesen. Caitlin hatte Paul in der Küche anvertraut, dass Stephen so vorhersehbar und ein bisschen langweilig war, fast eine etwas größere Version von Tamsens Exmann. Caitlin sagte, dass sie fand, Tamsen brauchte jemanden, der ihre kreative Seite herausbringt.

»Aber wie ich schon gesagt habe, sie kann sich einlassen, auf wen sie will. Und ich auch. Nicht, dass ich es wollte. Wir haben eine Vereinbarung, zueinander völlig offen und ehrlich zu sein und den anderen nicht zu verurteilen. Wir können einander alles sagen.«

»Das ist das Dümmste, das ich je gehört habe«, sagte seine Schwester.

»Da könntest du recht haben«, sagte Paul. »Wenn es nicht funktioniert, können wir ja immer noch auf Eifersucht und Enttäuschung zurückgreifen.«

»Es ist deine Wahl«, sagte seine Schwester.

»Deswegen brauche ich ein Telefon«, sagte Paul. Er hoffte,

er war noch nicht zu spät dran. »Ich habe versprochen, anzurufen, wenn ich aus dem Krankenhaus nach Hause komme.«

»Kann ich zuhören?«, fragte Bits. Sie hatte ihn mal in der Highschool belauscht, als Paul ganz nervös ein Mädchen angerufen hatte, und hatte ihn nie wieder vergessen lassen, was er gesagt hatte: »Ich mag an dir, was du bist …«

»Nein«, sagte er.

Seine Schwester bot ihm an, ihn am nächsten Morgen vor der Kirche abzuholen, aber er sagte, er würde mit Beverly hinfahren. Er hatte keinen Anzug mitgebracht, aber er hatte ein hübsches Hemd und könnte sich einen Schlips aus der Sammlung seines Vaters leihen, wahrscheinlich einen derselben Schlipse, die er sich damals in der Highschool ausgeliehen hatte, darüber würde er einen Pullover ziehen.

Als Bits gegangen war, öffnete er den Kühlschrank, obwohl er wusste, dass er weder dort noch sonst wo im Haus Bier oder eine Flasche Wein oder Whiskey finden würde. Oben warf er seinen Koffer auf das Bett im Gästezimmer und öffnete ihn. Er hatte noch fünf Fläschchen übrig. Die Alkoholläden waren morgen geschlossen, also hob er vier für morgen auf und öffnete eine als Schlummertrunk, dann ging er in das Büro seines Vaters, um zu telefonieren.

Die Vorstellung, mit Tamsen zu sprechen, erregte ihn immer noch. Damals, das erste Mal am Telefon waren sie professionell gewesen und hatten sich zu Anfang an Berufliches gehalten, aber in null Komma nichts sprachen sie über Persönliches, ihre Lieblingsbands, -orte und -essen. Ihre Geschmäcker waren ähnlich, und er hatte mehr wissen wollen. Er war zwei Tage später nach Worcester gefahren, um sie zum Mittagessen zu treffen und es einfach drauf ankommen zu lassen. Er fand das Restaurant problemlos, ein Sushiladen, wo sie Pflaumenwein bestellt hatten. Sie war viel hübscher, als er zu hoffen gewagt hatte, zierlich und mit glatten, schulterlangen Haaren in der Farbe von mexikanischem Rosenholz. Sie hatte braune Augen, in denen sich das Licht fing, ausdrucksvolle Augenbrauen, gute Wangenknochen, glatte Haut, perfekte Zähne und Lippen, die er nur als küssbar bezeichnen konnte. Ihre Hände waren klein und weich, aber ihr Griff fest. Ihr Körper war – es war nur natürlich zu vergleichen – besser als Karens, die ein bisschen wie ein Junge gebaut war. Wieder lief es gut zwischen ihnen, sie sprachen über das Geschäft, das Wetter, Sport, Neuengland, Politik. Sie spielte Poker. Sie ging gern allein an den Strand und hörte CDs von Jazzsängerinnen, die nur einen Vornamen brauchten, Ella und Billie und Bessie und Blossom und Judy. Sie hatte ein Aquarium. Sie hatte Kochkurse besucht, aß aber oft Joghurt und Möhren zu Abend. Sie sprachen, bis beiden klar war, dass sie mehr als Small Talk wollten.

Er fragte sie nach ihrer Familie. Ihr Bruder, Mike, wohnte in Kalifornien. Ihre Mutter, Judith, wohnte in Kingston, Rhode Island, sie war Lehrerin im South County Schulsystem – dass sie beide Lehrerkinder waren, war eine ihrer vielen Gemeinsamkeiten. Tamsens Vater, John, war Ingenieur bei General Electric gewesen und geschäftlich viel unterwegs. Ihre liebste Erinnerung an ihn war, wie sie, nachdem er Feierabend hatte, nebeneinander auf dem Sofa saßen und sich Wiederholungen von *Ein Käfig voller Helden* ansahen. Er war gerade erst fünfzig geworden, als er Krebs bekam. Tamsen war damals mit einem Mann namens Donald verlobt, sie zogen die Hochzeit vor, als sie das erfuhren, obwohl sie bereits Zweifel an der Beziehung hatte, sie erzählte Paul, dass sie im Grunde tief im Innersten wusste, dass es nicht funktionieren würde, aber sie wollte es nicht wissen und hatte das Gefühl, dass sie die Hochzeit wegen der Krankheit ihres Vaters nicht absagen konnte. Sie wollte, dass er glaubte, sie würde glücklich.

Als Paul an der Reihe war, beschrieb er ihr kurz seine eigene gescheiterte Ehe, dabei achtete er darauf, nicht bitter zu klingen oder Schuldzuweisungen zu machen, da ihm bewusst war, dass es schlechter Stil war, seine Ex schlechtzureden. Als Tamsen ihn fragte, ob er schon wieder mit jemandem ausging, antwortete er ihr ehrlich, dass er vergessen hatte, wie das ging. Er hatte zweimal eine Frau eingeladen und beide Male einen Korb bekommen, seine Annäherungsversuche waren zu zögerlich und schüchtern. Tamsen hatte ihm geraten, dass er einer Frau deutlich zeigen sollte, dass er an ihr interessiert war, an diesem Punkt hatte er dann Tamsen umarmt und geküsst. Es war das Impulsivste, was er jemals getan hatte, und führte zu dem aufregendsten Kuss, den er je erlebt hatte, wie im Kino, es überraschte ihn so sehr wie sie, da er eigentlich überhaupt kein Selbstvertrauen in sich als Liebhaber, Ehemann oder Partner hatte. Der Pflaumenwein hatte ihn mutig gemacht, aber sein erster Gedanke war, sich zu entschuldigen. Doch so wie sie lächelte und ihn küsste, wusste er, dass keine Entschuldigung nötig war und dass er die Zeichen und Signale, die sie gesandt hatte, richtig interpretiert hatte. Sie hatten sich noch drei Mal geküsst, das letzte Mal, als sie auf dem Parkplatz standen und sie sagte, dass sie losmüsse, aber nicht, bevor sie ihm nicht erzählt hatte, dass ihre Hellseherin ihr gesagt hatte, dass sie jemanden treffen würde, dessen Name mit einem P beginnt. Er glaubte nicht an Hellseher, aber er war schlau genug, das nicht zu sagen. Sie küsste ihn zum Abschied, ein Kuss, der sich so gar nicht nach Abschied anfühlte. »Brrzzlfft«, hatte er gesagt. Er hatte eigentlich ein richtiges Wort sagen wollen.

Am Ende dieses Tages mochte er es, an sie zu denken. Es

beruhigte ihn, sie sich vorzustellen. Im Büro seines Vaters wählte er ihre Nummer.

Die Nachricht auf ihrem Anrufbeantworter lautete: »*Hi, hier ist Tamsen. Bitte hinterlasst eine Nachricht, und wenn du es bist, Paul, ich bin ausgegangen, aber ruf mich ruhig später an und weck mich auf, oder ruf mich morgen früh an.*«

Er legte auf, aber nicht vor dem Piepser, sodass sie wusste, dass jemand angerufen und aufgelegt hatte, sie würde wahrscheinlich erraten, dass er es war, und das war peinlich. Jetzt musste er noch einmal anrufen und tatsächlich etwas sagen.

Er hielt inne, um ihre Nachricht zu analysieren. Dass sie eine persönliche Nachricht für ihn hinterlassen hatte, war gut, weil es bedeutete, dass sie an ihn dachte und sich keine Sorgen machte, ob jemand anderes – Stephen – anrufen und sie hören könnte. Dass sie gesagt hat, dass sie ausgegangen war, aber nicht wohin, bedeutete wahrscheinlich, dass sie mit jemandem ausgegangen war – Stephen? –, und das war schlecht. Aber sie hatte gesagt »ruf mich ruhig später an und weck mich«, und das war gut, denn es bedeutete, dass sie nicht bei ihm übernachtete und er nicht bei ihr. Aber sie hatte »oder ruf mich morgen früh an« hinzugefügt, und das war schlecht, denn das könnte bedeuten, dass sie bei ihm zu Hause war oder dass er bei ihr war und dass sie ihre Anrufe erst nach einem Blick auf die Nummer annahm, und so oder so war sie bis morgen nicht erreichbar. Es sei denn, es war gut und bedeutete nur, dass sie wirklich wollte, dass er anruft, egal wann.

Er musste nachdenken. Es stimmte, dass sie sich darauf verständigt hatten, offen zueinander zu sein, und dass nichts verboten war, aber trotzdem versuchte er, das Thema Stephen zu vermeiden, wenn sie zusammen waren, und sie ebenfalls. Er wusste, dass, wollte er als Sieger aus dieser Rivalität hervorgehen, er der weniger Dämliche sein musste, derjenige, bei dem sie sich über den anderen beschweren konnte, und nicht derjenige, über den sie sich beim anderen beschwerte.

Er starrte das Telefon an, dasselbe altmodische, schwarze Bakelittelefon mit Wählscheibe, das er während eines wesentlichen Teils seiner Jugend angestarrt hatte unter fast identischen Umständen, als er versucht hatte, die Courage aufzubringen, ein Mädchen anzurufen, und überlegte, was er ihr sagen konnte. Es war sogar dasselbe Zimmer, da das Büro seines Vaters vorher das Zimmer war, das Paul sich mit seinem Bruder geteilt hatte. Jetzt standen ein Doppelbett hier anstelle des Etagenbetts, ein Aktenschrank und der massive Rolltopschreibtisch, den Pauls Vater von seinem Vater geerbt hatte. An den Wänden hingen Fotos – eines von seinem Vater mit seinen Collegefreunden, noch eines von Harrold mit seinen Navy-Kumpeln – Paul betrachtete das Foto und versuchte vergeblich, den Navy-Kumpel zu erkennen, den er im Krankenhaus getroffen hatte, der Typ mit der breiten Brust und dem Bürstenhaarschnitt –, außerdem noch verschiedene Preise und Urkunden, die Harrold über die Jahre verliehen bekommen hatte, darunter eine Auszeichnung als Lehrer des Jahres. In der Highschool hatte Paul als Lehrersohn eine schwierige Stellung gehabt, seine familiären Beziehungen bedeuteten zugleich eine verräterische Allianz mit dem Feind. Um seinen Freunden zu beweisen, dass man ihm als »normalem Typ« vertrauen konnte, rauchte er Pot, trank und brachte sich bei jeder Gelegenheit in Schwierigkeiten. Harrold Gustavson galt als einer der akzeptableren Lehrer der Schule, aber er war nicht auf die scheißfreundliche Art beliebt wie manche Lehrer, sondern hoch respektiert; selbst von jugendlichen Delinquenten, Kiffern und

Sportlern wurde er als gerecht und ehrlich angesehen, und weil er schlicht ein guter Lehrer war; intensiv hieß es – eine Stunde in seiner Klasse war wie eine Woche in der von allen anderen. Paul hatte die Klassen seines Vaters vermieden, und zwar aus denselben Gründen, wie er es vermied, zu Hause über die Schule zu sprechen. Es ging darum, sich eine eigene Identität zu erschaffen, abseits von seiner Familie, wozu er ein Gefühl von Autonomie und Privatsphäre brauchte. Andere Kinder konnten in der Schule Dinge tun, die ihre Eltern nie erfuhren, Paul hatte diesen Luxus nie. Von der achten Klasse an verließ er, sooft es ging, sein Zuhause, um in den Häusern seiner Freunde abzuhängen und der, wie er fand, bedrückenden und allgegenwärtigen Kontrolle der Eltern zu entfliehen. Weg von spähenden Augen, er konnte dann fluchen, Zigaretten rauchen, Bier trinken, mit Mädels Quatsch machen, sich gehen lassen und entspannen, er konnte er selbst sein. Zu einer bestimmten Zeit bedeutete das, auf jeden Fall das Gegenteil seines Vaters zu sein. Jetzt, umgeben von so vielen Zeichen der Leistungen seines Vaters, ohne etwas Eigenes vorweisen zu können, schien automatischer Widerspruch irgendwie keine so gute Idee mehr.

Das Telefon anzustarren war heute auch nicht produktiver als damals als pickeliger Teenager und führte zum selben Schluss: »Ruf einfach an, dir wird schon was einfallen.« Er wählte noch einmal. Zweimal rutschten seine Finger von dem Loch in der Wählscheibe, und er musste noch einmal von vorn anfangen.

»Hi, hier ist Tamsen. Bitte hinterlasst eine Nachricht, und wenn du es bist, Paul, ich bin ausgegangen, aber ruf mich ruhig später an und weck mich auf, oder ruf mich morgen früh an. Piiiep.«

»Hi, ich bin's«, sagte er. »Ich bin zu Hause, und es ist ungefähr zehn Uhr eurer Zeit. Ich wollte nur Gute Nacht sagen. Ich dachte, ich könnte einfach weiterquatschen, mal sehen, ob ich dein Band vollkriege, aber das wäre verkehrt. Wir sind vom Flughafen direkt ins Krankenhaus und haben dort zu Abend gegessen. Meine Mom bleibt heute Nacht sogar da, ich bin also ganz allein hier. Es ist ein bisschen gruselig. Ich werde dir alles über meinen Dad erzählen, wenn ich mit dir sprechen kann, aber grundsätzlich ist es so, dass er stabil ist und schläft und es nicht mehr schlimmer wird, also ist es eigentlich kein Notfall mehr, außer, dass man immer noch nicht weiß, wie schlimm es ist. Es gibt positive Zeichen und negative, und es werden immer noch Tests gemacht. Ich werde dich auf dem Laufenden halten. Wir sind alle irgendwie fertig. Ich habe mich mit meinem Bruder ein bisschen gekabbelt, davon erzähle ich dir dann auch später.

Jedenfalls wollte ich eigentlich wirklich einfach immer und immer weiterquasseln, mal sehen, ob ich dich zum Lachen bringe, weil ich immer weitermache, aber ich mache es dann doch lieber nicht. Ich wünschte, du wärst hier. Ich bin im Büro meines Vaters, was früher mein Schlafzimmer war, meines und Carls, und ich sehe mir all diese Auszeichnungen und Ehrungen an, die er bekommen hat, und das bringt mich auf die Idee, dass ich wirklich auch ein paar Ehrungen und Auszeichnungen brauche. Vielleicht schaue ich mal, wenn ich nach Hause komme, ob ich nicht eine altenglische Schrift habe, und drucke mir ein paar Auszeichnungen, die ich in mein Büro hängen kann.«

Das war gut. Er sprach langsam. Er konnte sich das Lächeln auf ihrem Gesicht vorstellen. Sie hatte gesagt, dass sie es liebe, wie er sie zum Lachen brachte. Das war ein paar Punkte wert.

»Ich weiß, ich habe versprochen, nicht endlos weiterzuquatschen und dein ganzes Band zu füllen, und das werde ich auch nicht, aber im Moment wünschte ich, du wärest zu Hause. Wenn ich da wäre, würde ich *Casablanca* aus der Videothek holen und in den Videorekorder legen, weil du gesagt hast, du hättest ihn noch nie gesehen, und dann würde ich dir die Füße massieren, während wir ihn uns ansehen. Um ehrlich zu sein, es ist ein bisschen merkwürdig, hier auf diesem Bett zu sitzen und Fantasien über dich zu haben. Ich weiß nicht, ob ich es dir erzählt habe, aber all die präpubertären Fantasien, die ich als Junge hatte, spielten sich gewöhnlich in Situationen ab, in denen die Mädchen gezwungen waren, mit mir zu schlafen, weil wir in einer Höhle gefangen waren oder auf einer einsamen Insel Schiffbruch erlitten oder nach einem Flugzeugabsturz am Nordpol festsaßen, und ich rettete diese unterschiedlichen Jungfrauen in Nöten, und keine von ihnen bot mir je freiwillig ihre Zuneigung. Sie küssten mich nur, weil ich ihnen das Leben gerettet hatte und weil ich wortwörtlich der letzte Mann auf Erden war. Sagt das nicht viel über mein Selbstwertgefühl? Egal, wir könnten noch weiter darüber reden, aber ich hasse es wirklich, weiterzuquasseln und dein gesamtes Band vollzuquatschen.«

Er machte eine Pause und zählte langsam bis fünf.

»Mann. Es ist wirklich kalt hier. Ist es da kalt? Hier ist es kalt. Wie viel hat es geschneit? Es tut mir wirklich leid, so weiterzuschwafeln. Ehrlich. Egal, ich sollte nicht weiterquasseln, aber ich wollte dir sagen, dass ich dich vermisse, und ich wünschte, ich könnte mit dir reden. Um ehrlich zu sein, teilweise hoffe ich auch deswegen, dass es meinem Vater bald besser gehen wird, damit er dich irgendwann einmal treffen kann, denn es würde mich so traurig machen, wenn er das nie täte …«

Er fing sich wieder. Er hatte gegen eine ungeschriebene Regel verstoßen, eine stillschweigende Klausel in ihrer Abmachung, ganz im Augenblick zu leben und nicht zu oft über die Zukunft zu sprechen. Er musste die Scharte auswischen, wie seine Mutter, die oft Ausdrücke durcheinanderbrachte, sagen würde.

»Okay, ich denke, das hätte ich definitiv nicht sagen sollen. Versteh mich nicht falsch, ich fände es toll, wenn du meine Familie treffen würdest, natürlich, irgendwann, nicht unbedingt jetzt sofort, und natürlich würde ich supergern deine Mom treffen und so, aber wir sind wahrscheinlich noch nicht an diesem Punkt in unserer Beziehung, an dem wir darüber reden, die Familie des anderen kennenzulernen … nicht, dass irgendetwas dagegen …«

»Piiiep.«

»Mist verdammter!«, sagte er und knallte den Hörer auf die Gabel.

Es war ein langer Tag gewesen. Er hoffte, dass er morgen wieder in Form wäre.

VIERTES KAPITEL

König Carl

Darüber habt ihr euch gestritten?«, fragte Stella. »Paul – ein *Glückskeks*?«

»Da steckte etwas mehr dahinter«, sagte Paul.

»Er hat nicht mal deinen Keks gegessen«, fuhr Stella fort. »Ich kann ja verstehen, dass man sauer wird, wenn einem jemand den Keks wegisst. Du sagst mir, dass er versucht hat, *dich* dazu zu bringen, deinen *eigenen* Keks zu essen, verstehe ich das richtig? Ich versuche nur, es zu begreifen.«

»Er will die Kontrolle«, sagte Paul. »Er denkt, er wüsste, was für jeden das Beste ist. Ich nehme an, dass er es gut meint, aber es nervt so.«

Als Paul wieder zurück in Northampton war, hatte er den Müll rausgebracht, seine Pflanzen gegossen und dann den Kofferinhalt in die Waschmaschine gestopft. Er hatte die Nachrichten auf seinem Anrufbeantworter angehört, die letzte war von Tamsen, sie sagte, dass sie heute Abend herkommen wollte, um ihn zu sehen. Er hatte sie zurückgerufen, nur ihren Anrufbeantworter erreicht, ihr gesagt, dass er noch ins Bay State auf ein Bier ginge und dass sie ihn dort finden würde, dann fuhr er los, um Stella abzuholen, die bei ihrem Freund Chester gewesen war, dem Retriever mit dem goldenen Herzen und dem steinernen Gehirn.

Ihre erste Frage, nachdem er sie ins Auto gehoben

hatte, war, wie sich sein Vater fühlte. Er erzählte ihr, was er wusste. Er war während seines Aufenthalts jeden Tag ins Krankenhaus gegangen, manchmal mit seiner Mutter, manchmal mit seiner Schwester oder allein, und hatte seinem Vater aus der Zeitung vorgelesen und dabei einen abfälligen Tonfall angenommen, wenn diese verdammten Demokraten erwähnt wurden, weil er annahm, dass das eine therapeutische Wirkung auf seinen Vater hätte. Bei Pauls letztem Besuch war sein Vater bei Bewusstsein und wach gewesen, seine Augen waren offen, und er war in der Lage, Leute im Zimmer zu verfolgen, aber ansonsten reagierte er nicht. Paul hatte am Bett seines Vaters gesessen und Harolds Hand gehalten – das hatte er nicht mehr getan, seit er vier Jahre alt gewesen war – und gespürt, wie sie leicht zuckte.

»Ich glaube, er war froh, dass wir da waren«, hatte Paul Stella erklärt, »aber es war schwer zu sagen. Es ist sehr merkwürdig, wenn man jemanden ansieht und nicht erraten kann, was derjenige denkt. Man merkt erst, wie wichtig das ist, wenn es fehlt.«

»Wie geht's deiner Mutter damit?«

»Sie ist eigentlich ziemlich optimistisch«, sagte Paul. »Alle krempeln die Ärmel hoch und sagen, ›Machen wir uns an die Arbeit‹.«

»Warum muss man die Ärmel hochkrempeln?«

»Das ist nur so ein Ausdruck.«

Stella dachte schweigend über Pauls Bericht nach, dann sagte sie, dass sie glaubte, dass ihn immer noch etwas belastete. Da erzählte er ihr, dass er sich mit seinem Bruder gestritten hatte, und die Geschichte mit dem Glückskeks, weil er dachte, dass es witzig sei.

»Ich glaube nicht, dass es dich umgebracht hätte, den

Glückkeks zu essen«, sagte Stella trocken. »Nur um den Frieden zu wahren. Mehr sage ich nicht.«

»Es geht ums Prinzip«, sagte Paul. »Das hättest du getan?«

»Und den Zettel gleich mit«, sagte sie. »Damit hättest du beide Probleme gelöst. Außerdem, wenn du etwas isst, das du eigentlich nicht essen willst, kannst du immer noch Gras fressen und es später wieder erbrechen.«

»Für dich ist das leicht gesagt«, sagte Paul, aber sie hatte recht, mal wieder. Gesegnet sei der Friedensstifter. »Bei Menschen nennt sich das Bulimie, außerdem gab's da kein Gras. Der Boden war mit Schnee bedeckt. Was machen Hunde im Winter, wenn sie erbrechen wollen?«

»Wechsle ruhig das Thema, wenn du möchtest«, sagte Stella. »Ich glaube einfach, dass du eine wirklich seltsame Beziehung zu deinem Bruder hast. Es klingt so kleinlich. Und ich meine das negativ. Liebst du deinen Bruder denn nicht?«

»Natürlich liebe ich meinen Bruder«, sagte Paul. »Ich wünschte nur, er würde in Neuseeland wohnen.«

»Ist das ein netter Ort?«, fragte Stella.

»Es ist ein sehr netter Ort«, sagte Paul. »Und auch eine gute Lage.«

Als Paul fuhr, dachte er daran, wie oft er seinem Bruder als Kind viel Schlimmeres gewünscht hatte. Als Carl mal vom Schachbrett aufgestanden war und sich geweigert hatte, zu Ende zu spielen oder ein Remis zu akzeptieren – Paul war zwei Züge vom schachmatt entfernt und kurz davor, seinen Bruder zum ersten Mal in seinem Leben bei irgendetwas zu schlagen. Dann gab es eine Zeit, in der Carl die Schnürsenkel aus Pauls Turnschuhen klaute, wenn seine rissen, oder die Milch leer trank, wenn Paul noch Müsli übrig hatte, oder die Cremefüllung aus den Keksen leckte und sie dann wieder zurück in die Packung tat oder wenn er Paul seine Marshmallows anbrennen ließ, weil er ihn am Lagerfeuer mit seinem Stock immer bekämpfte – jahrelang hatte Paul so getan, als möge er angebrannte Marshmallows. Trotz der grundsätzlichen Geschwisterrivalität in früher Kindheit hatte Paul in den ersten zehn Jahren seines Lebens alles tun wollen, was Carl tat, dieselben Kleider tragen, denselben Haarschnitt bekommen. Als Paul in die Junior Highschool kam und sich der Krieg zwischen ihnen intensivierte, musste Paul einfach denken: So vergiltst du mir lebenslange Bewunderung?

Er sah Stella an, die ihn mit schräg gelegtem Kopf betrachtete.

»Es ist schwer zu erklären«, sagte er zu ihr. »Erinnerst du dich daran, als du ein Welpe warst und mit deinen Brüdern und Schwestern auf dem Bauernhof gelebt hast. Damals warst du …«, er hatte Stella mal gesagt, dass sie der Zwerg des Wurfs war, und das hatte sie verletzt, »… der netteste Hund in deiner Familie, aber deine älteren Brüder waren größer als du, und wenn es einen Napf voller Futter gab oder etwas vom Tisch, dann haben sie es zuerst gefressen und dir nichts übrig gelassen.«

»Vage«, sagte Stella.

»Na ja, so ähnlich ist es«, sagte Paul. »Mit Menschen kommt man in diese Beziehungen und entwächst ihnen nie.«

»Unter Hunden muss man ihnen nicht entwachsen«, sagte Stella. »Es gibt eine soziale Ordnung. Das möchtest du. Ich verstehe, wenn du nicht weißt, wo dein Platz ist. Das kann einen verwirren.«

»Es hat dich nie gestört, dass deine Brüder zuerst gefressen haben?«

»Sie waren größer«, sagte Stella. »Es war mir wichtiger, die Nette zu sein. Deswegen kommen wir miteinander klar.«

Er streckte die Hand aus und kratzte sie am Ohr. Sie lehnte sich vor.

»Es ist nicht verkehrt, das Omega zu sein«, sagte er. »Es sind die Leute, die bescheidener sind als du, die mich ärgern. Außerdem, darum ging es im Grunde auch gar nicht bei dem Streit. Das war nur der Augenblick, in dem mir der Kamm geschwollen ist.«

Sie sah verwirrt aus.

»Hier«, sagte Paul und packte Stella am Kinn.

»Das ist mein Nacken«, sagte sie.

»Der Kamm sitzt bei einem Hahn dort.«

»Findest du, dass ich wie ein Hahn aussehe?«

»Dann eben das Sträuben der Nackenhaare«, sagte Paul. »Wie sich dein Fell aufrichtet, wenn du versuchst, böse auszusehen, um einen Kampf abzuwenden, um den anderen Hund zu verscheuchen.«

»Es klingt für mich aber nicht so, als hättest du versucht, deinen Bruder zu verscheuchen«, sagte Stella. »Für mich klingt es so, als hättest du deinen Bruder ärgern wollen. Hättest du ihn nicht ärgern wollen, hättest du einfach den Keks gegessen. Es hätte dich nicht umgebracht.«

»Schon in Ordnung«, sagte Paul. »Das nächste Mal werde ich den Keks essen.«

»Und worum ging es wirklich bei dem Streit?«

»Geld«, sagte Paul. »Was mir übrigens wirklich völlig egal ist. Er hat uns alle am Sonntag nach der Kirche zum Brunch eingeladen, weil es der Geburtstag meines Neffen war und sie die Feier nicht verschieben wollten. Er hat dieses riesige Haus in einem sehr wohlhabenden Viertel in Edina. Es ist sehr einschüchternd.«

»Aber natürlich ist dir das völlig egal«, sagte Stella.

»Es ist einfach anders«, sagte Paul. »Sein Viertel ist voller

Anwälte und Bänker und Ärzte. Sie verdienen mehr Geld als ich.«

»Warum wirst du dann nicht Anwalt oder Bänker oder Arzt?«, fragte sie.

»Der Zug ist schon lange abgefahren. Es ist wie das, was du über Rollen gesagt hast«, erzählte er ihr. »Ich mag, was ich tue, aber ich weiß nie, was ich als Nächstes mache. Es heißt Fest oder Fasten.« Sein Literaturagent, Mauricio Levine, war gut darin, Paul optimistisch zu stimmen. »Erinnere dich nur an das, was Churchill gesagt hat: ›Erfolg ist die Fähigkeit, von einem Misserfolg zum anderen zu gehen, ohne seine Begeisterung zu verlieren.‹« Maury hatte Paul seinen ersten, großen Durchbruch vermittelt, die Chance, *Windows 95 für Deppen* zu beenden, als der eigentliche Autor plötzlich an etwas starb, das Maury »eine nicht damit zusammenhängende Krankheit« nannte. Paul fragte sich immer noch, wie sie damit hätte zusammenhängen können. Sie mussten ein neues Buch vorschlagen. Pauls Idee war *Liebe für Deppen*, aber leider hatte der Verleger schon ein Team aus Ehemann und Ehefrau, die bereits vier Mal geschieden waren und wieder geheiratet hatten, und zwar einander, die daran arbeiteten, und Paul musste zugeben, dass das nur schwer zu toppen war. Der Verleger schlug schließlich *Natur für Deppen* vor. »Diese Sachen sind Gold wert, aber beende es schnell, damit du bezahlt wirst, weil ich glaube, dass der Verleger bankrott machen wird«, riet Maury ihm. »Das ist die Verlagsbranche«, fügte er hinzu.

»Bei Carl gibt's kein Fasten, nur Feste«, fuhr Paul fort. »Ich sage nicht, dass er es sich nicht verdient hat. Er arbeitet wirklich viel, wahrscheinlich zu viel.«

Pauls Bruder hatte sich immer weiter angetrieben, »er beißt die Kerze immer an beiden Enden ab«, wie Pauls Mutter mal gesagt hatte. Er hat nie geschlafen, immer für irgendetwas trainiert, einen Marathon, einen Zehnkilometerlauf, einen halben Triathlon. Sein sauberes, gutes Aussehen und seine höfliche Art hatten ihm im College viele Ostküstenfreundinnen eingebracht, doch als er sich schließlich festlegte, war es Erica Stephenson aus Minnesota, die in Yale im selben Jurasemester war. Als Yalestudent hatte Carl sich sehr bemüht, in den richtigen Kreisen anerkannt, auf die richtigen Partys eingeladen zu werden und Zugang zum Netzwerk der alten Herren zu erlangen. Doch als seine Verlobte sagte, sie wolle in Minnesota arbeiten, um ihren Eltern nah zu sein, gab Carl jeden Gedanken daran, bei einer mächtigen Kanzlei in Boston oder New York oder Washington D. C. einzusteigen, auf. Paul fragte sich, ob Carl diese Entscheidung bereute. Niemand würde es je erfahren, sollte er es tun.

»Du arbeitest auch viel«, sagte Stella. »Ich finde, du solltest genauso gut bezahlt werden wie ein Anwalt oder ein Arzt.«

»Ich kann dir nur zustimmen«, sagte Paul. »Ich werde das beim nächsten Meeting ansprechen. Sei froh, dass du dir nie einen Job suchen musstest.«

»Ich lebe doch bei dir, oder nicht?«, sagte sie. »Das ist Arbeit.«

»Da habe ich aber Glück, dass du eine Arbeitsrasse bist«, sagte Paul.

»Nur zur Hälfte«, korrigierte sie ihn. »Die andere Hälfte ist eine Sportrasse. Also, worum ging es bei dem Streit? Was ist mit dem Geld?«

Nach der Geburtstagsparty hatte Carl Paul gesagt, dass er sich gern mit ihm in seinem Büro unterhalten möchte. In Carls Heimbüro stand ein nobler l-förmiger Rosenholzschreibtisch mit dem größten Computerbildschirm, den Paul je gesehen hatte. Die Wände waren mit allen möglichen

Preisen dekoriert, die Carl über die Jahre gewonnen hatte, angefangen im Kindergarten. Carls Sporttrophäen standen über dem Bücherregal, zusammen mit Fotos von Carl, wie er erschöpft und mit hoch gereckten Armen – dabei waren seine roten Achselhaare zu sehen – Ziellinien überquert. Paul war überrascht, als er sah, dass sein Bruder zehn Ausgaben von *Windows 95 für Deppen* gekauft hatte, eine davon stand mit dem Titelbild nach vorn auf einem teuren Bücherregal.

»Er hat gesagt, dass er und mein Dad an Schenkungen gearbeitet hatten, um Erbschaftssteuern zu sparen«, erzählte Paul Stella. »Mein Dad wollte seinen Kindern sein Geld überlassen, solange er noch lebte, und nicht der Regierung. Wenn man stirbt, nimmt die Regierung einen großen Teil deines Geldes, sodass die Familie es nicht bekommt.«

»Ich würde gern denjenigen, der sich das ausgedacht hat, in den Hintern beißen«, sagte Stella.

»Da bist du nicht allein«, sagte Paul. »Jedenfalls fing mein Dad nach seiner Pensionierung an, Aktien zu kaufen, und veränderte seine Investmentstrategien. Bewegte Dinge hin und her, was auch immer das zu bedeuten hat.«

»Sogar ich weiß, was bewegen heißt.«

»Eine andere Art von Bewegung«, meinte Paul. »Carl sagte, es sähe so aus, als würde mein Dad jedem seiner Kinder etwas mehr als dreihunderttausend Dollar geben.«

»Ist das viel?«, fragte Stella.

»Für mich schon«, sagte Paul.

»Du willst so viel Geld, wie du bekommen kannst, stimmt's?«

»Klar«, sagte Paul, »obwohl es Studien gibt, laut denen Leute, die viel Geld haben, nicht glücklicher sind als Leute, die nur wenig haben.«

Sie sah ihn mit schräg gelegtem Kopf verwirrt an.

»Das ist die menschliche Natur. Man denkt immer, dass man mehr will. Und dann bekommt man mehr, und das lässt einen nur noch mehr wollen. Es ist besser, mit dem zufrieden zu sein, was man hat.«

»Ja, klar«, sagte Stella.

»Das ist deine Natur«, sagte Paul. »Für Menschen ist es schwieriger, als es klingt. Ich habe mich vor ein paar Jahren genau wegen dieses Themas mit meinem Vater gestritten. Ich habe zu Hause angerufen, um um einen Kredit zu bitten, weil Karen und ich in finanziellen Schwierigkeiten steckten. Ich argumentierte gerade, dass man das tun sollte, was man liebt, dann wird das Geld schon noch kommen, und da sagte mein Dad, ›manchmal muss man an jemand anderes als sich selbst denken. Manchmal tut man, was man tun muss, für die Menschen, die man liebt, besonders, wenn es nicht funktioniert, das zu tun, was man liebt‹. Er sah mich als Versager. Ich brauche wohl nicht extra zu erwähnen, dass ich ihn nie nach dem Kredit gefragt habe.«

»Nein.«

»Ich behaupte ja nicht, ein Finanzgenie zu sein«, sagte Paul. Stella sah ihn auf eine Weise an, die er ignorierte. »Das bedeutet nicht, dass mein Bruder das Recht hat, mich aus dem Entscheidungsprozess auszuschließen.«

Paul erklärte, dass Harrold bei der Planung der Schenkungen Carl dauerhaft eine juristische Vollmacht übertragen hatte. Carl sagte in seinem Büro zu Paul, dass er dachte, dass es eine gute Idee sei, angesichts der aktuellen Unsicherheit die Auszahlung der Schenkungen zu verschieben, für den Fall, dass Harrold etwas Schlimmes zustoße, eine Art von Worst-Case-Szenario, bei dem sie das Geld für seine aufwendige Pflege benötigten. Paul hatte entgegnet, dass die Absicht der Schenkung war, eben auf den schlimmsten Fall vorbereitet zu sein, und sollte ihr Vater einen weiteren Schlaganfall erleiden und nicht überleben, das Geld durch die Erbschaftssteuer verschwinden würde, also genau das, was Harrold nicht wollte.

»Er stellte es so dar, als sei ich gierig oder gefühlskalt.«

»Aber du bist weder das eine noch das andere«, sagte Stella.

»Danke«, sagte Paul. »Deswegen hat es mich verletzt. Dann hat er die Bombe platzen lassen. Er hat mir gesagt, dass er Arnie Olmstead feuern würde, den Broker meines Vaters. Arnie hat sein Leben lang mit meinem Dad zusammengearbeitet. Er gehört zu unserer Kirchengemeinde. Sie haben zusammen Totempfähle aus Balsaholz geschnitzt, als wir alle bei den Indianern waren.«

»Bei welchen Indianern?«

»Es war so ein Programm beim CVJM, bei dem sich weiße Jungs verkleiden und so tun, als seien sie Indianer«, sagte Paul. »Väter und Söhne. Der springende Punkt ist, dass Carl seine Macht als Anwalt nutzte, um die Investitionen meines Vaters zu übernehmen.«

Carl sagte, er hätte es Paul ja schon früher erzählt, aber Paul habe vorher nie Interesse für solche Dinge gezeigt. Das stimmte. Carl hielt ihm einen Vortrag, wie der Markt sich durch das Internet verändert habe, wie heute mehr Informationen als jemals zuvor erhältlich waren und mehr Leute am Markt mitspielten, die keine Ahnung hatten, was sie da tun, was bedeutete, mehr Volumen, höhere Höhen, tiefere Tiefen, eine schnellere, schwankendere Achterbahn und mehr Passagiere, die keine Sicherheitsgurte trugen. Paul las jeden Tag Zeitung, aber den Wirtschaftsteil übersprang er gewöhnlich. Er wusste, dass der Markt verrückt gewesen war, dass jeden Monat neue Rekorde gesetzt wurden, mit katastrophalen Korrekturen und ständig drohenden neuen Schwarzen Freitagen. Carls Argument war, dass Arnie Olmstead nicht mit der Zeit ging und unfähig zur Reaktion war, sollte etwas Drastisches geschehen. »Wir tragen die Verantwortung«, hatte Carl gesagt. Carls Plan war, die Investitionen ihres Vaters online zu verwalten, wo man schnell handeln konnte, ohne hohe Brokergebühren zu bezahlen. »Alle machen das«, sagte er. Er wollte alle auf dem Laufenden halten. »Lass mich nur im Moment alles beobachten. Wenn du meine Fähigkeiten anzweifelst, kannst du meine Handlungen jederzeit überprüfen.«

»Du wolltest also dabei sein, auch wenn du kein Geld hast und dir Geld egal ist und du nichts über den Aktienmarkt weißt«, sagte Stella. »Ich will dich nicht kritisieren. Ich versuche nur, die Dinge in der richtigen Perspektive zu sehen.«

»Das schätze ich«, erwiderte Paul. »Ich vertraue ihm einfach nicht. Ich habe gelernt, das nicht zu tun. Ich habe ihm früher vertraut, und er hat mich drangekriegt. Ich habe mir geschworen, dass das nie wieder geschehen würde.«

»Was hat er getan, dass du ihm nicht vertraust?«, fragte Stella.

»Wo soll ich anfangen?«, sagte Paul. »Wie damals, als ich bei einer Party war und mit Debbie Benson nackt schwimmen gehen wollte. Normalerweise macht man so was, wenn man getrunken hat. Es soll sexy sein.«

»Ist es das nicht?«

»Nicht in Minnesota«, sagte Paul. »Nicht, wenn es hühnergroße Stechmücken gibt. Außerdem war das Wasser eiskalt, was einen netten Effekt auf einen Mädchenkörper hat, aber nicht auf den von Jungs, falls du weißt, was ich meine.«

Stella sah ratlos aus.

»Egal, ich kam jedenfalls nach der offiziell abgemachten Zeit nach Hause, weil ich eine Stunde lang um die Seen gekurvt war, um nicht nach Alkohol zu stinken. Ich kam herein, und mein Vater hatte auf mich gewartet, und er sagte, er wolle wissen, ob ich Pot nahm. Meine Mom war normalerweise diejenige, die aufblieb, daher wusste ich, dass es ernst war. Ich sagte, man *nimmt* Pot nicht, man *raucht* Pot. Er sagte: ›Pot ist eine Droge, oder nicht? Und du nimmst Drogen.‹«

»Alkohol ist auch eine Droge, oder nicht?«, fragte Stella.

»Ich nehme schon an, aber man sagt nicht: ›Ich nehme Alkohol.‹«

»Aber man sagt: ›Ich habe einen Drink genommen.‹«

»Ich gebe gern zu, dass es ein dummes Argument war«, sagte Paul. »Aber ich leugnete vehement und sagte ihm ins Gesicht, dass ich keinen Pot rauche und es nie getan habe, und da zog er eine große alte Tüte voller Gras hervor und fragte mich, ob das mir gehöre. Das tat es natürlich, aber ich hatte es unter einer losen Bodendiele auf dem Speicher versteckt, man musste sechs riesige Kartons verschieben, um dranzukommen, also konnte niemand meinen Vorrat zufällig gefunden haben. Rate mal, wer die einzige andere Person im Haus war, die mein Geheimversteck kannte? – Carl. Er hat mir nachspioniert und mich verpfiffen. In meinem eigenen Haus. Das tut man seinem Bruder nicht an. Das tut man einfach nicht.«

Sie waren jetzt zu Hause. Paul half Stella aus dem Wagen, trug sie die Treppe hoch und stellte sie auf der Veranda ab, während er die Haustür aufschloss. Drinnen machte er die Heizung an, nahm sich ein Bier aus dem Kühlschrank und setzte sich auf das Sofa. Stella legte sich in den Hundekorb neben der Heizung. Paul nahm die Fernbedienung in die Hand, dann entschied er sich dagegen fernzusehen.

»Ich muss sagen«, sagte Stella, »ich habe immer noch das Gefühl, dass etwas anderes an dir nagt. Du hast diesen Ausdruck im Gesicht, als hättest du ein schlechtes Gewissen.«

»Einen Hundeblick?«, fragte er.

Ihr hatte dieser Ausdruck noch nie gefallen.

»Ich glaube, ich habe vielleicht was Schlimmes gemacht«, sagte er.

»Was hast du dieses Mal getan?«

Nachdem ihre Besprechung vorbei war, hatte er Carl gefragt, ob er seinen Computer benutzen könne, um seine E-Mails zu überprüfen und zu schauen, ob Tamsen online war. Sie war nicht online, also schickte er ihr rasch eine Nachricht, um ihr zu sagen, dass es ihm gut ging und dass er sie anrufen würde, wenn er nach Hause kam. Er überlegte sogar, ob er sie vom Telefon seines Bruders anrufen sollte. Er musste mit jemandem reden. Er bemühte sich wirklich, seinem Bruder zu vertrauen, doch böse Gedanken bedrängten ihn ungebeten. Musste er sich schützen, auch wenn nur die vage Möglichkeit bestand, dass Carl ihn über den Tisch ziehen würde? Als er das Rolodex auf Carls Schreibtisch durchblätterte, fand er Arnie Olmsteads Telefonnummer und beschloss, dass er Arnie wenigstens anrufen könnte, um eine zweite Meinung einzuholen. Er brauchte einen Stift, um sich die Nummer zu notieren.

Carls Schreibtischschubladen waren perfekt. Die obere, mittlere Schublade, die eigentlich mit unterschiedlichem Kram hätte vollgestopft sein sollen, war stattdessen ordentlich organisiert, mit Unterteilungen aus Plastik, jede Büroklammer befand sich am richtigen Platz. Er fand einen Stift, aber er konnte einer weiteren Untersuchung nicht widerstehen. In einer tiefen Seitenschublade fand er in alphabetischer Reihenfolge jedes Handbuch und jede Anleitung, die Carl in seinem ganzen Leben bekommen haben musste. In einer Schublade darunter befand sich in einer Plexiglasschutzschachtel ein Baseball mit einem Autogramm von Harmon Killebrew, dem früheren Spieler bei den Minnesota Twins, der ein Kindheitsheld von Paul war und anscheinend auch von Carl.

Nachdem er sich Olmsteads Nummer aufgeschrieben hatte, wollte er gerade ausloggen und nach unten zu seiner Familie gehen, als er in Carls Computer ein Icon mit dem Titel »PINs« sah.

Paul konnte nicht glauben, dass sein Bruder so dumm wäre und seine PINs aufschreiben und alle am selben Platz aufbewahren würde. Ein schneller Klick zeigte jedoch, dass Carl mehrere PINs hatte. Paul hatte nur eine persönliche Identifikationsnummer 7285 – sein Name, wenn man ihn auf einem Telefon wählte –, und die nutzte er als PIN für seine unterschiedlichen Konten. Carls PINs, sein ATM-Passwort, sein AOL-Passwort, andere, die Paul nicht erkannte, waren alphabetisch aufgelistet, inklusive einem, nach Citibank, aber vor Discover, namens »Dads Online-Portfolio«. Es war ziemlich leicht für Paul, auf Drucken zu klicken und eine Kopie der Liste auszudrucken. Er dachte, wenn er später entschied, dass es ein Fehler war, könnte er die Kopie einfach zerreißen und die Überschreitung ungeschehen machen, aber sollte er das Richtige tun, dann würde er dazu nie wieder eine Möglichkeit bekommen.

»Er sagte, dass ich mir die Unterlagen jederzeit anschauen könne«, erklärte Paul Stella.

»Das hat er vielleicht gesagt, aber ich bezweifle, dass er das so gemeint hat«, erwiderte Stella. »Wenn du nach meiner Meinung fragst.«

»Ich habe es eigentlich nicht durchdacht«, sagte Paul.

»Na ja, du hattest viele andere Dinge im Kopf«, sagte Stella, »mit deinem Dad im Krankenhaus. Du weißt, dass du auf eine gewisse Art viel Glück hast.«

»Wieso habe ich Glück?«

»Nicht jeder weiß, wer sein Vater ist«, sagte sie. Er schaute sie an.

»Ein Schäferhund«, sagte Paul, »ziemlich sicher.«

»Das sagst du immer«, entgegnete sie. »Ich hätte gern mehr gewusst.«

»Ich glaube, du hast den Punkt getroffen«, sagte Paul zu ihr. »Ich sage nicht, dass ich kein Glück habe, aber ich glaube, das Schwierigste war, dass ich immer diese Fantasievorstellung hatte, dass mein Dad und ich eines Tages zusammen zum Angeln gingen oder so was, und danach sitzen wir dann am Feuer, trinken fünfzig Jahre alten Macallan und führen ein Männergespräch. Ich weiß, wer er ist, aber ich habe nicht das Gefühl, ihn zu kennen. Oder eigentlich ist es eher er, der mich nicht kennt. Und ich werde keine weitere Chance bekommen.«

»Ich dachte, dein Vater trinkt nicht.«

»Es ist nur eine Fantasie«, sagte Paul.

»Bist du froh, dass du nach Hause gefahren bist?«

»Ich glaube schon. Ich kann nicht mit Sicherheit sagen, ob ihm überhaupt bewusst war, dass ich da war«, sagte Paul. »Ich glaube, ich bin hingefahren, damit ich es getan habe. Wie man zu Beerdigungen geht, weil man Angst hat, dass sonst der Geist des Toten mit seinem Knochenfinger auf einen zeigt und sagt: ›Warum warst du nicht bei meiner Beerdigung?‹«

»Nun, das ist einfach albern«, sagte Stella. »Natürlich wusste er, dass du da warst. Er weiß es, selbst wenn er die Augen geschlossen hat.«

»Warum glaubst du das?«

»Also«, sagte Stella, »ich weiß, dass du da bist, auch wenn ich meine Augen zuhabe.«

»Wie?«

»Ich weiß es nicht«, sagte Stella. »Ich weiß es einfach. Pheromone. Aber ich wette, wenn ich es weiß, dann weiß er es auch. Er ist dein Vater.«

Er hob ihre Pfote an und drückte sie drei Mal.

»Weißt du, was das ist?«, fragte er sie.

»Das ist meine Pfote«, sagte sie, »oder wirst du jetzt wieder irgendein Körperteil eines Hahns daraus machen?«

»Ich meinte, das dreifache Drücken«, sagte Paul. »Es ist ein Geheimsignal, das meine Mutter mir beigebracht hat, als wir im Krankenhaus waren. Drei Mal drücken bedeutet ›Ich liebe dich‹. Ich nehme an, dass sie es ihr ganzes Leben lang miteinander getan haben, wenn sie am Flughafen Schlange gestanden haben oder bei Hochzeiten nebeneinander saßen. Sie hielten Händchen und drückten einander drei Mal. Er hat es im Krankenhaus gemacht, gerade als ich mich verabschiedet habe. Die Ärzte meinten, es könnte ein Signal dafür sein, dass es ihm besser geht.«

Paul versuchte, sich an den Augenblick zu erinnern, als er die Hand seines Vaters gehalten hatte und gespürt hatte, wie sie zuckte. Hatte sie einmal gezuckt? Zweimal? Dreimal vielleicht? Er konnte es nicht sagen.

TEIL 2

Frühling/Sommer

Schmerz ist das Hauptdruckmittel, das die Natur nutzt, um allen Spezies die Lektionen zu erteilen, die sie überleben lassen. In einer Studie der UCLA und Macquarie-Universität in Australien, bei dem Scanner genutzt wurden, um die Aktivität im anterioren Cingulum oder Schmerzzentrum zu messen, empfanden Menschen, die Einsamkeit oder Herzschmerzen spürten, weil sie von einer sozialen Gruppe oder einem Netzwerk ausgeschlossen wurden, einen Schmerz, so real, als würden sie sich verbrennen. Mit anderen Worten: Das Bedürfnis, zu einer Gruppe zu gehören oder mit jemand anderem verbunden zu sein, ist für unser Überleben entscheidend, sodass es eben der Herzschmerz ist, der uns dazu bringt, sich dem immer wieder auszusetzen, damit der Schmerz nachlässt.

Gleichzeitig beeinflussen die Endorphine, die entstehen, wenn wir uns verlieben, das Spaßzentrum im Gehirn, und es ist bekannt, dass sie unseren IQ reduzieren und das langfristige, objektive Gedächtnis beeinträchtigen. Wir sind daher so gebaut, dass wir immer wieder Mist bauen. Spezies, die bekannt dafür sind, in sozialen Gruppen zusammenzuleben, Hunde oder Paarhufer, zeigen eine ähnliche Ausschüttung von Hormonen, die Vergnügen bereiten, Endorphine, Dopamin, Oxytozin und ähnliche, wenn sie zusammenkommen und ähnliche Aktivitäten im anterioren Cingulum in Perioden der Isolation oder Trennung. Canide, inklusive Hunde und Wölfe, kommen dabei direkt nach den Menschen. Soziale Tiere zeigen eine größere Verwegenheit und sind eher ausdauernd als nicht-soziale Spezies. Hunde und Wölfe haben beispielsweise das effizienteste Herzkreislaufsystem aller Säugetiere. Wölfe erlegen regelmäßig Beutetiere, die schneller und stärker als sie sind, einfach, indem sie sie auf langen Strecken ermüden, oft laufen sie ohne nachzulassen steile, schneebedeckte Hügel hinauf. Kanadische Forscher, die Schlittenhunde beobachten, schlossen ein Team von Malamuten an Herzmonitore an und stellten fest, dass die Schlittenhunde, wenn sie im schnellsten Tempo liefen, eine Herzfrequenz von über dreihundert Schlägen pro Minute über Stunden hinweg aushalten können, eine Frequenz, die bisher nur bei Spitzmäusen für möglich gehalten wurde. Für Hundebesitzer ist das keine Neuigkeit, sie wissen bereits, dass kein Tier so ein Herz wie ein Hund hat. Soziale Tiere weisen daher eine hohe Toleranz sowohl für Vergnügen als auch Schmerz auf und können für lange Perioden Fluktuationen zwischen den beiden ertragen.

Paul Gustavson, *Natur für Deppen*

FÜNFTES KAPITEL

Exil in Beersville

Pemmican!«, sagte Stella. »Mein Lieblingsessen. Danke schön.«

Er hatte ihr das Geschenk überreicht, das er für sie gekauft hatte. Die Auswahl für Hunde war im Minnesota-Geschenkladen am Flughafen sehr klein. Jedes Mal, wenn er nach Hause flog, brachte er Stella eine Tüte Chippewa Pemmican mit, in Streifen geschnittenes Fleisch, das auf indianische Weise getrocknet worden war. Er hatte ihr einmal Slim Kims, Riegel aus getrocknetem Rindfleisch, mitgebracht, aber die hatte sie nicht vertragen. Im letzten Moment hatte er auch daran gedacht, ein Geschenk für Tamsen zu kaufen, er raste durch den Geschenkladen am Flughafen, fünf Minuten bevor er an Bord musste. Alles auf den Regalen schrie: »Ich wollte dir eigentlich ein echtes Geschenk kaufen, aber ich habe es vergessen, bis ich am Flughafen war.« Er musste sich zwischen einem Seetaucher aus Keramik, einer Flasche Ahornsirup – aber Ahornsirup nach Neuengland zu bringen war, wie Eulen nach Athen zu tragen –, einer Wackelkopfpuppe des Baseballspielers Kirby Puckett und einer Schneekugel mit der Märchenfigur Paul Bunyan und dem blauen Ochsen entscheiden. Er wählte die Schneekugel, weil sie den schlimmsten Kitsch darstellte.

Er zeigte Stella die Schneekugel, schüttelte sie dabei.

»Das ist hübsch«, sagte sie. »Wie funktioniert das?«

»Da drin ist Wasser«, erklärte er.

»Warum schmilzt der Schnee nicht?«

»Er ist aus Plastik oder irgend so etwas«, sagte er.

»Kann ich jetzt mein Pemmican haben?«

»Wir nehmen es mit ins Bay State. Ich treffe mich dort mit Tamsen. Du kannst es im Eingang essen. Aber lass es die Leute nicht sehen, sonst wollen alle welches.«

Die Bay-State-Hotelbar stand im amerikanischen Führer der schäbigen Saftläden und das mit fünf Sternen, da sie über alles verfügte, was ein gammeliger Laden brauchte: Bier für einen Dollar, Whiskeys für zwei, im Klo schmuddelige Urinale und nasser Fußboden, auf dem alle Sorten Schimmel und Pilze gediehen, schummriges Licht und schmutzige Spiegel hinter der Bar, damit man nicht merkte, wie alt oder kahlköpfig oder fett oder betrunken man wurde. Die Musikbox enthielt George Jones' Trinklieder, Marvin Gaye, Al Green, Otis Redding, Miles Davis' »All Blues«, Frank Sinatras »Songs for Swingin' Lovers«. Die Wände waren mit Holz getäfelt und mit Clownporträts und Bierspiegeln dekoriert sowie Tobykrügen in Form von sitzenden Männern auf einem Regalbrett direkt unter der Decke und ein paar Dutzend Keramikbüsten von Seemännern und irischen Kobolden, die in einem Drittel ihrer natürlichen Größen realistisch aus Porzellan geformt waren. Der mürrische Barmann, Silent Neil, hatte nicht mehr geredet oder sich auch nur zum Fernseher umgeschaut, seit Bill Buckner im sechsten Spiel der World Series 1986 den Ball zwischen seinen Beinen hatte durchgehen lassen.

Stella nahm ihren üblichen Platz direkt hinter der Tür zum Bay State ein. Sie durfte hereinkommen, zog aber den Eingang vor; sie erklärte: »Ich würde mich auf einem toten

Karpfen wälzen, ich würde sogar Katzenkacke fressen, aber dieser Laden ekelt mich an.«

Während seiner Trennung und Scheidung von Karen und in der Entspannungsphase danach war das Bay State zu seinem Zufluchtsort geworden, wortwörtlich, denn sie hatte versprochen, dort nicht hinzukommen, sodass er sich sicher fühlen konnte, im Wissen, dass er ihr hier nicht über den Weg laufen würde. Er hatte ihr dasselbe versprochen für die Bar im Hotel Northampton, als ihren sicheren Hafen, obwohl sie die ganze Situation nicht halb so sehr zu belasten schien wie ihn. Natürlich bedeutete das, dass sie in die Bar des Hotel Northampton ginge, wenn sie ein Rendezvous hätte – und die Bar war zur Straßenseite hin komplett verglast –, nicht, dass Paul je auf der anderen Seite geparkt und ihr mit einem Fernglas hinterherspioniert hätte …

»Der Reisende ist zurückgekehrt«, rief Doyle, als Paul hereinkam.

Paul betrachtete seine Freunde. Doyle war Schlagzeuger einer Bluesband. Brickman war ein blonder, smarter Börsenmakler. Bender ein Fotograf. McCoy war Jazzpianist, der regelmäßig gefragt wurde: »Du bist wirklich gut, warum ziehst du nicht nach New York?« Yvonne leitete das Computerlabor an der Universität UMass. D. J. und Mickey unterrichteten Psychologie, er an der UMass, sie am Amherst College. Der Verhaltenskodex im Bay State verlangte, dass niemand über den anderen urteilte – leben und leben lassen und die Leute so akzeptieren, wie sie waren, lautete die Devise. Paul fand es leicht, nach solchen Regeln zu leben. Es fühlte sich gut an, wieder zu Hause zu sein.

Er prostete O-Rings zu, der, soweit sie wussten, nichts tat, um Geld zu verdienen. Trotzdem hatte er irgendwie immer Geld für den Flipper und hielt vier der fünf ewigen Rekorde der Maschine. O-Rings wohnte mit Marie zusammen, einer süßen Frau, und sie hatten gerade ein Baby bekommen, aber irgendwie hatte das weder O-Rings' Flipperzeit noch die Menge Guinness, die er jeden Abend kippte, verringert. Er wurde O-Rings genannt, seit das Spaceshuttle *Challenger* explodiert war, die Gründe dafür waren nicht mehr klar.

»Wie geht's deinem Dad denn?«, fragte Doyle. »Wissen sie schon, wie schlimm der Schlaganfall war?«

»Er kann nicht gehen und nur seine rechte Hand bewegen.«

»So geht's mir auch«, sagte D. J.

»An einem guten Tag«, fügte Mickey hinzu.

»Und wie lautet die Prognose?«, fragte McCoy. »Kann er sprechen?«

»Nein«, sagte Paul. »Ich glaube, ich werde online mit ihm kommunizieren können, er wird auf Fragen mit Ja oder Nein antworten können, indem er mit der Maus daraufklickt, aber das war's auch schon. Wir haben noch nicht alles arrangiert.«

»Heftig«, sagte Doyle.

»Wie alt ist dein Dad?«, fragte McCoy.

»Zweiundsiebzig«, sagte Paul.

»Wann hat er Geburtstag?«, fragte Yvonne.

»Ich weiß nicht, im Juli irgendwann.«

»Du weißt nicht, wann dein Vater Geburtstag hat?«, empörte sie sich. »Was für ein dämlicher Sohn weiß nicht, wann sein Vater Geburtstag hat? Ich wette, er kennt deinen.«

»Na ja, er war ja da, als ich geboren wurde«, sagte Paul. »Wenn ich da gewesen wäre, als er geboren wurde, würde ich mich vielleicht auch daran erinnern.«

»Lasst uns auf Pauls Dad trinken!«, schlug Doyle vor. Alle erhoben ihre Gläser und sagten: »Auf Pauls Dad!« Paul tat dasselbe.

Er fand einen leeren Barhocker an der Theke neben seinem Freund Bender, dem Fotografen, und fragte ihn, wie es ihm ginge.

»Ich bin ein Idiot«, sagte Bender. »Ich habe vor vier Jahren bei einer Hochzeit fotografiert, habe aber nie die Bilder ausgedruckt. Jetzt habe ich gerade erfahren, dass sie sich scheiden lassen, aber ich kann die Negative nicht finden.«

»Sie wollen die Bilder immer noch?«

»Stell dir mal vor«, sagte Bender. »Ich will einfach nur bezahlt werden.«

»Ich muss dich was fragen«, sagte Paul. »Du bist doch ein Fitnesstyp. – Was ist besseres Training, Laufen oder Radfahren?«

»Besser wofür?«

»Um in Form zu kommen, abzunehmen.«

»Na ja«, sagte Bender, »beim Laufen verbrennst du mehr Kalorien, aber Radfahren ist sanfter für den Körper, vor allem für die Knie. Warum?«

»Ich habe mir etwas geschworen«, sagte Paul. »Meinen Dad zu sehen hat mich inspiriert. Vielleicht sollte ich eher sagen, mir *Angst eingejagt*.« Er überlegte, ob er Bender von dem Glückskeks und seinem Streit mit Carl erzählen sollte, tat es aber nicht.

»Wenn du nur einen Sport betreiben willst, dann solltest du laufen«, riet Bender. »Laufen kannst du zu jeder Jahreszeit. Wenn du Rad fahren willst, musst du im Winter wahrscheinlich in ein Fitnessstudio oder dir einen guten Heimtrainer kaufen. Ich habe in meiner Wohnung keinen Platz dafür.«

»Du fährst in einem Fitnessstudio Fahrrad? Gefällt dir das?«

»Das hängt davon ab, auf wessen Hintern ich auf dem

Fahrrad vor mir starre«, sagte Bender. »Man muss nehmen, was man bekommt, man kann nicht aussetzen. Landet man hinter einem fetten Kerl, ist es Kacke, aber wenn es eine feste, kleine Maus ist, kannst du einen umwerfenden Lycra-anblick haben. Laufen ist auch billiger.«

Paul beschloss, sich am nächsten Tag oder so bald wie möglich Laufschuhe zu kaufen und mit dem neuen Lebensstil anzufangen. Ein Blick in den Spiegel an der Wand hinter der Theke verstärkte seinen Entschluss nur noch.

Er hatte die Augen geschlossen und lauschte der Musikbox, als jemand von hinten näher kam, ihm die Hände auf die Augen legte und ihn auf den Kopf küsste.

»Hör auf«, sagte er. »Meine Freundin wird jeden Moment hier sein.«

Er schlug die Augen auf und sah Tamsen. Sie drehte ihn zu sich um, küsste ihn noch einmal kurz und unterbrach den Kuss. Dabei zog sie eine Augenbraue hoch und sagte, dass es noch mehr davon gab.

»Du hast mir gefehlt«, sagte er.

»Du hast mir auch gefehlt«, sagte sie. Es war eine zweistündige Fahrt von Providence bis Northampton, durch das, was Paul als den am wenigsten schönen Teil von Massachusetts ansah, relativ flach und mit wenigen landschaftlichen Reizen.

»Du siehst aus, als könntest du einen Tequila vertragen«, sagte er zu ihr.

»Nur eine Tasse Kaffee«, sagte sie und zog ihre Jacke aus, eine teure, schwarze Lederjacke mit Daunenfutter, die sowohl warm als auch chic war. Sie ließ ihren Seidenschal um den Hals. Ihr war immer kälter als ihm, er nahm an, dass das an ihrem kleineren Masse-Oberfläche-Verhältnis lag. »Ist der Kaffee hier gut?«

»Das ist eine gute Frage«, sagte Paul. »Ich glaube nicht, dass irgendwer jemals welchen getrunken hat. Ich wäre jedenfalls überrascht, wenn es so wäre.«

Neil brachte ihr eine Tasse mit Sahne und Süßstoff.

»Wie war die Fahrt?«, fragte Paul.

»Schrecklich«, sagte sie. »Bist du sicher, dass es Stella im Eingang gut geht?«

»Sie liegt lieber dort«, sagte Paul. »Sie findet es hier drin zu schmuddelig.«

»Ich habe etwas für sie, ist es dir recht, wenn ich es ihr hier gebe?«

»Mach ruhig«, sagte Paul. »Sie ist nicht wählerisch.«

Tamsen nahm ein halbes Pfund Roastbeefscheiben, das sie vor der Abfahrt im Supermarkt gekauft hatte. Sie verfütterte es langsam an den Hund, zwischen den Bissen streichelte sie ihn und sprach mit ihm. Stella sah Paul mit einem Blick an, der bedeutete: »Das restliche Pemmican kannst du haben.«

Paul sah seine Freundin an, seine Geliebte, seine bessere Hälfte, was auch immer der richtige Ausdruck war. Ihre schwarzen Stiefel machten sie fünf Zentimeter größer, obwohl sie keine Probleme mit ihrer Größe zu haben schien. Sie hatte übrigens überhaupt keine Neurose, was ihre Figur anging, zumindest hatte er noch keine entdeckt. Sie hielt sich fit, indem sie drei- bis viermal pro Woche im Fitnessraum ihrer Firma trainierte. Paul fand, dass eine hübsche, enge Jeans toll an ihr aussah.

Sie nahm dann ein neues, rotes Bandana aus ihrer Tasche, faltete es Ecke auf Ecke und band es Stella um den Hals. Der Hund schien kurz stolz zu sein und hob den Kopf, als wolle er sein Spiegelbild in der Glastür betrachten.

Als Tamsen an seinen Tisch zurückkehrte, fiel Paul ihr federnder Schritt auf, etwas Fröhliches, das ihn beeinflusste.

»Es ist dir doch recht, oder?«, fragte sie ihn und setzte sich neben ihn. »Ich dachte, sie könne ein bisschen Farbe gebrauchen.«

»Mir gefällt es«, sagte er. »Ich glaube, ihr auch.«

»Ich wollte ihr eine Perlenkette besorgen, aber das könnte zu sehr an Barbara Bush erinnern«, sagte Tamsen. Sie nippte an ihrem Kaffee.

»Ich habe zu Hause etwas für dich«, sagte er zu ihr.

»Was ist es?«

»Eine Überraschung.«

»Ist es Bargeld?«

»Nein, es ist kein Geld.«

»Geld ist immer ein sinnvolles Geschenk, nur dass du es weißt.«

»Es ist kein Geld.«

»Okay. Ich kann kaum erwarten, es zu sehen.«

Wenn sie sich in einem Zimmer umsah, dann bewegte sie eher ihre Augen, als dass sie ihren Kopf wandte, doch wenn sie etwas sah, das ihr nicht gefiel, beugte sie meist ihren Kopf ein wenig nach vorn und schaute unter einer leicht gerunzelten Stirn nach oben. Sie trug tagsüber Kontaktlinsen, brauchte aber eine Lesebrille, wenn sie abends ihre Linsen herausnahm.

Sie zog sich für die Arbeit gut an, ein bisschen teuer, das gab sie zu, aber ihr neues Gehalt machte hübschere Sachen erschwinglich, und abends zog sie alte Jeans und T-Shirts an, Jogginghosen und Baumwolltops, lockere Shorts und weite Pullis. Das Farbspektrum ihrer Garderobe deckte eher Bacon als Monet ab, wenig Rosa oder Hellblau und viel Braun, Rostrot und Schwarz. Sie verlegte oft ihre Schlüssel oder ihre Lesebrille, genau wie auch schon ihr Vater. Etwas, was Paul ganz besonders an ihr mochte, war ihr Niesen, das den Putz von den Wänden hauen konnte, ein explosives Dröhnen mit einem hohen Kreischen in der Mitte, das die Gäste in Restaurants dazu brachte, hinzusehen. Sie unterdrückte es immer höflich hinter einem Kosmetiktuch oder einer Serviette, aber wenn es sie ohne etwas in Reichweite überkam, dann ließ sie es geschehen und wurde danach rot.

»Jetzt fühle ich mich wieder normal«, sagte sie, nachdem sie ihren Kaffee getrunken hatte. »Du musst selbst eine ziemlich wahnsinnige Woche hinter dir haben. Geht's dir gut?«

»Ich fange morgen mit dem Joggen an«, sagte er. »Habe ich gerade beschlossen. Ich werde langsam anfangen und dann bis zu, na ja drei, vier Kilometer täglich steigern. Ich mache außerdem Diät.«

»Gut für dich.«

»Als Anfang lasse ich das Eis weg«, sagte er. »Keinen Schokoladenkuchen nach Mitternacht. Keine Pizzas zwischen den Mahlzeiten und keine Schokomalzbällchen mehr zum Frühstück. Nur ein paar vernünftige Regeln.«

»Eine gute Idee«, sagte sie. »Erzähl mir alles über deine Reise.«

Er erzählte ihr von seinem Vater und wie schwer es war, ihn gefallen und geschlagen zu sehen, und dann noch von dem merkwürdigen Gefühl, dass er trotz der Tatsache, dass er schon seit Langem aus Minnesota weggezogen war und selbstständig lebte, irgendwie etwas den Boden unter den Füßen verlor und weniger selbstsicher war als früher.

»Wie geht's deinem Bruder?«, fragte sie.

»Er füllt das Machtvakuum«, sagte Paul. Er berichtete ihr von den Problemen mit seinem Bruder und von seiner Angst, dass er irgendwie dafür bezahlen würde, wenn er aus dem Weg ging und Carl alles übernehmen ließ.

»Er übernimmt alles«, sagte Paul. »Er hat sogar Dads Börsenmakler gefeuert, damit er selbst Dads Geldanlagen managen kann, online. Ich weiß, dass er weiß, was er tut, aber ich bin mir nicht sicher, ob ich ihm vertraue.«

»Hör mal, Paul, du musst wirklich aufpassen, dass das Geld eure Beziehung nicht hässlich oder komisch werden lässt. Ich sehe das ständig in meinem Beruf. Ich weiß, dass du und Carl eine angespannte Beziehung zueinander habt, ich würde es furchtbar finden, wenn sie jetzt abstürzt. Schlussendlich ist es das nicht wert. Das weißt du doch, oder?«

»Nun, wir werden sehen«, sagte Paul. »Ich muss dir übrigens etwas beichten.« Er erzählte ihr, wie er die PINs seines Bruders gefunden und kopiert hat, »nur für den Fall der Fälle«, und erklärte ihr, was er sich damals dabei gedacht hatte. Er gab jedoch zu, dass er seitdem das Gefühl hatte, das Falsche getan zu haben. Er fragte sie, was sie dachte.

Sie schaute ihn an.

»Was?«, wollte er wissen.

Er hatte ein ganz schlechtes Gefühl und merkte, dass er bei ihr gerade verloren hatte.

»Du willst, dass ich mit der Hand wedele und dich davon freispreche?«, fragte sie.

»Du findest also, dass es falsch war?«

Sie lachte, es war mehr ein ungläubiges als ein fröhliches Lachen.

»Mann, warte mal eine Sekunde, damit ich in den Richtig- und Falsch-Ordnern nachschauen kann. Stehlen … stehlen … ach, da ist es ja, es liegt im Falsch-Ordner.« Sie betrachtete ihn einen Augenblick. »Bist du dir wirklich nicht sicher, ob das richtig oder falsch ist?«

»Na ja, nein«, sagte er. »Es ist keine Frage von Richtig oder Falsch. Es ist falsch. Es ist bloß die Frage, wie falsch.«

»Was für einen Unterschied macht das denn?«, sagte sie. »Falsch ist falsch. Es ist keine Gleitskala, wie Schwester Michaeletta immer sagte. Es ist nicht so, als wäre es weniger schlimm, einen Schokoriegel zu stehlen als einen Pelzmantel. Stehlen ist stehlen.«

Er war am Boden zerstört. Zum ersten Mal hatte er sie enttäuscht. Er fühlte sich, als wären alle Fortschritte, die sie beim Aufeinanderzugehen gemacht hatten, zunichtegemacht worden.

»Hör mal, Paul«, sagte sie. »Ich bin nicht dein moralischer Kompass. Ich werde mit dir über alles reden, worüber du reden möchtest, denn so lautet die Abmachung, aber meine Alarmglocken läuten, wenn ich das Gefühl habe, dass ich deine Probleme für dich lösen soll. Ich versuche im Moment nur, mich um mich selbst zu kümmern. Ich hoffe, das klingt nicht kalt. Ich halte dich nicht für einen bösen Menschen oder so. Ich will nur nicht, dass du die Verantwortung für deine Entscheidungen auf mich überträgst. Siehst du, was dann passiert?«

»Das sehe ich«, sagte er.

»Es tut mir leid, aber Donald hat das getan, und ich bin da ein bisschen empfindlich«, sagte sie in einem sanfteren Tonfall. »Als sollte ich seine Mutter sein oder so. Er bat mich, ihn morgens zu wecken, also habe ich den Wecker gestellt, aber dann schlief er einfach weiter und war wütend auf mich, und ich habe gesagt: ›Weck dich verdammt noch mal selbst, du bist nicht mehr in der Highschool.‹ Und ich wusste, dass er nie verschlafen hätte, wäre ich nicht da gewesen, um es mir in die Schuhe zu schieben. Der Wecker hätte gereicht. Es war, als wäre ich sein moralisches Überdruckventil oder so.«

»Er klingt wie ein Arschloch.«

»Er war ein Arschloch«, sagte sie, dann sprach sie sanfter

weiter. »Und es ist nicht gerecht, dir das vorzuwerfen. Ich bin dir gleichberechtigt, Paul. Und ich bin deine Freundin. Du kannst mit mir über alles reden, aber wenn du beichten und eine Absolution willst, dann kann ich das nicht leisten.«

»Nein«, sagte er. »Du hast recht.«

»Ich versuche, nicht zu urteilen«, sagte sie. »Ich meine, es ist *dein* Leben ...«

»Kannst du denn meine Gedanken nachvollziehen?«

»Natürlich kann ich das«, sagte sie. »Wenn du glaubst, dass er irgendetwas anstellen wird, warum bittest du ihn dann nicht einfach, dir die Bücher zu zeigen? Warum ist das nicht die erste Wahl? Er hat dir sogar gesagt, dass du das machen kannst. Sag ihm, er soll dir etwas über Geldanlagen beibringen.«

Paul verzog das Gesicht.

»Ich bin mir sicher, dass ich nur paranoid war«, sagte er ihr. »Da gibt's nur diese Geschichte ...«

»Hör mal, was soll ich dir sagen? Es ist deine Angelegenheit. Er ist dein Bruder. Männer sind solche Idioten, wenn sie anfangen, miteinander zu wetteifern. Ich gebe auf.«

Er nahm die Liste mit den PINs aus seiner Tasche, riss sie in ein Dutzend Fetzen und warf sie in den Papierkorb. Als er fertig war, lehnte sie sich vor und küsste ihn. Sie lag falsch, was ihre Fähigkeiten zur Absolution anging.

»Du hast gesagt, du hast deinem Dad einen Computer gekauft?«, fragte sie.

Froh, das Thema wechseln zu können, erzählte er ihr von dem glänzenden, neuen IBM, den er mit seiner Mutter zusammen eingerichtet hatte, mit den neuesten Chips und den meisten RAM und der größten Festplatte und einem extragroßen Monitor. Er erklärte, wie sie seinen Vater online kriegen wollten. Sie fragte, wie die Prognose lautete.

»Sie haben ihm ein Medikament gegeben, das die Blutgerinnsel auflösen soll, aber das muss innerhalb einer Stunde oder so nach dem Schlaganfall verabreicht werden, und da man nicht genau weiß, wie lang er da gelegen hatte, als meine Mutter ihn fand, sind sie nicht sicher, wie viel es genutzt hat. Manche, die es bekommen haben, gehen und reden nach wenigen Stunden wieder. Er offensichtlich nicht.«

»Es wird ihm besser gehen«, sagte Tamsen. »Er war vor dem Schlaganfall in einer guten Verfassung, oder?«

»Deswegen fange ich mit dem Joggen an«, sagte Paul. »Ich meine es ernst. Genieß meinen Bierbauch, solange du noch kannst, denn in einem halben Jahr ist der weg.«

»Also, ich bin stolz auf dich, weil du damit anfängst«, sagte sie.

»Ich will das wirklich. Außerdem ist es gar kein Bierbauch.«

»Nicht?«

»Als ich im College war, wollte ich reifer aussehen, daher habe ich mir ein Silikonbauchimplantat machen lassen.«

»Es hat funktioniert.«

»Ich denke, ich lasse es mir entfernen.«

»Wirst du auch aufhören, deinen Kopf zu rasieren?«, fragte sie.

»Findest du, ich sollte?«

»Das liegt an dir«, sagte sie. »Ändere es nicht für mich.«

Er sah sich um. Doyle, Brickman, Bender, D. J., Mickey, Yvonne, O-Rings und McCoy belegten das gegenüberliegende Ende der Bar. Die Bluesband, die eine Woche Pause gehabt hatte, betrat wieder die Bühne.

»Willst du immer noch abnehmen?«, fragte Tamsen ihn.

»Klar, warum?«

Sie lehnte sich vor und küsste ihn noch einmal.

»Dann nimm mich mit nach Hause«, sagte sie. »Ich will mit dir tausend Kalorien verbrennen.«

»Sprechen wir hier über Sit-ups und Liegestützen?«

Sie flüsterte in sein Ohr: »Ich denke an eine viel vergnüglichere Art des Trainings.«

Er lächelte. Panik überfiel ihn.

SECHSTES KAPITEL

Unternehmungen von großer Tragweite und Bedeutung

Er küsste sie auf dem Parkplatz. Sie drückte ihn gegen ihren Wagen und erwiderte den Kuss. Er spürte, wie sich in seinen Lenden etwas regte, um dann zu merken, dass es ihre Hand war. Bis er gerüstet und steif und bereit war, sie zu erobern, würde er sich nicht entspannen können, was alles nur noch schwieriger machte.

»Bleib so«, sagte sie lächelnd, ließ ihn los und stieg ins Auto.

»Ich tue mein Bestes«, dachte er. »Vielleicht wird es dieses Mal anders sein.«

Er hob Stella auf die Rückbank. Während Tamsen fuhr, versuchte Paul, an irgendetwas anderes zu denken als Sex, weil er wusste, dass das Denken genau sein Problem war. Er und Karen waren verrückt nacheinander gewesen, als sie frisch zusammen waren. Ihr Liebesleben ließ an dem Tag nach, an dem sie sich verlobten, es verschwand irgendwie in den Spannungen der Hochzeitsplanung. Der Sex zwischen ihnen erstarb lange vor der Liebe, aber Sex war der Vogel in der Kohlengrube, eine frühe Warnung, die er nicht gehört hatte. Er wusste, dass sexuelle Intimität eine gemeinsame Sache war, aber er gab sich trotzdem ganz allein die Schuld, als er keine Erektionen mehr bekam. Er war nie so sehr auf

Sex aus gewesen, in keiner seiner Beziehungen, als dass er hätte weitermachen können, egal, was seine Partnerin dachte oder fühlte. Es war Karens eigene Begierde, die ihn erregte, ihre Leidenschaft und ihre Hingabe, viel mehr als ihr Aussehen oder ihre Kleidung.

Ein deutliches Nachlassen der Leidenschaft war, soweit er wusste, in den meisten Ehen nicht unüblich. Es gab immer irgendetwas zu tun, oder sie war zu müde, oder sie mussten früh raus, oder sie brachte Arbeit mit nach Hause, die sie noch erledigen musste. Vielleicht morgen ... vielleicht am Wochenende ... vielleicht nächste Woche ... Die ersten Male, als es bei ihm nicht geklappt hatte, hatte Karen noch gesagt: »Das macht nichts, passiert schon mal, halt mich einfach nur.« Je länger sie keinen Sex hatten, umso wichtiger wurde es, dass es beim nächsten Versuch klappte. Je wichtiger es wurde, umso unsicherer fühlte er sich und umso stärker war der Druck. Je mehr Druck er empfand, umso mehr versagte er. Je mehr er versagte, umso seltener begann sie etwas oder sprach darüber, da sie wusste, dass er sich dann nur schlecht fühlen würde. Es war ein Teufelskreis. Sie hatten eine Therapie versucht, aber dadurch wurden beide nur noch unsicherer. Schließlich wurden sie immer mehr wie Bruder und Schwester anstatt Mann und Frau, ein Kompromiss, mit dem sie leben konnten, aber nicht unbegrenzt. Er sagte sich, dass er eigentlich nicht impotent war, dass er nur bei Karen versagte, ein Opfer der »situationsbedingten Impotenz«, und dass er unter anderen Umständen, mit der richtigen Frau wieder er selbst wäre, ein brünstiger Hirsch, ein gewaltiger Löwe. Oder nicht?

Du denkst zu viel, warnte er sich.

Auf dem Weg nach Hause wurde ihm auch klar, dass er nicht nur gegen sich selbst antrat, da war Stephen, der Radiologe, mit dem Tamsen bereits schlief.

Sei Zen. Nimm die Zeit, die sie dir schenkte, und sei froh, dachte er.

Als sie sein Haus erreichten, merkte er, dass er es mal wieder nicht geschafft hatte, so zu bleiben. Vielleicht würde es wiederkommen. Sie hatte eine Tasche voller Kleider dabei und eine große schwarze Tasche voller Bücher und Papiere, die Paul auf dem Küchenboden abstellte. Stella schnüffelte an den Taschen.

»Kein Roastbeef mehr«, sagte Tamsen zu dem Hund und zog ihren Mantel aus, »aber vielleicht können wir morgen ins Geschäft gehen.«

Stella warf Paul einen Blick zu, der sagte: »Du kannst gehen. Ich lebe jetzt bei ihr.«

»Mach dir keine Sorgen, das nächste Mal bleibe ich länger als nur eine Nacht, und dann koche ich dir dein Lieblingsessen«, sagte Tamsen über ihre Schulter. »Was war dein Lieblingstrostessen als Kind?«

»Boeuf Stroganoff. Und deines?«

»Campbells Zwiebelsuppe mit getoasteten Knoblauchbageln«, sagte sie. »Ich stinke dann zwar bestialisch, aber ich liebe es.«

»Was ist all das?«, fragte er und schaute auf ihr Gepäck.

»Lesestoff«, sagte Tamsen und küsste ihn. »Das Marketing hat beschlossen, dass wir einen Astrologen auf unserer Seite brauchen, also muss ich diese Ausschnitte durchgehen. Wir haben einen Link zu einer Webseite namens Zodiac.com, die innerhalb von zwanzig Sekunden dein Horoskop erstellen kann. Alles, was man tun muss, ist, Geburtsort und -zeit einzutippen. Soll ich das für dich machen?«

»Ich passe«, sagte er.

Er ging in sein Schlafzimmer, und als er zurückkam, gab er ihr eine Schachtel, die er eingepackt und mit Geschenkband versehen hatte, obwohl er Schwierigkeiten gehabt hatte, das Band zu kräuseln. Ihr Gesichtsausdruck war etwas verwirrt, als sie die Paul-Bunyan-Schneekugel aus dem Papier nahm. Sein erster Gedanke war, dass er es vermasselt hatte.

»Ich wollte dir etwas Typisches aus Minnesota mitbringen«, sagte er. »Ich hätte dir fast ein auf Redwoodholz gemaltes Indianermädchen mitgebracht, das wie Janet Jackson aussah, aber dann dachte ich, das hast du bestimmt schon.«

Sie küsste ihn.

»Ich liebe es. Warum Paul Bunyan?«

»Er ist aus Minnesota«, sagte er.

»Mein Vater hat mal so eine von einer seiner Reisen mitgebracht«, sagte sie und kippte die Schneekugel um. »Sie erinnern mich immer an ihn.«

»Was hat dein Bruder bekommen?«

»Tankstellenstraßenkarten. Er hat sie gesammelt. Damals waren sie gratis. Ich muss baden«, sagte sie. »Willst du mitkommen?«

»Klar«, sagte er.

Während Tamsen das Bad vorbereitete, stand er mitten im Wohnzimmer und zappte wie ein Zombie herum.

»Sie liebt dich, weißt du«, sagte Stella zu ihm. »Das hat sie mir gesagt.«

»Das hat sie gesagt?«

»Ja.«

»Jetzt gerade?«

»Ja«, sagte Stella. »Als du im Schlafzimmer warst. O Gott, ich hoffe, sie hat es mir nicht unter dem Siegel der Verschwiegenheit gesagt.«

»Was hat sie genau gesagt?«

»Sie hat gesagt: ›Er ist ein kleiner Depp, aber ich verstehe, was du in ihm siehst.‹ Und dann hat sie gekichert und sich auf die Lippe gebissen. Nur zur Info, ich glaube, sie könnte brunftig sein.«

»In Ordnung«, sagte Paul. »Stört es dich, heute Nacht hier zu schlafen?«

»Gar nicht«, sagte der Hund. »Du wirkst nervös.«

»Ein bisschen«, sagte er.

»Warum? Ich habe dir gerade gesagt, dass sie dich liebt.«

»Es ist schwer zu erklären«, sagte Paul.

»Die Wanne ist voll«, rief Tamsen.

Er ging zu ihr. Sie hatte das Licht im Badezimmer ausgeschaltet und Kerzen angezündet.

»Woher hast du das Schaumbad?«, fragte er.

»Ich habe es mitgebracht. Wir haben einen riesigen Karton mit Gratisproben bekommen. O bitte, ich möchte nicht mehr über das Büro sprechen! Du hast die Erlaubnis, mir den Mund zu verbieten, wenn ich die Arbeit noch einmal erwähne.« Sie küsste ihn. Er umarmte sie. Sie öffnete seinen Gürtel und zog das Hemd heraus. Sie zog ihm das Hemd aus und öffnete seine Schuhe, sie zog seine Hose herunter und dann seine Schuhe aus.

»Geh hinein«, befahl sie. Sie zog sich aus, stieg zu ihm in die Wanne und begann, ihn zu waschen. Er hätte die Augen schließen können, aber dann hätte er nicht mehr sehen können, wie das Kerzenlicht auf ihrer perfekten Haut leuchtete. Dass eine so attraktive Frau ihn anziehend finden konnte, schien außerordentlich. Er dachte an die letzten paar Monate, in denen er und Karen noch nebeneinander geschlafen hatten, wie er seinen Fuß über die Matratze zu ihr streckte und sie unter der Decke berührte, Fuß an Fuß, und wie sie wegzuckte, als hätte er Lepra. Das Gefühl ging über Einsamkeit hinaus. Er hatte sich wie Gift gefühlt. Während

Tamsen ihn wusch, dachte er daran, wie lange er sich danach gesehnt hatte, so berührt zu werden. Er versuchte, sich auf das Gefühl zu konzentrieren, obwohl er wusste, dass er seinen Penis nicht durch pure Konzentration zu einer Erektion bringen konnte.

Sie wusch ihn, berührte ihn, küsste ihn, versuchte, ihn zu erreichen. Er schloss die Augen, versuchte, es einfach zu genießen, versuchte, sich zu konzentrieren, so wie es der Therapeut, den er mit Karen besucht hatte, es ihnen hatte beibringen wollen. Als er die Augen wieder aufschlug, sah er sich selbst auf der Toilette sitzen und sich in der Badewanne beobachten.

»Noch nichts, was?«, sagte Paul auf der Toilette.

»Ich rede nicht mit dir«, sagte Paul in der Wanne. »Lass mich in Ruhe. Siehst du nicht, dass das genau das …«

»… Problem ist«, sagte Paul auf der Toilette und beendete den Satz. »Natürlich sehe ich das, ich bin der Analytiker. Versuch, dich zu entspannen. Versuch, tief durch die Nase einzuatmen und die Luft anzuhalten. Zähl bis sechs. Jetzt atme aus. Du musst entspannt sein, um eine Erektion zu bekommen.«

»Geh weg«, sagte Paul in der Wanne verärgert. »Du ruinierst das hier.«

»*Ich* ruiniere das hier?«, sagte der Paul auf der Toilette. »*Du* bist derjenige, der mich gerufen hat, mein Freund, also häng es nicht mir an. Übernimm die Verantwortung. Ich versuche nur zu helfen.«

»Du hilfst nicht.«

»Paul?«, sagte Tamsen.

»Ja, ja«, sagte Paul. »Ich bin wirklich müde. Ich nehme an, ich habe meine Augen eine Sekunde lang zugemacht.«

»So locker lasse ich dich nicht davonkommen«, sagte sie

und küsste ihn noch einmal. Eine Sekunde lang dachte er, sie hatte »locker« sagen wollen, als Kommentar zu seiner fehlenden Reaktion. Paul auf der Toilette sah zu, während Tamsen alles tat, um Paul in der Wanne zu erregen. Sie kletterte auf ihn, hob eine harte Brustwarze an seinen Mund, zog an ihm, bat ihn, sie zu berühren, und stöhnte dann vor Genuss, als er es tat, und hielt ihn fest, als sie zitterte, und Paul auf der Toilette bewunderte ihre Leidenschaft, ihren Stil, ihre Fantasie und ihre Entschlossenheit, und er beobachtete gern die Seifenblasen, die über ihre glatte Haut glitten, während Wasser und Seife durch das Zimmer spritzten, aber es war der Paul in der Wanne, der in diesem Augenblick präsent sein sollte – und er war es nicht.

»Es tut mir leid«, sagte er, als Tamsen schließlich aufgab und ihn einfach nur hielt und ihren Kopf an seine Brust lehnte.

»Schsch«, sagte sie. »Du musst nichts sagen. Es gehört alles zu dem Zauber. Manchmal bekomme ich einen Orgasmus in …«, sie schnipste mit den Fingern. »Und manchmal es ist wie …«, sie tat so, als hätte sie vergessen, wie man mit den Fingern schnipste, und wedelte wie gelähmt mit ihnen durch die Luft. »Es ist egal.«

»Ich habe von einer Frau gehört, die einen Orgasmus hatte, jedes Mal, wenn sie niesen musste, und als der Arzt sie fragte, ob sie irgendetwas deswegen nehme, sagte sie …«

»Nur Pfeffer«, sagte Tamsen sanft und umarmte ihn. »Du hast ihn mir schon erzählt. Keine Witze. Du musst mich nicht unterhalten, damit ich dich mag. Ich will einfach nur, dass du dich mit mir wohlfühlst. Es wird geschehen, und ich werde hier sein, wenn es so weit ist.«

»Ich glaube, ich habe zu viel getrunken«, sagte er. »Ich habe zu viel im Kopf.«

»Das hast du.«

»Ich hatte gehofft, es besser hinzukriegen«, sagte er.

»Paul, hör auf, es ist egal. Ich bin einfach gern mit dir zusammen. Ich finde, du bist cool.«

»Du findest mich *cool*?«

»Ich finde, du bist *tierisch* cool.«

»Seit der siebten Klasse hat mir niemand mehr gesagt, dass er mich cool findet.«

»Wer hat es in der siebten Klasse gesagt?«

»Mary Schwandt«, sagte Paul. »Sie hat mir einen Zettel zugesteckt, auf dem stand: ›Lieber Paul, ich finde dich wirklich cool. Ein paar von uns gehen heute Abend in den Park, um Randy Bubniak zu verprügeln, und ich wollte wissen, ob du mitkommen möchtest. Liebe Grüße Mary.‹«

»Wer war Randy Bubniak?«

»Bloß dieser Junge, den ich seit dem Kindergarten kannte. Ich denke, er war ein bisschen effeminiert. Ich habe ihm gesagt, er sollte eine Weile lieber nicht in den Park gehen, weil da ein paar Leute auf ihn warteten.«

»Siehst du? Genau das meine ich. Neun von zehn Siebtklässlern hätten nichts gesagt. Das ist eines der vielen Dinge bei dir, die ich liebe. Manchmal denke ich, dass du sie gar nicht siehst, und das macht mich fertig. Du siehst nur das Negative.«

»Was sind die anderen Dinge, die du an mir liebst?« Seine verborgene Frage war: »Was meinst du damit, und meinst du dasselbe, wenn du es Stephen sagst? Liebst du ihn auch?« Es war aber gerade weder der Ort noch die Zeit, um Stephen zu erwähnen.

»Warum?«, sagte sie. »Brauchst du eine Begründung, um jemanden zu lieben? Es ist ein Gefühl, nicht eine logische Schlussfolgerung durch Nachdenken.«

»Ich brauche keinen Grund, aber ich versuche, es zu verstehen, wenn es passiert«, sagte er. Er erinnerte sich daran, wie sehr ihm die Vorstellung der romantischen Liebe Angst eingejagt hatte, als er zum ersten Mal damit konfrontiert wurde, als er sie nur als eine überwältigende und mysteriöse Macht wahrnahm, die einen überfällt, urplötzlich und ohne dass man sie kontrollieren konnte. Als er in der siebten Klasse war, hatte er im Bett gelegen und sich Sorgen gemacht, dass er sich in jemanden verlieben könnte, in den er sich nicht verlieben wollte. – Was würde er dann tun? Er wollte mitreden können, in wen er sich verliebte. Tamsen hatte recht. Er brauchte eine Begründung. Er hatte immer eine Begründung gebraucht.

»Lass uns ins Bett gehen«, sagte sie. »Ich würde am liebsten drei Tage bei dir schlafen.«

»Das klingt gut«, sagte Paul.

»Paul«, sagte sie, als sie im Bett lagen. »Bitte grübele nicht. Wir sind durch etwas Größeres als Sex zusammengekommen. Es läuft keine Uhr. In Ordnung? Ich will dich nur kennenlernen. Ich will, dass du mich kennenlernst.«

»In Ordnung«, sagte er. Er würde versuchen, nicht zu grübeln. »Dann erzähl mir etwas, das niemand sonst weiß. Erzähl mir ein Geheimnis. Irgendetwas, was du willst.«

Sie hielt inne. »Du musst mir versprechen, das niemandem zu erzählen. Ich nehme Gesangsunterricht.«

»Das tust du?«, sagte er. »Bei wem?«

»Bei einer Frau namens Sheila Clark. Sie hat ein Trio in Providence. Stephen und ich haben sie eines Abends gesehen, und während der Pause habe ich ihr erzählt, dass ich schon immer singen wollte, und sie hat gesagt, dass sie gerade mit einem Kurs anfängt und dass ich mich eintragen solle, also habe ich das getan. Es war eine Art Impuls.«

»Weiß Stephen es?«, fragte Paul.

Sie schüttelte den Kopf. »Er war auf der Toilette«, sagte sie. »Es ist so peinlich. Sheila hilft mir dabei, herauszufinden, warum es mir so schwerfällt. Ich kann vor Tausend Leuten bei einer Technikkonferenz sprechen, aber die Vorstellung, vor Leuten meinen Mund zu öffnen und zu singen, jagt mir Angst ein. Ich glaube, das liegt daran, dass ich mich in meiner Vorstellung genau so anhöre wie die Sängerinnen, die ich mir auf CD anhöre, aber wenn ich mich dann wirklich höre – Sheila nimmt uns auf Band auf –, zucke ich zusammen.«

Er war begeistert, etwas über sie zu wissen, das Stephen nicht wusste.

»Sing etwas für mich«, sagte er.

Sie zögerte.

»Bitte.«

Nach einer Weile sang sie, leise, fast im Flüsterton: »Am I blue? Not with you …« Sie hielt inne. »Ich kann nicht.«

»Du hast eine wunderschöne Stimme«, sagte er. »Ich wette, wenn du richtig lossingen würdest, wärst du toll.«

»Ach«, sagte sie. »Das wird nicht geschehen. Du bist dran.«

»Okay«, sagte er. »Ich schreibe Gedichte. Nur ab und zu. Ich kann jederzeit damit aufhören.«

»Kannst du mir ein Gedicht aufsagen?«

»Ein junger Mann aus Japan / fing einmal zu dichten an / doch klappte es nicht / ruiniert war's Gedicht / weil er in die letzte Zeile so viele Wörter packte, wie er nur konnte.«

»Ernsthaft.«

»Ernsthaft, ich weiß nichts Ernsthaftes auswendig«, sagte er. »Ich könnte es dir in einer E-Mail schicken, wenn du willst.«

»Ich will.«

Er hielt sie fest, schloss die Augen und hörte ihrem Atmen zu, bis er einschlief. Als er zwei Stunden später aufwachte, war er komplett erregt, wie ein Teenager, der seinen ersten *Playboy* durchblättert. Er überlegte, ob er Tamsen aufwecken sollte, aber er wusste, dass das Gefühl wahrscheinlich schon vergangen war, bevor er irgendetwas deswegen unternehmen könnte.

Er ging ins Badezimmer, zunächst kämpfte er. Ein warmer Schauer überlief ihn von Kopf bis Fuß, als er pinkelte. Er schüttelte sich.

»Wir kriegen sie das nächste Mal«, sagte er zu seinem Penis.

»Wen kriegen wir?«, fragt Stella von der flauschigen Badematte aus, auf der sie lag.

»Ich habe nicht mit dir gesprochen. Schlaf weiter.«

»Ja, Herrchen«, sagte sie müde. »Alles in Ordnung? Du wirkst deprimiert.«

»Eine kleine Schlappe.«

SIEBTES KAPITEL

Das geheime Leben Jimmy Carters

Am nächsten Tag, nachdem Tamsen abgefahren war – sie hatte ihm einen süßen Kuss gegeben, um ihm zu versichern, dass zwischen ihnen alles in Ordnung war –, fuhr er zu Kmart und kaufte eine Jogginghose, ein Sweatshirt und ein paar Laufschuhe. Er stretchte sich gerade im Bademantel auf dem Küchenboden, als Stella hereinkam und ihn sah.

»Was in aller Welt tust du da?«, fragte sie. »Hast du dich verletzt?«

»Noch nicht«, sagte er. »Ich stretche mich. Ich fange mit dem Joggen an.«

»Du?«, sagte Stella und unterdrückte ein Kichern.

»Was ist daran so lustig?«

»Ich finde es großartig«, sagte sie. »Ich bin mir sicher, du wirst Spaß haben. Warum jetzt?«

»Ich werde mein Leben ändern. Ich habe es mir geschworen, nachdem ich meinen Vater gesehen habe.«

»Und jetzt fängst du an zu joggen?«

»Und mache eine Diät. Ich meine es ernst. Mir ist bewusst geworden, dass ich mich seit der Scheidung habe gehen lassen.«

»Nicht erst seit der Scheidung.«

»Du bist nicht die Richtige, um mir zu sagen, dass ich

nicht in Form bin. Wann hast du das letzte Mal Bewegung gehabt?«

»Als du weg warst. Chester und ich sind mehrere Meilen durch den Schnee gelaufen, um ein bisschen fieses Wild zu verjagen. Mehr als zehn Kilometer waren es schon, glaube ich. Vielleicht solltest du mit deinem Arzt sprechen. Wann bist du das letzte Mal durchgecheckt worden?«

»Sie werden nur auf die Body-Mass-Index-Tabelle an der Wand zeigen und mir sagen, dass ich für mein Gewicht zu klein bin. Wie soll ich in meinem Alter größer werden?«

»Hat das irgendwas mit deinem Penis zu tun?«, fragte sie.

»Das hat nichts damit zu tun«, sagte er. »Obwohl es nicht schlecht dafür ist. Ich habe es beschlossen, als ich in Minnesota war. Hast du Lust, mitzukommen?«

»Klingt spaßig, aber ich passe«, sagte Stella. »Ich würde dich nur aufhalten.«

»Das bezweifle ich sehr«, sagte Paul. Er blickte aus dem Fenster. Der Schnee auf der Straße war zu Matsch geschmolzen. Er konnte sich viele Gründe ausdenken, warum er warten sollte, bis die Bedingungen besser waren. Dann stellte er sich wieder seinen Vater vor, gefangen in seinem Krankenhausbett.

Er zog sich zum Laufen um. Er hatte schon Hunderte Mal vorher beschlossen, dass Dinge sich ändern müssten, aber dieses Mal meinte er es ernst. Er legte das Sweatshirt und seine neue Jogginghose aufs Bett, dazu eine knallorangefarbene Zipfelmütze – aus Sicherheitsgründen –, aber bevor er sich anzog, betrachtete er sich nackt im Spiegel, um sich ein Vorher-Bild einzuprägen.

Er sah teigig aus. Unscheinbar. Ein Schwächling. Er hatte geraucht, bis er dreißig war, das hatte auch nicht gerade geholfen. Er war eins neunundsiebzig, hatte eine gute Haltung, wenn er stand, aber wenn er sich setzte, sank er leicht zusammen, besonders in Kinos, wo er meistens recht unbequem saß, vor allem deswegen, weil er keinen Hintern hatte. Er wünschte, er könnte sagen, er hätte ihn sich abgearbeitet oder noch besser abgelacht oder ihn in Vegas verloren, aber die traurige Tatsache war, dass er ohne einen geboren worden war, es gehörte zu seinem Erbe. Jahrhundertelang hatten seine Wikingervorfahren Boote über das dunkle Meer des Nordatlantiks gerudert und dabei auf harten Holzplanken gesessen, zweifellos war es mehr eine Frage der Erosion als der Genetik oder Evolution.

Zum Ausgleich für seine erbliche Hinternlosigkeit hatte er ordentlich aussehende Beine, wenn auch ein wenig gebogen. Seine Füße waren wohlgeformt, aber seine kleinen Zehen wandten sich etwas nach innen und bekamen schnell Hornhaut oder Blasen, wenn seine Socken zu dünn waren. Sein linkes Bein war in Ordnung, aber sein rechtes Knie war angeknackst, bei einem Softballunfall vor Jahren waren sein vorderes Kreuzband gerissen und der seitliche Meniskus fast völlig verschwunden. Sein Chirurg hatte ihm danach gesagt, dass er keinen Sport mehr treiben dürfe, wegen des weiteren Schadens, den er anrichten könne, und des Risikos, später im Leben Arthritis zu entwickeln. Paul schaute auf seine Beine. Arthritis war nicht so schlimm wie ein Schlaganfall, und über den machte er sich Sorgen.

Er würde joggen gehen.

Nichts würde ihn davon abhalten.

»Von heute an«, beschloss er stumm, »wird jedes zweite Bier ein leichtes sein. Und zwei von dreien, sollte ich auch noch Klondikeriegel essen.«

Er hatte gute Schultern, breit und eckig, und schöne Hände, zumindest wurde ihm das gesagt. Seine Brust war glatt und haarlos. Sein Kopfhaar war sandbraun und wurde dünner, aber das bemerkte man erst, wenn er direkt unter einer Lampe stand, ein Grund, die Badezimmer in Motels zu meiden. Er betrachtete sein Gesicht. Er hasste es, wie er auf Fotos aussah, aber es gefiel ihm, wie er in Spiegeln wirkte, außer wenn der Spiegel flach auf einem Tisch lag und er sich nur sehen konnte, wenn er sich vorbeugte, dann zog die Schwerkraft all die lose Haut in seinem Gesicht und an seinem Hals nach vorn, sodass er Hängebacken bekam und alt aussah. Ein Freund hatte ihn gewarnt: »Wenn du mal vierzig bist und mit einer jüngeren Frau im Bett, dann sei nie oben, es sei denn, es ist stockfinster im Zimmer, denn sie könnte die Augen aufschlagen und denken, sie sei plötzlich mit Jimmy Carter im Bett.«

Er sah »ziemlich gut aus«, wie Tamsen gesagt hatte. Er hatte keine Augenringe oder Falten oder Stirnrunzeln, und seine Lippen waren nicht so dünn wie die der meisten skandinavischen Männer, nicht die schmalen, nach unten gebogenen Schlitze, die man auf den Gesichtern seiner Vorfahren sah. Immigranten in den guten Kleidern des neuen Landes, Männer und Frauen, die nie lächelten, weil ihr Leben hart war und ihre Erinnerungen sie quälten, und weil die Belichtungszeiten damals so lang waren, dass man eine Pose einnehmen und für mindestens fünf Sekunden halten musste. Kein Norweger war je fähig, länger als drei Sekunden lang zu lächeln.

»Mach einen Termin beim Zahnarzt«, sagte er sich.

»Finde einen Zahnarzt.«

»Oder such dir einen Job mit Krankenversicherung. Ja, klar.«

»Hör auf, so passiv zu sein.«

Seine neuen Joggingschuhe waren leichter als Luft und

unten ganz weich. Es fühlte sich an, als würde er auf dem Sofa von jemandem spazieren. Er hatte als Kind Sport geliebt, er hatte sich, wie wohl alle Jungs, vorgestellt, dass er irgendwann mal Profi werden könnte. Mit Carl herumzualbern und zu ringen und Kickball zu spielen hatte ihn aggressiv und wettbewerbsfähig gemacht. Bevor er sich in der neunten Klasse bei einem Footballspiel den Arm gebrochen hatte, war er ein Sportler für alle Jahreszeiten: Baseball im Sommer, Football im Herbst, Basketball im Winter und Leichtathletik im Frühling. Nach dem Unfall hatte er einen Monat lang bei Spielen und Trainings dabeigesessen, damals hatte er alle möglichen Dinge entdeckt: Mädchen, Tabak, Alkohol, Drogen, Mädchen. Danach war ihm Sport eigentlich ziemlich egal geworden, er war zufrieden, auf der Ersatzbank zu sitzen, ohne je an Carls sportliche Leistungen oder seine eigenen früheren Erwartungen heranzureichen.

»Ich war mal ein Sportler. Ich kann wieder einer werden.«

Seinen Vater im Krankenhaus liegen zu sehen hatte ihm ein Gefühl für Sterblichkeit vermittelt, das er vorher nicht gehabt hatte. Er hatte lange genug gewartet. Es war an der Zeit, gesund zu leben.

Er schnürte seine Schuhe, stand auf, holte tief Luft und berührte seine Zehen, dabei gab er ein lautes, grunzendes Geräusch von sich. »Stretching wird überbewertet«, sagte er zu sich. Sein Bauch wölbte sich leicht über dem Schnürband der Jogginghose. Er trug ein übergroßes Sweatshirt, um seinen Bauch zu bedecken. Er schaute ein letztes Mal in den Spiegel und dachte: »Es ist ein Wunder, dass Tamsen sich zu mir hingezogen fühlt. Hätte die Wahrsagerin ihr nicht gesagt, dass ich der Richtige bin, wo wäre ich dann jetzt?«

Dass sie ihn erwählt hatte, war unglaublich schmeichelhaft und gut für sein Ego. Sie sagte ihm, dass er überhaupt nicht wie Jimmy Carter aussah, aber was sollte sie auch sonst schon sagen?

Vielleicht laufe ich eines Tages mal einen Marathon mit Carl. Ich werde in gute Form kommen und ihn in den Hintern treten, dachte er.

»Eins nach dem anderen. Fang einfach an zu laufen.«

»Vielleicht werde ich mit dir laufen. Ich habe meine Meinung geändert«, sagte Stella. »Wie weit laufen wir?« Egal wie schlecht in Form er war, er wusste, dass Stella zu alt war, um mit ihm Schritt zu halten, auch wenn sie sich bemühte.

»Äh ... ich möchte gern, dass du hierbleibst und auf das Haus aufpasst, während ich weg bin«, sagte er.

»Fantastisch«, murmelte sie, drehte sich um und machte noch eine Runde, bevor sie sich auf ihr Bett legte. »Wir wollen ja nicht, dass jemand einbricht und die Boxershorts klaut, die du unter dem Bett vergessen hast, nicht wahr?«

Er trat hinaus. Die Luft war kalt und trocken, der Himmel wolkenlos blau, die Sonne strahlte. Er überlegte kurz, ob er mit seinem neuen Programm warten sollte, bis es wärmer war, aber er erkannte selbst, dass es nur eine lahme Ausrede war. Es gab keinen anderen Anfang, als einfach anzufangen, einen Fuß vor den anderen zu setzen. Er begann damit, bis zur Ecke zu gehen, und sagte sich, dass er schneller würde, sobald er den Feuerhydranten erreichte.

Am Hydranten lief er los, bog rechts in die Parsons ein und noch mal rechts in die Bridge, an der Post vorbei, wo die Angestellten merkwürdig fröhlich und nett waren. Er lief am Historic Northampton vorbei, einem sehr alten Haus gegenüber der Post, das zweifellos voll sehr alter Sachen war. Niemanden, den er kannte, war je dort gewesen, und niemand, den er kannte, kannte jemanden, der je dort gewesen war, oder jemanden, der vorhatte, dorthin zu gehen, obwohl das Gebäude sechs Tage die Woche für die Öffentlichkeit geöffnet war und die Geschichte konservierte, indem sie sie mehr oder weniger für sich behielt. Zunächst war er überrascht, wie leicht ihm das Laufen nach Jahren der Untätigkeit und Trägheit fiel. Dann war er überrascht, wie kurz dieses Gefühl anhielt und wie bald er müde wurde.

Er lief Richtung Innenstadt, Northampton verfügte über eine pittoreske Reihe von Boutiquen und Geschäften und war ein Ziel für Reisende von Montreal bis New York City, die wegen der Läden und Restaurants herkamen. Er lief an Stanley Prochaskas Juwelierladen vorbei, eins der ältesten Geschäfte der Stadt, und am Brautmodenladen, vielleicht der einzige in der ganzen Region, in dem es passende Brautkleider für »sie und sie« gab, da Northampton als lesbische Hochburg bekannt war. Er passierte den Lederwarenladen und das Sportgeschäft, Paare mit Papiertüten, Männer, die mit ihren Frauen einkauften. Er erinnerte sich kurz daran, wie es war, mit seiner Exfrau einkaufen zu gehen, er trug ihre Tasche und sagte Dinge wie »Brauchen wir wirklich einen neuen Mixer?« oder »Funktioniert der alte Tischbackofen denn nicht mehr?« Er lief an Thornes Marketplace vorbei, früher einmal ein traditionelles Warenhaus, in dem sich jetzt einige unabhängige Läden befanden und das heute sozusagen das Kronjuwel der Einkaufszone von Northampton war. Er passierte das Gebäude, in dem er ein Büro angemietet hatte und so das Arbeitschaos vom Wohnchaos zu Hause trennte, er schrieb dort und starrte aus dem Fenster, manchmal mit Fernglas, nur um alles im Auge zu behalten.

Paul lief, machte den Reißverschluss der Jacke am Hals auf, obwohl die Temperaturen einstellig waren. Seine Beine taten ihm langsam weh, und seine Lunge schmerzte, aber er machte weiter, an einem Laden vorbei, der Faces hieß und billige Möbel verkaufte und Lampen und Poster und Dinge für Schlafsäle. Er kam an Betsy's Threads vorbei, einem gehobenen Kleidergeschäft, in dem Betsy alle gesellschaftlichen Kreise der Stadt im Kopf behalten und sich erinnern musste, welches Kleid sie welcher Frau verkauft hatte, um sicherzugehen, dass niemand mit demselben Kleid bei einer Party auftauchte. Er lief an Intimate You vorbei, einem sexy Wäschegeschäft, dessen Inhaberin, Charlotte, jeden in der Stadt kannte und, noch wichtiger, wusste, wer was unter seinen Kleidern trug. Sie hatte auch einen guten Überblick darüber, wer mit wem eine Affäre hatte, Informationen, die sie gesammelt hatte, wenn Männer Spitzen-BHs oder Strings für ihre Freundinnen kauften, und dann tauchte die Geliebte auf, um sie in eine passendere Größe oder einen anderen Stil umzutauschen.

Er lief an Jake's Schnörkelloses Dining vorbei, wo er in den letzten fünfzehn Jahren jeden Morgen Bacon'n'Eggs, Toast und Kaffee – ohne Schnörkel – gegessen hatte. Während Paul Kaffee trank, den *Globe* las und das Kreuzworträtsel löste, lag Stella ruhig im Eingang des Cafés und störte niemanden, wenigstens bis zu dem Tag, an dem die Stadt eine Strafe verhängte, wenn Hundebesitzer ihre Tiere im Stadtzentrum anbanden – es gab auch eine Strafe, wenn man sie nicht anband –, ganz egal, ob der betreffende Köter friedlich in der Sonne schnarchte oder den Babys in ihren Buggys die Zehen abnagte. Paul konnte gar nicht zählen, wie viele Leute an einem durchschnittlichen Tag lächelten, wenn sie Stella zufrieden im Eingang liegen sahen, aber natürlich ruft niemand den Hundebeamten an, um ihm zu sagen: »Ich würde gern einen Hund melden, er macht gar nichts, aber es machte mich richtig froh, ihn einfach nur anzusehen …«

Er trabte die Main Street entlang, wo er oft Leute sah, die Unterschriften sammelten, um Kandidaten auf Wahlzettel zu bringen, und Pfadfinderinnen, die Geld sammelten, und New-Age-Typen, die Weihrauch oder Gedichte anboten, und verwirrte Idioten, die Selbstgespräche führten und dabei Dinge murmelten wie: »Man hinterlässt keine Zeugen, man hinterlässt *nie* Zeugen…« Die Main Street war einfach lebendig, und das sieben Tage die Woche, das ganze Jahr hindurch mit Schnorrern von irgendwelchen Stiftungen, Bettlern und Schmarotzern, Emos und weißen Rastakids mit Strickmützen in jamaikanischem Schwarz, Gelb, Grün und Rot, Grufties und Punks, die einen nach Kleingeld fragten, um »zu telefonieren«, und einmal einem Jungen, der auf dem Bürgersteig saß mit einem Schild, auf dem stand: ELTERN VON NINJAS ERMORDET – BRAUCHE GELD FÜR KUNG-FU-STUNDEN! Er lief an einem Antiquariat vorbei, an noch einem und an einer Buchhandlung und an einem Laden, der früher mal Kristalle verkauft hatte, aber dann schloss, weil die Kristalle dem Besitzer angeblich erzählt hatten, dass sie nicht verkauft werden wollten. Er kam an Läden mit Schnickschnack aus der Dritten Welt vorbei und an einer der vielen Eisdielen der Stadt, da Eis das letzte Laster war, das die örtlichen Birkenstockträger sich erlaubten. Sollten die Gefriertruhen der Eisdielen wegen eines Stromausfalls mal nicht mehr funktionieren, wären die Straßen Northamptons mit geschmolzenem Malzvanille und fettarmem, gefrorenem Joghurt überflutet.

Er lief weiter. Er kam am Sunflower-Waschsalon vorbei, wo alle Zettel und Aushänge an das Schwarze Brett hängten. Er lief an der Heilkooperative neben dem Waschsalon vorbei, einer Art von New-Age-Klinik für Esoterikmessen und Körperarbeiter und homöopathische Rezepte und Behandlungen mit einem Regal neben der Tür voller Broschüren der unterschiedlichen örtlichen Schamanen und Medizinmänner und Gesundbeter. Dort musste er kurz anhalten und wünschte, er hätte genug Geld für eine »sanfte, liebende Massage« in der Heilkooperative dabei.

Er setzte sich keuchend auf die Treppe, fühlte sich ein bisschen schwindelig. Er hatte nicht erwartet, sofort in Form zu kommen, aber offensichtlich hatte er einen weiteren Weg vor sich, als er gedacht hatte. Er war gerade wieder zu Atem gekommen, als zuerst sein rechter Wadenmuskel krampfte, dann sein linker. Er stand auf und ging, bis es aufhörte, und nach ungefähr zehn Minuten fühlte er sich besser.

Und eine Minute später war er auch stolz auf sich. Nach seiner eigenen Schätzung war er ungefähr zwei Kilometer gelaufen. Die meisten Fitnessgurus sagen, dass es wichtig sei, es langsam anzugehen.

Als er nach Hause kam, schnürte er seine Schuhe auf. Stella fragte ihn, wie das Laufen gewesen war.

»Super«, sagte er. Er ließ Wasser in die Badewanne, und zwar so heiß wie möglich. Seine Füße schmerzten, seine Knie pochten. Er zog wieder seinen Bademantel an, ging zum Kühlschrank, nahm ein Bier heraus, öffnete es und legte sich dann in die Badewanne, um sich zu erholen. Kurz darauf kam Stella ins Badezimmer und starrte ihn an.

»Gehört das auch zu deinem Training?«, fragte sie ihn und schaute auf das Bier.

»Nein«, sagte er und nippte daran. »Das ist meine Belohnung für das Training.«

»Wie fühlt es sich an?«, fragte sie.

»Wie fühlt sich was an?«

»Trinken. Ich bin bloß neugierig.«

»Es fühlt sich gut an. Es entspannt einen.«

»Wovon musst du dich entspannen? Du tust doch gar nichts.«

»Vom Stress.«

»Was ist Stress?«

»Was ist Stress?«, sagte Paul. »Hhm. Also. Weißt du, wenn dir auf dem Bürgersteig ein anderer Hund entgegenkommt, und der sieht groß und böse aus, sein Fell sträubt sich am Hals, dann stellt sich doch auch bei dir das Nackenhaar auf?«

»Gänsehaut.«

»Das ist Stress.«

»Oh.« Sie betrachtete ihn, während er schluckte. »Ist also ein großer Hund irgendwo in der Nähe, oder was?«

»Nein«, sagte Paul. »Das war bloß ein Beispiel für dich. Menschen werden von vielen anderen Dingen gestresst.«

»Welchen Dingen denn? Du liegst in einer Wanne voll mit heißem Seifenwasser und tust nichts, soweit ich das beurteilen kann.«

»Dinge, die während des Tages geschehen. Menschen, die einen stressigen Tag hatten, kommen nach Hause und trinken etwas, um abzuschalten.«

»Wenn der große Hund weg ist.«

»Richtig.«

»Wäre es nicht sinnvoller, zu trinken, bevor der große Hund einen erwischt?«

»Könnte sein.«

»Ich meine, wenn der große Hund weg ist, wo ist dann der Stress?«

»Da hast du recht«, sagte Paul. »Das ist der Unterschied zwischen dir und mir. Bei dir ist es so: Geht der große Hund weg, dann legt sich dein Fell wieder, und du vergisst alles. Bei den Menschen steht das Fell noch lange, nachdem der große Hund gegangen ist.«

»Warum?«

»Weil wir höher entwickelt sind.«

Stella musste einen Moment nachdenken.

»Weißt du, je mehr du mir über Evolution erzählst, umso weniger verstehe ich es. Evolution bedeutet Verbesserung, richtig?«

»Richtig.«

»Es ist also eine Verbesserung, zu denken, dass da ein großer Hund ist, wenn der in Wirklichkeit schon lange weg ist?«

»Nicht per se«, sagte Paul. »Aber wir haben ein besseres Langzeitgedächtnis als ihr. Das ist eine Verbesserung, aber es macht es für uns schwerer, die großen Hunde, denen wir täglich begegnen, zu vergessen.«

»Und deswegen trinken Menschen?«

»Manche.«

»Trinken deine Mom und dein Dad?«

»Nie«, sagte Paul.

»Was ist mit deinem Bruder?«

»Nicht so viel, wie er sollte«, sagte Paul. »Er hat viel Stress. Studien zeigen, dass Alkohol Stress abbauen kann.«

»Und du fühlst dich besser, wenn du keinen Stress hast?«

»Viel besser. Ich fühle mich mehr wie ich selbst.«

»Wie wer fühlst du dich denn, wenn du dich nicht wie du selbst fühlst?«

»Ich bin dann immer noch ich, aber es fühlt sich nicht so an«, sagte Paul und wusste, dass das gar nichts erklärte, nicht einmal einem Menschen. »Man fühlt sich den Dingen mehr verbunden.«

»Warum verlierst du dann ständig deine Autoschlüssel?«

»Nicht solchen Dingen.«

»Welchen Dingen denn?«

»Hör mal«, sagte Paul. »Es ist so. Man fühlt sich irgendwie … als hätte man gleichzeitig die Kontrolle und auch nicht. Man hat es selbst in der Hand, wie sehr man die Kontrolle verliert. Und die Kontrolle zu verlieren fühlt sich gut an, weil man dann nicht die Verantwortung hat, die ganze Zeit die Kontrolle zu behalten, sodass man sich entspannen und man selbst sein kann. Wie wenn man ein Baby oder ein kleines Kind ist: Man ist bloß man selbst und analysiert nicht alles, was man tut, oder macht sich Sorgen, was denn alle anderen nur denken werden. Man fühlt sich halt einfach die ganze Zeit über gut. Dann wird man älter und muss Rechnungen bezahlen, und andere Leute erwarten etwas von dir, und man bekommt keine Chance mehr, einfach zu entspannen und sich gut zu fühlen.«

»Außer, wenn man betrunken ist?«

»Nicht nur, wenn man betrunken ist, aber manchmal fühlt man sich sehr gut, wenn man betrunken ist.«

»Wie oft?«

»Keine Ahnung.«

»Die Hälfte der Zeit?«

»Ich weiß nicht. Warum? Warum fragst du?«

»Ich weiß nicht«, sagte Stella. »Weil du nicht sehr glücklich aussiehst. Und ganz besonders dann nicht, wenn du betrunken bist. Dann wirkst du wirklich traurig. Bedeutet traurig zu sein, sich mehr wie man selbst zu fühlen?«

Jetzt hielt Paul inne.

»Macht Stress dich traurig?«, beharrte Stella.

»Nein. Stress macht einen ängstlich. Er dreht einen auf, aber auf eine schlechte Art.«

»Wirst du durchs Entspannen traurig?«

»Manchmal wohl schon. Man wird traurig, wenn die Dinge nicht gut laufen.«

»Wie mit Karen?«

»Genau.«

»Oder wenn du keinen Ständer bekommst?«

»Ja. Das macht mich traurig.«

»Aber einen Ständer zu bekommen macht dich glücklich.«

»Es macht mich sehr glücklich.«

Paul nahm das Seifenstück und wusch seine Haare. Er wollte das Thema wechseln. Stella wollte nur begreifen.

»Nun, ich glaube, du zäumst das Pferd von hinten auf, wenn ich das so sagen darf.«

»Was meinst du?«

»Ich meine, ich glaube, du machst die Dinge falsch herum. Ich glaube, zuerst wirst du traurig, und *dann* bekommst du keinen Ständer. Oder du wirst zuerst glücklich, und *dann* bekommst du einen Ständer.«

»Wie kommst du darauf?«, fragte er.

»Durch Beobachtung.«

»Beobachtung?«

»Wie lange kennen wir uns jetzt schon?«

»In Menschenjahren?«, antwortete Paul. »Fast sechzehn Jahre.«

»Und wie viele Freundinnen und Ehefrauen hattest du in dieser Zeit?«

»Eine Ehefrau, bitte«, sagte Paul. »Worauf willst du hinaus?«

»Darauf, dass du nicht vergessen darfst, dass in all diesen Jahren, immer wenn du mit jemandem im Bett warst, drei im Zimmer waren, nicht bloß zwei. Neunundneunzig Prozent der Zeit habe ich dich beobachtet. Ich vernachlässige meine Pflicht nicht, bloß weil da noch jemand ist, weißt du, ich muss dich trotzdem im Auge behalten, selbst wenn du mir keine Aufmerksamkeit schenkst. Und was ich mit meinen eigenen Augen gesehen habe, als neutrale Beobachterin, ist, dass du zuerst traurig oder gestresst wirst, und *dann* bekommst du keinen Ständer, oder du wirst zuerst glücklich, und *dann* klappt's. Und Trinken macht dich traurig. Das ist meine Beobachtung. Meine bescheidene Meinung, aber hey, ich bin nur ein Hund, was weiß ich schon? Ich habe nur nachgedacht.«

»Hmm«, sagte Paul. »Ich hole dir ein Bier, wenn du es wirklich wissen willst.«

»Nein danke«, sagte Stella. »Ich bin schon entspannt.«

»Wenn das Trinken mich traurig macht«, fragte er sie, »was macht mich glücklich? Nach deinen Beobachtungen.«

»Leute.«

»Leute?«

»Ja.«

»Wie genau?«

»Neue Leute zu treffen«, sagte sie. »Nette Dinge für sie zu tun. Das funktioniert jedes Mal. Du solltest dich manchmal beobachten.«

»Hmm«, sagte er. »Interessant.«

ACHTES KAPITEL

Verhaltensregeln

Seine Mutter sagte, es ginge Harrold besser. Die Ärzte nahmen an, dass das Medikament, das sie ihm im Krankenhaus gegeben hatten, es hieß tPA, die englische Abkürzung für gewebespezifischer Plasminogenaktivator, sein Gehirn noch rechtzeitig erreicht hat, um das Blutgerinnsel aufzulösen und den Blutfluss wiederherzustellen und so den ansonsten katastrophalen Schaden zu begrenzen. Er war immer noch gelähmt und konnte nicht sprechen, aber er konnte essen und sich lang genug konzentrieren, um Wiederholungen von *Detektiv Rockford – Anruf genügt* und *Rauchende Colts* und *Ein Engel auf Erden* anzusehen, was, wie sie sagte, ihm jedes Mal Tränen in die Augen trieb, und zwar echte. Sie hatten sein Bett unten aufgestellt, während der ersten Woche war rund um die Uhr eine Krankenschwester im Haus, danach schaute täglich eine Krankenschwester vorbei. Drei Mal wöchentlich kamen die Logopäden und Physiotherapeuten, um mit seinen Beinen und Armen zu arbeiten oder seinen Hals elektrisch zu stimulieren. Es war alles ziemlich beeindruckend. Beverly sagte: »Du solltest sehen, wie gut sie sind.«

Carl kümmerte sich darum, dass alle Rechnungen bezahlt wurden, das Konto ausgeglichen war und der Haushalt wieder ruhig lief, wofür Beverly dankbar war. Carl und Bits und ihre Familien kamen oft zu Besuch oder fuhren mit Beverly einkaufen, wenn die Krankenschwester da war. Pauls Job war es einfach nur, seinen Vater zur Kommunikation zu bewegen, um jene Teile des Gehirns zu stimulieren, die die Sprache und Reaktion kontrollierten. Es könnte sich als schwierig herausstellen, einzuschätzen, ob es etwas nützte, warnte ihn der Logopäde, aber es war sicher eine langsame Heilung, und das waren die ersten Schritte.

»Ich bin so überrascht, was man heutzutage alles tun kann«, sagte Beverly. »Ich erinnere mich an einen Freund meines Dads, der einen Schlaganfall hatte und während der letzten zwanzig Jahre seines Lebens einfach nur im Rollstuhl saß. Das ist alles so gut. Es ist alles gut.«

Paul nahm sie beim Wort. Er senkte seine Erwartungen und ging eines Abends nach dem Abendessen mit seinem Vater online. Beverly war dabei, um ihrem Ehemann zu helfen und ihm zu zeigen, wie er die Maus bewegen musste.

PaulGus: Hi. Wie geht es dir heute? Ich weiß, auf diese Frage kannst du nicht mit Ja oder Nein antworten. Ich nehme an, ich werde wohl den Hauptteil der Unterhaltung bestreiten, also

HarrGus: JA

PaulGus: Unterbrechen ist gut. Zögere nicht, mich jederzeit zu …

HarrGus: NEIN

PaulGus: Ich bin verwirrt. Nein, unterbrechen ist nicht gut?

HarrGus: JA

PaulGus: Okay, dann lass uns mal.

HarrGus: NEIN

PaulGus: Warte, warte, warte. Warum fangen wir nicht einfach noch einmal an und üben ein bisschen, bis du drin bist. Kannst du auf das JA-Feld klicken?

HarrGus: JA
PaulGus: Kannst du auf das NEIN-Feld klicken?
HarrGus: JA
PaulGus: Dann tu es bitte.
HarrGus: NEIN
PaulGus: Äh … in Ordnung.
PaulGus: Bist du noch da?
HarrGus: Hi Paul. Jetzt tippt deine Mutter. Ich glaube, dein Vater ist müde. Lass uns das in ein paar Tagen noch einmal versuchen.
PaulGus: Ich weiß nicht, was ich tun soll.
HarrGus: Das ist schon in Ordnung. Das ist für uns alle Neuland. Seine Augen sind geschlossen. Ruf mich das nächste Mal, wenn du es versuchen willst, an, dann sorge ich dafür, dass er ausgeruht ist.

Ein Teil der Idee war, seinen Vater wissen zu lassen, dass er nicht allein war und dass da jemand war, der zuhören wollte. Paul stellte sich seinen Vater als eine Art schwebendes Bewusstsein vor, wie in einem billigen Horrorfilm aus den Fünfzigerjahren, in dem das Gehirn des verrückten Wissenschaftlers ein Glas voll leuchtendem Rauch war.

Als er es das nächste Mal versuchte, versicherte seine Mutter ihm, dass sein Vater verstanden hatte, wie es funktionierte, und ausgeruht genug war, um es noch einmal zu probieren. Sie sagte, dass sie in der Küche wäre, aber dass sie wollte, dass Harrold es allein versuchte.

PaulGus: Guten Morgen. Wie geht es dir?
HarrGus: NEIN
PaulGus: Ich meine, geht es dir gut?
HarrGus: NEIN

PaulGus: Natürlich nicht. Dir geht es also nicht so gut?
HarrGus: NEIN
PaulGus: Möchtest du das hier tun?
HarrGus: NEIN NEIN NEIN NEIN
PaulGus: Dann lass es uns morgen noch einmal versuchen?
HarrGus: NEIN

Er bemühte sich, nicht enttäuscht zu sein. Es hatte den Anschein, dass das Format nicht funktionierte. Die Logopädin, mit der Harrold arbeitete, sagte Paul, dass sie fand, dass Harrolds Leseverständnis gut war. Manche Schlaganfallpatienten entwickelten eine Art von Dyslexie, bei der geschriebene Wörter und Buchstaben durcheinandergewürfelt und unverständlich schienen, aber Harrold hatte die Tests, die sie deswegen mit ihm gemacht hatte, bestanden. Die Therapeutin sagte Paul, er solle sich keine Sorgen machen. Wenn das Gehirn nach einem Schlaganfall wieder neue Verbindungen knüpft, kamen so viele unterschiedliche Dinge ins Spiel. Sie glaubte, dass Harrold verstand, was zu ihm gesagt wurde und auch die Worte auf dem Bildschirm, aber er hatte schlicht große Schwierigkeiten, eine Antwort zu formulieren.

Paul versuchte es ein paar Tage später noch einmal.

PaulGus: Guten Morgen, Harrold.
PaulGus: Bist du da?
PaulGus: Du musst mit der Maus klicken, um mir zu sagen, dass du da bist. Bist du da?
HarrGus: JA
PaulGus: Hier ist Paul. Ich wollte mal schauen, ob wir hier nicht ein kleines Gespräch führen könnten. Fühlst du dich dafür bereit?

PaulGus: Es ist heute wunderschön hier. Blauer Himmel. Ist das Wetter dort gut?

PaulGus: Würdest du es gern ein anderes Mal versuchen?

PaulGus: Ich mache das hier offensichtlich nicht richtig.

PaulGus: Nur, damit du es weißt, mir macht das hier auch nicht mehr Spaß als dir.

PaulGus: Ich entschuldige mich dafür. Wenn ich einmal auf Senden geklickt habe, kann ich es nicht mehr zurücknehmen. Das sollte ein Witz sein. Ich bin frustriert, weil ich nicht weiß, wie ich dir helfen soll.

PaulGus: Vielleicht ist es noch zu früh, um das hier auszuprobieren. Ich kann weitermachen, aber ich will dich nicht dazu zwingen, etwas zu tun, das du nicht tun willst. Lassen wir es eine Weile ruhen, in Ordnung?

PaulGus: Okay dann.

Er schaltete den Computer aus.

In dem Horrorfilm aus den Fünfzigern gäbe es einen guten Wissenschaftler, der nachdenklich mit Pfeife in der Hand gestikuliert, während er über die großen Fragen nachdachte, und vielleicht eine hübsche wissenschaftliche Assistentin in einem weißen Laborkittel, die eine Handtasche trägt, selbst auf dem Mars, und natürlich eine Reihe Generäle, die eine Atombombe auf das Gehirn im Glas werfen wollen, wo doch der Schlag eines kleinen Hammers genügen würde. Paul fühlte sich allein.

Er hoffte, niemand erwartete zu viel von ihm.

NEUNTES KAPITEL

Darwin Schmarwin

In diesem Zeitschriftenartikel«, sagte Paul und schaute von seinen Forschungen für *Natur für Deppen* auf, »heißt es, Hunde wüssten nicht, warum sie bellen.«

»Sagt wer?«, fragte Stella und sah von ihrem Platz neben der Heizung auf.

»Sagt der Experte für Hundeevolution vom Hampshire College«, sagte Paul. »Er ist der weltweit führende Experte für Hundeverhalten, und er sagt, dass Hunde halt einfach bellen.«

»Das ist wahrscheinlich das Dümmste, was ich je gehört habe«, sagte Stella. »Wenn jemand an der Tür klingelt und ich gehe hin und belle, was denkt er dann, was ich sage?«

»Nun, ich weiß, aber …«

»Wenn mein Magen leer ist und ich an meinem Napf stehe und belle, denkt er, ich frage dann nach dem Wetterbericht?«

»Warte, warte, warte«, sagte Paul. »Lass mich das zu Ende lesen.«

Draußen donnerte es. Stella mochte das Geräusch nicht, überhaupt nicht. Sie hatte von zu vielen Hunden gehört, die vom Blitz getroffen worden waren, manche sogar, als sie drinnen in ihren Betten lagen. Er konnte durch Telefonkabel und Fernsehkabel fahren und einen dann treffen und verbrennen. Sie hatte gehört, dass es Donner gab, die so laut waren, dass das Geräusch allein ein Haus umwerfen konnte. Manches, was sie gehört hatte, war übertrieben, sicher, aber es gab einfach zu viele anekdotische Beweise, um es ganz abzuschreiben. Sie konnte nichts dagegen tun. Sie mochte einfach kein Gewitter.

»Hier heißt es«, las Paul vor – er wollte sie ablenken –, »dass man die DNS von Wölfen und Hunden verglichen hat und dass ein einziger Haplotyp der einzige Unterschied war, was bedeutet, dass ihr und Wölfe genetisch wirklich identisch seid.«

Aber Stella hörte nicht zu, ein Blitz erhellte das Zimmer. Sie zählte still: »Ein Würstchen, zwei Würstchen, drei Würstchen …« Als der Donner kam, klang er wie ein gleichförmiges Poltern, das ihr durch Mark und Bein ging. Sie sah Paul an, wusste aber, dass er nichts dagegen tun konnte. Sie versuchte, langsamer zu atmen.

»Willst du auf die Couch kommen?«, bot Paul an. »Komm hoch.«

Sie hob ihre Vorderpfote an, dann hielt sie inne und wartete darauf, dass das Gefühl in ihre Hinterläufe kam. Ihre Vorderpfoten waren noch stark genug, sodass beim Gehen die Hinterläufe einfach folgten. Sie legte eine Pfote auf das Sofakissen und wartete. Paul griff nach unten und hob sie auf die Couch. Sie legte ihren Kopf auf seinen Oberschenkel. Er kitzelte sie am Bauch. Einen Augenblick vergaß sie das tobende Gewitter.

»Das ist wirklich interessant«, sagte Paul und las weiter. »Dieser Typ behauptet, dass Arbeitshunde, Rassen, die Schafe entweder führen oder hüten, die am weitesten entwickelten Hunderassen sind. ›Es ist nützlich, das Verhalten erwachsener Hunde analog zum Wolf-Welpe-Verhalten zu begreifen. Es nennt sich Pädomorphismus …‹«

»Häh?«

»»...was bedeutet, dass der Erwachsene einer Spezies kindliche Charakterzüge einer anderen beibehält«, las er vor. »»Der erwachsene Hund bellt, genau wie die Wolfsjungen bellen, aber erwachsene Wölfe bellen nicht. Wolfsjungen, wie erwachsene Hunde, bleiben an einem Ort und warten darauf, gefüttert zu werden, wohingegen Wölfe weder das eine noch das andere tun. Welpen wie Hunde haben die Fähigkeit, Verbindungen zu anderen Spezies herzustellen, ein Verhalten, aus dem Wölfe schnell herauswachsen; sobald sie erwachsen geworden sind, haben sie nur noch zu anderen ihrer Spezies Kontakt, ein Grund, warum sie schlechte Haustiere abgeben, selbst wenn sie angeblich zahm sind.‹ Wenn ein Bordercollie also Schafe hütet, dann, so heißt es hier, ist das ein instinktives Verhalten, er tut Dinge, die in seinem Gehirn angelegt sind, weil es dasselbe Verhalten ist, das Wölfe an den Tag legen, wenn sie Rotwild oder Elche jagen und fangen. Es ist, als hätten Hunde unvollständige genetische Wolfsinstruktionen erhalten, denn hätten sie die vollständigen Instruktionen, würde sie die Schafe töten und fressen.«

»Nun hör mal«, sagte Stella und hob ihr Bein, als Paul eine besonders sensible Stelle kratzte. »Ich bin mir sicher, dass dieser Professor ein kluger Kerl ist, und er meint es wahrscheinlich gut, aber findest du nicht, dass das, was er sagt, ein bisschen lobozentrisch ist?«

»Soll heißen?«

»Soll heißen, dass er immer schreibt, der *Wolf* dieses, der *Wolf* jenes«, sagte sie. »Er vergleicht uns mit Wölfen. Ich habe genug davon. Es ist albern.«

»Wieso ist es albern?«, fragte Paul. »Wölfe leben in komplexeren Gesellschaften als Hunde. Wölfe leben allein in der

Wildnis. Sie können einen Elch jagen und töten. Könntest du das?«

»Warum sollte ich das tun?«

»Aber *könntest* du es?«

»Das ist nicht der Punkt, Paul«, sagte Stella. »Ich muss es nicht tun. Die Antwort ist wirklich direkt unter deiner Nase, und du siehst sie nicht mal.«

»Was soll das heißen?«

»Bloß, dass hier doch impliziert wird, dass die Hunde nicht so gut sind wie Wölfe. Als wären wir zu dumm, um Elche zu jagen oder Rotwild oder was auch immer, als wären wir misslungene Wölfe.«

»Mehr oder weniger«, sagte Paul.

»Vielleicht verstehe ich es nicht«, sagte Stella, »aber als du mir die Evolution erklärt hast, hast du gesagt, dass sich die stärkeren Individuen erfolgreicher fortpflanzen als die weniger starken.«

»Richtig.«

»Wer der Stärkste ist, verfügt also über die größte Population.«

»Korrekt.«

»Nun dann«, sagte Stella, »was würdest du sagen, wie viele Wölfe leben heutzutage auf der Erde? Mal grob geschätzt.«

»Im Artikel heißt es hundertfünfzigtausend.«

»Gut«, sagte sie. »Also einhundertfünfzigtausend. Und wie viele Hunde gibt es? Auf der ganzen Welt, wie viele? Wie viele nur in diesem Land, wie viele Hunde?«

»Na ja«, sagte Paul. »Ich bin mir nicht sicher.«

»Sechzig Millionen, nur in diesem Land«, sagte Stella. »Also, wenn es weltweit, sagen wir hundert Millionen Hunde gibt, eine niedrige Schätzung, und einhundertfünfzigtausend Wölfe, wer gewinnt dann? Wer ist der Stärkste?

Wer der am weitesten entwickelte? Laut Darwins eigener Definition?«

»Hunde.«

»Beweisführung abgeschlossen«, sagte sie. »Was ist draußen gerade los? Es regnet. Und wo sind die Wölfe? Da draußen im Regen. Und wo bin ich? Hier drinnen, auf der Couch, im Warmen und Trockenen. Ich habe Futter in meinem Napf. Ich muss meine Zeit nicht damit verbringen, mir Sorgen zu machen, woher ich die nächste Mahlzeit bekomme. Bin ich also ein misslungener Wolf, oder ist der Wolf ein misslungener Hund?«

»Nun …«

»Man kann es wirklich nicht vergleichen. Sie sind groß und böse und fressen Wild. Ich bin nicht beeindruckt.«

Genau in dem Augenblick erhellte ein Blitz den Himmel, der stärkste bisher. Er legte seine Hände auf Stellas Ohren, aber der Donner folgte sofort, eine kolossale, dröhnende Explosion, die das Haus bis in die Grundmauer erschütterte, gefolgt von mehreren Nachbeben, und es war egal, dass Pauls Hände einen Teil des Geräuschs ausblendeten, weil Stella die Erschütterung bis in die Knochen spürte und das plötzliche Absinken des Luftdrucks nach dem Donner wie eine Art erstickendes Vakuum empfand. Ihr Herz raste. Sie hatte das Gefühl, nicht atmen zu können.

»Gott, ich mag das nicht, Paul, bitte«, sagte sie. »Ich ertrage nicht mehr davon, ich kann wirklich nicht …«

Dann ein weiterer Blitz und ein noch lauterer Donner.

»Na, na«, sagte Paul und streichelte und beruhigte seinen Hund, so gut er konnte. »Es ist in Ordnung. Es ist alles klar. Es ist jetzt vorbei. Beruhige dich …«

»Du kannst leicht sagen ›beruhige dich‹«, wandte sie ein.

»Alles ist in Ordnung«, wiederholte er und kraulte sie hinter den Ohren und am weichsten Punkt ihres Bauchs. Es fühlte sich so an, als hätte sie noch ein, zwei Pfund abgenommen. »Ich glaube, du hast noch ein oder zwei Wolfsgene, sonst hättest du keine Angst vor einem Gewitter. Erinnerst du dich, was du gerade gesagt hast? Du lebst drinnen. Du brauchst keine Angst vor einem Gewitter zu haben.«

»Das stimmt, aber vor dreißigtausend Jahren, als wir zu euch nach drinnen gezogen sind, habt ihr noch in Höhlen gewohnt. Höhlen können nicht in Flammen aufgehen. Häuser brennen ständig ab.«

ZEHNTES KAPITEL

Virtueller Kanuausflug

Er hatte nach dem ersten Mal Laufen Muskelkater, aber das zweite Mal ging's schon leichter als beim ersten Mal und beim dritten Mal leichter als beim zweiten Mal. Sein Ziel war es, wöchentlich zwanzig Kilometer zu laufen. Sein unausgesprochenes Ziel war es, seinen Bruder bei einem Wettrennen zu schlagen … irgendwann. Um genau zu wissen, wie viele Kilometer er lief, wählte er die Tartanbahn des Smith College, was seinen Beinen auch besser tat, als auf der Straße zu laufen. Er machte eines Tages den dummen Fehler und stoppte seine Zeit bei einem Hundertyardsprint, eine Strecke, die er in der Highschool in 10,5 Sekunden gelaufen war. Er dachte an sein Alter, Muskelschwund und die mangelnde Übung und sagte sich, er wäre zufrieden, wenn er auf eine Zeit unter zwanzig Sekunden kam. Er versuchte, sich einzureden, dass seine Uhr irgendeinen Fehler hatte, als er sich bei erschreckenden achtunddreißig Sekunden stoppte; entweder war die Uhr schuld, oder die hundert Yards waren länger als früher.

Egal wie sehr seine Muskeln schmerzten, er dachte an seinen Vater und erinnerte sich daran, dass er Glück hatte, sich überhaupt bewegen zu können. Beverly hatte Paul ein altes Foto von ihm und seinem Vater geschickt, das nach einem

Ballspiel aufgenommen worden war, die Schatten lang im Sommerabendlicht, ihre Gesichter orangerot vom heiligen Licht der untergehenden Sonne, beide trugen sie passende Kappen, die sie im Metropolitan Stadium gekauft hatten. Paul war überrascht, wie jung sein Vater auf dem Foto war, wie stark seine Schultern und wie breit seine Brust. Wenn Harrold je einen Augenblick des Selbstzweifels gehabt hatte, dann wusste Paul nichts davon. Paul betrachtete das Foto und versuchte, sich in seinen Vater zu versetzen. Er schaffte es nicht.

Eines Tages beschloss er nach dem Laufen, es noch einmal mit seinem Vater zu versuchen. Er hatte auf unmittelbare Ergebnisse gehofft, sofortigen Erfolg, aber vielleicht war es mehr ein Marathon als ein Sprint. Er hatte Karen vorher in einem Restaurant gesehen, sie aß mit ihrer Schwester und deren Kindern Molly und Kevin zu Mittag. Es hatte ihn deprimiert. Es war eine Sache, eine Exfrau zu haben, es war etwas anderes, Exnichten und Exneffen zu haben. Niemand hatte ihn davor gewarnt. Er hatte mit ihnen Monopoly und Mensch ärgere dich nicht auf dem Teppich gespielt. Jetzt waren sie Fremde, oder er war es. Er konnte nicht mal Hallo sagen und ging schnell, bevor sie ihn sahen. Es war eher merkwürdig als tragisch. Wenn er seinen eigenen traurigen Zustand nicht ändern konnte, vielleicht dann den von jemand anderem.

PaulGus: Guten Morgen. Oder vielleicht sollte ich lieber Guten Tag sagen. Bist du bereit für ein kleines Gespräch?
PaulGus: Benutze einfach die Maus, um Ja oder Nein zu klicken, wenn ich dich etwas frage.
PaulGus: Bist du bereit?

Er musste geduldig sein. Er passte auf, nichts zu Schwieriges zu tippen.

PaulGus: Ich habe gestern ein Spiel zwischen den Twins und den Red Sox gesehen. Hast du es auch gesehen?
PaulGus: Sie haben eine Dokumentation über Harmon Killebrew gesendet. Er ist anscheinend völlig pleite. Das ist traurig, findest du nicht?
PaulGus: Killebrew stand in seiner Karriere über achttausendmal am Schlagmal und machte nicht einen Tropfball. Das gefiel mir immer an ihm. Egal, was für eine Situation, er hatte immer grünes Licht, bis an den Zaun zu schlagen. Mochtest du das auch an ihm?
PaulGus: Ich frage mich, ob das etwas damit zu tun hat, warum er pleite ist. Du erinnerst dich doch an Harmon Killebrew, oder?

Er vertrat die Theorie, dass Männer den Sport erfunden hatten, damit sie ein anderes Gesprächsthema als ihre Gefühle hatten. Frauen machten auch Sport, klar, aber hatten sie je eine Sportart erfunden? Das brauchten sie gar nicht. Er konnte sich nicht vorstellen, dass etwas anderes seinen Vater eher aus sich herausbrachte. Er stellte sich vor, wie Harrold im Bett lag und mit leeren Augen auf den Computerbildschirm starrte. War er verwirrt? Ängstlich? Wütend? Als Paul sich in die Lage seines Vaters versetzte, war seine beste Vermutung, dass Harrold sich absolut und vollkommen nutzlos fühlte. »Nutzlos« war nichts, das Harrold kannte. Paul war sich bewusst, dass er vielleicht seine eigene Interpretation auf ihn projizierte. »Nutzlos«, exakt so hatte Paul sich nach seiner Scheidung gefühlt. Wertlos und ohne Wert für irgendwen.

Er gab zu, es vielleicht falsch angegangen zu sein. Die Logopädin hatte Paul gesagt, er sollte seinen Vater ruhig etwas herausfordern und schubsen. Er dachte darüber nach, eine etwas aggressivere Haltung einzunehmen, bloß wie? Schikanieren war tabu, genauso Bedrängen, Schmeicheln oder Schimpfen. Es gab immer noch Quengeln, aber das war online recht schwierig.

PaulGus: Hör mal, lass mich ehrlich sein. Vielleicht denkst du, dass du das hier nicht brauchst, aber ich brauche es. Ich muss wirklich mit dir sprechen. Du könntest einfach nur dasitzen und nicht antworten, aber ich brauch es einfach, dass du mir auf halbem Weg entgegenkommst. Es tut mir leid, wenn du das hier schwierig oder verwirrend findest, aber du musst es wirklich versuchen. Die Menschen brauchen dich wieder. Nicht nur ich. Deine Familie braucht dich. Deine Frau braucht dich.

PaulGus: Ich weiß, dass es schwer ist. Du kannst ruhig Fehler machen. Aber du musst es für mich versuchen. In Ordnung? Bist du bereit?

Es gab eine lange Pause. Paul wartete.

HarrGus: JA.

PaulGus: Klasse! Danke! Das ist gut. Ich nehme an, dass du dich ein bisschen verloren fühlst.

HarrGus: JA

PaulGus: Ich maße mir nicht an, zu wissen, wie du dich fühlst, aber ich kenne das Gefühl, verloren zu sein. In meiner Ehe zum Beispiel. Nimm meine Exfrau, bitte. Das ist ein Witz.

HarrGus: JA

Er hatte das merkwürdige Gefühl einer Beichte. Warum nicht? Was hatte er schon zu verlieren? Tatsache war, dass er schon immer mit seinem Vater über diese gescheiterte Ehe hatte reden wollen, nicht dass irgendwer etwas daran hätte ändern können. Als er seinen Eltern erzählt hatte, dass es wohl zur Scheidung kommt, hatten sie keine Fragen gestellt, waren zweifellos einem empfindlichen Thema aus dem Weg gegangen. Paul hatte sich gefragt, wie viel sie überhaupt verstehen würden. Seine Eltern stritten sich nie wegen irgendwas, obwohl das auch nicht bedeutete, dass sie immer übereinstimmten. Seine Mutter behielt ihre Meinung für sich und war unendlich flexibel. Es war eine ähnliche Fähigkeit zur Selbstlosigkeit, die ihn bei Karen angezogen hatte, ihre Bereitschaft, andere an erste Stelle zu setzen. In der Ehe entwickelte sich diese »Selbstlosigkeit« zu einem unerbittlichen Groll, einer spürbaren Wut, die zurückging auf ihre Position in ihrer Familie als jüngstem von acht Geschwistern – das war jedenfalls seine Theorie. Karen sagte, sie fühle sich nebensächlich, unwichtig, überzeugt davon, dass seine Karriere ihm mehr bedeutete als sie, wie auch seine Freunde, Fernsehen, Trinken, Baseball, Donuts, Angeln …

»Ich stelle keine Rangliste auf, das tust du«, argumentierte er. Wie konnte jemand dir nicht glauben, dass du sie liebst, wo alles, was du in deinem Herzen wirklich wusstest, das Einzige, dessen du dir wirklich sicher warst, war, dass du sie liebst? Und noch wichtiger, wie konnte man jemanden dazu überreden, dich zu lieben? So funktionierte es nicht.

PaulGus: Manchmal denke ich, dass Frauen Männern vorwerfen, sie könnten nicht über ihre Gefühle reden, wenn wir Dinge sagen, die sie nicht hören wollen. Plötzlich »verstehen wir es einfach nicht«. Ich dachte dann immer:

»Hey, ich verstehe dich vollkommen, ich stimme dir bloß nicht zu.«

HarrGus: NEIN

PaulGus: Ich glaube, ich habe nie erlebt, dass Karen mit ihren Freundinnen bei irgendetwas NICHT übereinstimmte. Ernsthaft. Wenn ich nicht zustimme, muss ich daher nicht zugehört haben, denn hätte ich gehört, was sie sagt, hätte ich ihr zugestimmt. Das ergibt doch gar keinen Sinn! Überhaupt keinen.

HarrGus: NEIN

PaulGus: Oder wenn sie offensichtlich wütend und motzig war und ich sie fragte: »Ist etwas mit dir?«, dann sagte sie: »Nein.« Oder sie machte dicht und sagte gar nichts, und ich habe sie dann gefragt, ob alles in Ordnung sei, und sie hat Ja gesagt, aber ich wusste, dass es nicht stimmte. Was soll ich dann tun? Die Mauern respektieren, die sie um sich gezogen hat, oder sie durchbrechen? Es ist so verwirrend. Man kann einer ambivalenten Botschaft nicht zuhören oder zustimmen. Man ist einfach aufgeschmissen.

HarrGus: JA

Es war eigentlich kein Gespräch, eher ein Dampfablassen vor einem gefangenen Publikum. Er hatte als Student als Barmann gejobbt und Männer über Frauen und Ehe jammern und lästern gehört. Es schien also in Ordnung zu sein, auch wenn von Männern der Generation von Pauls Vater nicht erwartet wurde, über ihre Gefühle zu sprechen. Man sprach nicht über schwere Zeiten oder Probleme, weil Reden nichts änderte und Dinge nur am Leben erhielt, die verschwinden sollten.

PaulGus: Ich wünschte, ich könnte deine Gedanken hören. Du bist einer der klügsten Menschen, die ich kenne. Zu schade, dass wir nicht an einem Lagerfeuer sitzen und eine Flasche Jack Daniel's trinken können. Ich habe immer gedacht, dass es schön wäre, noch mal zu campen.
HarrGus: JA
PaulGus: Erinnerst du dich noch, als wir bei den Indianern waren?
HarrGus: NEIN
PaulGus: Dein Name war Großer Bär und meiner Kleiner Bär. Habe ich das richtig in Erinnerung?
HarrGus: JA
PaulGus: Es war so politisch inkorrekt. Fast wie Minstrelshows. Ich kann mir nicht vorstellen, dass Väter und Söhne amerikanischer Ureinwohner sich je weiße, angelsächsische, protestantische Namen gegeben und so getan haben, als würden sie in einem Vorort wohnen.
HarrGus: NEIN

Pauls Absicht war, seinen Vater zum Lachen zu bringen. Doch ihm war klar, dass er den Humor nur dazu benutzte, von der puren Intimität abzulenken, die er suchte, eine schlechte Angewohnheit, wie Karen ihm mehrmals gesagt hatte. Siehst du?, dachte er. Ich habe dir zugehört.

PaulGus: Ich kann mir nicht vorstellen, wie verwirrend es für dich sein muss. Du weißt, dass du einen Schlaganfall hattest?
HarrGus: JA
PaulGus: Ich weiß, dass das hier schwer für dich ist. Ich weiß es wirklich zu schätzen, dass du dich bemühst. Ich bin übrigens im Moment in einer miserablen Laune. Die

Frau, mit der ich zusammen bin, geht heute Abend mit einem anderen Kerl aus, und ich bin allein zu Hause. Der Hammer, oder?

HarrGus: JA

PaulGus: Nicht, dass ich das Recht habe, mich zu beschweren. Meine Probleme kann ich mit deinen nicht mal vergleichen.

PaulGus: Ich hoffe, dass das hier für dich immer leichter wird. Es gibt immer noch Menschen, die dich brauchen. Ich brauche dich. Ich muss mit dir sprechen können. Das habe ich dir mein ganzes Leben lang sagen wollen.

HarrGus: JA

PaulGus: Ich wünschte, ich könnte dich einfach anrufen.

HarrGus: JA

PaulGus: Also, wie steht's mit den Twins? Die werden ohne Kirby Puckett nicht dieselben sein, oder?

HarrGus: NEIN

PaulGus: Okay. Ursa Minor loggt sich aus.

ELFTES KAPITEL

Vorwärts oder zurück?

Am ersten wirklich warmen Frühlingstag, einem hellen, klaren Samstagmorgen, machte sich Paul auf zu seinem bisher längsten Lauf, über vier Kilometer, an den Schrebergärten am Stadtrand vorbei, auf der Burts Pit Road, die alle nur Bird Spit Road nannten. Er hoffte, dass es seine schlechte Laune vertreiben würde. Er hatte Tamsen übers Wochenende eingeladen, aber dann erfahren, dass sie mit Stephen nach Nantucket flog, um zu feiern, dass seine Scheidung rechtskräftig war. Paul wollte ihr sagen, wie miserabel er sich deswegen fühlte, aber unfreundlich zu sein würde sie nur noch weiter von ihm wegstoßen, man wird nicht geliebt, wenn man sich nicht liebenswert verhält. Sie hatte sich entschuldigt und ihn eingeladen, sie am folgenden Wochenende zu besuchen, und er hatte zugesagt, aber es war schwer, nicht an sie zu denken und daran, wie sie und Stephen sich im Kerzenschein mit Muschelsuppe fütterten.

Er setzte sich nach dem Laufen auf seine Veranda, um sich abzukühlen.

»Sei froh, dass du eine Jungfrau bist«, sagte er zu Stella.

»Bin ich eine Jungfrau?«, fragte sie.

»Das bist du.«

»Ich hatte noch nie Sex?«

»Ich glaube nicht«, sagte Paul. »Als du jünger warst, warst du mal läufig, und ich habe dich vor einer Drogerie angebunden, und als ich dann wieder herauskam, war da eine kleine, schwarze Promenadenmischung, wie ein Schipperke, der … ähem …«

»Der was tat?«

»Sich sehr anstrengte«, sagte Paul. »Aber ich glaube, er war zu kurz.«

»Wofür zu kurz?«

»Zu kurz, um es zu erreichen.«

»Um was zu erreichen?«

»Sein Ziel«, sagte Paul.

»Was war sein Ziel?«

»Er wollte Welpen haben«, sagte Paul.

»Mit mir?«

»Ja.«

»Er kannte mich nicht einmal.«

»Das war ihm egal.«

»Nun, das scheint ziemlich unpassend.«

»Du hast zu viel Zeit mit Menschen verbracht«, sagte Paul.

»Warst du zu kurz, um Kinder mit Karen zu haben?«, fragte Stella,

»So würde ich das eigentlich nicht formulieren«, erwiderte Paul. »Aber es war eine Idee, zunächst. Am Ende waren wir beide froh, dass wir keine hatten.«

»Warum?«

»Es ist kompliziert«, sagte Paul. »Es ist nicht mal so, dass wir eine bewusste Entscheidung getroffen hatten.«

»Habt ihr deswegen mit dem Sex aufgehört?«, fragte Stella. »Damit ihr keine Kinder bekommt?«

»Deswegen?« Paul überlegte. »Daran habe ich nie gedacht, aber vielleicht. Da war so viel mehr, was schieflief. Und Karen und ich hatten aufgehört, darüber zu sprechen. Wenn man aufhört, darüber zu reden, ist man tot.«

»Wie schade.«

»Vor fünfzig Jahren kamen die Leute mit viel mehr klar als heute«, sagte er. »Wenn Karen und ich eine Zeitmaschine bestiegen hätten und ins Jahr 1934 gereist wären, wären wir wahrscheinlich zusammengeblieben. Die Leute gaben sich damals mit viel weniger zufrieden.«

»Wie zum Beispiel?«

»Wie zum Beispiel Sex«, erläuterte Paul. »Damals trafen sich die Leute, küssten sich ein oder zwei Mal, heirateten, hatten ein oder zwei Jahre lang viel Sex, und dann wurde es immer weniger, weil sie so müde waren, von der Arbeit, davon, Kühe zu melken oder Felder zu pflügen. Heute treffen die Leute sich, sie küssen sich, sie haben viel Sex, und dann heiraten sie, und der Sex wird weniger, wie immer, genau dieselbe Kurve, aber jetzt denken sie: ›Wow, wir haben keinen Sex mehr, das muss daran liegen, dass wir geheiratet haben.‹ Und dann lassen sie sich scheiden.«

»Aber es gibt keine Zeitmaschine, oder?«

»Nein, gibt es nicht.«

»Wenn du eine Zeitmaschine hättest, wohin würdest du reisen? Nach vorn oder zurück?« Stella legte den Kopf schief.

»Das ist eine hervorragende Frage«, sagte Paul. Würde er zu dem Tag zurückreisen, an dem er Karen getroffen hatte? Vor sechs Monaten hätte er das gedacht. Jetzt nicht mehr. Das war ein Fortschritt. »Ich weiß nicht. Vielleicht würde ich zu der Nacht zurückreisen, in der ich mit Debbie Benson nackt baden war, aber dieses Mal würde ich was gegen die Moskitos mitbringen.«

»Weißt du, was ich glaube, was du mit einer Zeitmaschine machen würdest?«, fragte Stella.

»Was?«

»Ich glaube, du würdest sie in der Verpackung lassen, weil es dir zu stressig wäre, die Anleitung zu lesen.«

»Du hast wahrscheinlich recht.« Paul nickte, hob sie auf die Veranda und setzte sie ab. »Es heißt, man solle im Augenblick leben.«

»Anstatt wo?«

»Anstatt in der Vergangenheit oder in der Zukunft.«

Sie legte ihren Kopf schief.

»Sieh mich nicht mit diesem Tonfall an. Ich sage ja nicht, dass es einen Sinn ergibt. Ich sage nur, dass es das ist, was die Leute tun.«

»Tust du es?«

Er bemühte sich, Zen zu sein und nicht an Tamsen in Nantucket zu denken. Er versuchte, sich einzureden, dass es etwas Gutes war, dass sie umso schneller zu einer Entscheidung wegen ihm, möglicherweise für ihn kam, je mehr Zeit sie mit Stephen verbrachte.

Als er sie dann in Providence besuchte, hatte er gehofft, Tamsen würde ihn zur Begrüßung umarmen und sagen: »Es ist so schön, dich zu sehen. Nantucket war ein Reinfall.« Stattdessen hatte sie ihn einfach nur geküsst und gesagt: »Ich habe dich vermisst.« Sie hatte ihn einen Tag vorher eingeladen, mit zu ihrem Buchklub zu kommen, wo er Gedichte von einigen seiner Lieblingsdichter vorgelesen hatte und auch ein paar seiner eigenen. Danach waren er und Tamsen und ein paar andere, darunter ihre Freundin Caitlin, in das Wickenden Street Café gegangen, um was zu trinken; dort spielte Sheila Clarks Trio. Paul hatte Tamsen ein paar CDs mitgebracht, von denen er annahm, dass sie ihr gefallen könnten, eine eigensinnige Sängerin namens Diana

Krall und eine andere namens Eva Cassidy, die jung gestorben und wiederentdeckt worden war. Tamsen sagte, sie habe noch nie eine so schöne Stimme gehört. Während einer Pause bat Sheila Clark Tamsen, ein Lied zu singen, aber Tamsen lehnte stur ab, obwohl ihre Freunde sie ermutigten und baten.

Im Auto fragte Paul sie: »Hast du jetzt deine Gesangsstunden publik gemacht?«

»Ich sollte in der Badewanne singen, sonst nirgendwo«, sagte sie. »Nachdem ich dir es erzählt hatte, dachte ich, ich muss es auch Stephen sagen, und nachdem ich es ihm erzählt hatte, war die Katze so ziemlich aus dem Sack.«

Paul sagte nichts.

»Ich sollte das wahrscheinlich nicht erzählen«, sagte Tamsen, »aber weißt du, was Stephen getan hat?«

»Was?«

»Er hat mich zu einem Céline-Dion-Konzert mitgenommen.«

»O nein«, sagte Paul und fühlte sich etwas optimistischer. »Das tut mir leid.«

»Es wird noch schlimmer. Für die Zugabe hatte sie Michael Bolton als Special Guest auf die Bühne geholt. In ganz Wisconsin gibt's nicht so viel Schmalz.«

»Nun, er wusste es nicht besser«, sagte Paul.

»Ich weiß«, sagte Tamsen. »Er hat es gut gemeint.«

»Du solltest ihm ein paar CDs von Leuten geben, die dir gefallen, dann wird er den Unterschied verstehen«, schlug Paul vor.

»Das ist ja das Problem. Das hatte ich schon«, sagte sie. »Es ist okay. My heart will go on, sozusagen.«

Er fühlte sich wohler, als sie schließlich in ihrer Wohnung ankamen. Er hatte ihr erzählt, dass ein Freund aus Boston namens Murph ihm Eintrittskarten für ein Spiel der Red Sox gegen die Yankees in zwei Wochen angeboten hatte. »Der Typ kennt jeden«, sagte Paul. »Er war der Chauffeur des Bürgermeisters. Jetzt fährt er einen Tourbus. Er würde dir gefallen. Ich wette, es sind Logenplätze. Wir könnten vorher noch Würstchen auf der Lansdowne Street essen.«

Tamsen antwortete nicht sofort.

»Was ist los?«, fragte Paul. »Wir müssen nicht dahin gehen, wenn du nicht willst.«

»Ich würde schrecklich gern mit dir in den Fenway Park gehen«, antwortete sie. »Könnten wir es nicht verschieben? Ich habe an dem Wochenende schon was vor.«

»Klar«, erwiderte er. »Warum? Was hast du geplant?«

»Ich war mir nicht sicher, wie ich dir das erzählen soll«, sagte Tamsen. »Vielleicht sollten wir später darüber sprechen.«

»Worüber?«, fragte er. »Du kannst nicht einfach sagen ›Ich wollte es dir nicht erzählen‹ und es dann dabei belassen. Ich werde diese Lücke nur mit etwas Schlimmerem füllen, als es in Wirklichkeit ist.«

»Ich denke nicht«, sagte sie. »Ich liebe dich. Das weißt du, ja?«

»Warum bekomme ich gerade so ein seltsames Gefühl?«

»Stephen will mit mir nach Paris«, setzte sie an. »Seine Frau fährt mit den Kindern nach Kalifornien, und er hat schon ewig keinen richtigen Urlaub mehr gemacht …«

Paul fühlte sich, als hätte ihn jemand in den Bauch geboxt, obwohl er sich bemühte, es nicht zu zeigen. Er war sich nicht sicher, ob er die Lücke mit etwas noch Schlimmerem hätte füllen können.

»Du warst doch gerade erst mit ihm in Nantucket.«

»Das war ja nur ein Wochenende. Ich war noch nie in Paris.«

Er wusste nicht, was er sagen sollte.

»Ich wusste, dass ich es nicht hätte …«, begann sie. »Ich werde vor dir keine Geheimnisse haben.«

Er versuchte, an den Punkt zurückzukommen, an dem sie gesagt hatte, sie liebe ihn, aber es war schwer, daran zu glauben.

»Wann fährst du?«

»Am Tag darauf«, sagte sie. »Ich meine, ich könnte mit dir zum Spiel gehen, aber an dem Abend muss ich packen. Außer ich packe vorher …«

»Wie lange bleibst du weg?«

»Zwei Wochen. Ich habe meine Urlaubstage letztes Jahr nicht genutzt.«

»Ich bin mir sicher, dass du viel Spaß haben wirst. Vielleicht tritt Céline Dion im Moulin Rouge auf«, sagt Paul.

»Paul …«

»Das ist nicht leicht für mich, weißt du«, gestand er. Er fühlte sich ganz hohl. Wie viel sollte er aushalten? »Ich habe mich wirklich sehr bemüht, so zu tun, als wäre es mir egal. Ich weiß ja nicht, vielleicht solltest du bei ihm bleiben. Er ist wahrscheinlich besser für dich …«

»Hör auf, so was zu sagen«, unterbrach sie ihn. »Ich kann selbst entscheiden, was für mich das Beste ist. Diese ganze Situation ist für niemanden von uns leicht.«

»Ich meine, wo sind wir je gewesen?«, fragte Paul. »Worcester.«

»Das stimmt«, sagte Tamsen, »und ich erinnere mich, dass wir eine richtig tolle Zeit in Worcester verbracht haben.«

Paul wollte das Thema wechseln, konnte aber nicht.

»Sag mir nur eines: Liebst du mich?«

»Ja, Paul. Ich liebe dich. Ich habe es dir doch gerade gesagt.«

»Liebst du Stephen?«

»Paul, ich glaube nicht, dass wir darüber reden sollten. Ihr seid beide …«

»Unterschiedlich«, sagte er. »Ich weiß.«

Sie machte eine Pause.

»Jetzt, da seine Scheidung rechtskräftig ist«, fing sie schließlich an, »findet er, wir sollten vielleicht daran denken, auf das nächste Level zu gehen.«

»Hat er das so formuliert?«, fragte Paul. »Das klingt wie ein Videospiel.«

Sie antwortete nicht.

»Wie stehst du dazu?«, hakte er nach. »Auf das nächste Level zu gehen?«

»Ich denke, dass wir darüber reden müssen. Deswegen fahren wir nach Paris, um es herauszufinden. Ich bemühe mich wirklich, bei alldem ehrlich zu sein. Mit euch beiden. Ich denke, es wird gut für uns sein, weit weg von allen Ablenkungen zu sein. Ich sage dir das nicht, um dich zu verletzen.«

»Warum könnt ihr das nicht in Cranston herausfinden?«, sagte Paul. »Oder Rehoboth? Die Leute finden ständig etwas in Rehoboth heraus. Rehoboth ist ein sehr guter Ort, um Dinge herauszufinden. Ich bin da gewesen. In Rehoboth gibt's absolut keine Ablenkungen.«

Ein Teil von ihm wollte nicht, dass sie »es herausfindet«. Solange sie das nicht tat, solange würde sich nichts ändern. Der Status quo war zwar kaum ideal, aber er war besser als eine Veränderung, wenn diese zum Schlechten war.

»Mach dir keine Sorgen«, sagte sie, aber es schien ihr bewusst, wie schwach ihre Versicherung klang. »Du bist mein Paul. Du wirst immer mein Paul sein.«

Sie griff in ihre Tasche und legte ein kleines, metallicblau-silbernes Objekt auf den Kaffeetisch: ein Handy.

»Ich musste mir eines für die Arbeit anschaffen«, erklärte sie. »Ich gebe dir die Nummer, für den Fall, dass du mich anrufen musst, aber ich bin mir sicher, dass es in Europa nicht funktionieren wird. Es funktioniert hier nur in großen Städten, wenn ich im Freien bin, der Empfang ist furchtbar, aber ich kann vielleicht meine Mailbox abrufen.«

Er hatte bis jetzt immer vermieden, ein Handy zu kaufen, vor allem, weil es noch eine Ausgabe war, die er nicht gebrauchen konnte, aber auch wegen der Erinnerung an all die coolen Orte, an denen er gewesen war, und all die Leute, die er getroffen hatte, während er nach einem Münztelefon gesucht hatte. Manchmal gefiel es ihm, nicht erreichbar zu sein. Er wusste aber, dass er irgendwann in der Zukunft ein Handy haben würde.

Sie notierte ihre Nummer auf einem Zettel. Er nahm ihn und bedankte sich.

Er fragte sich, ob er die Situation noch retten könnte. Ihm fiel nichts ein. Als sie sagte, sie sei müde und wolle zu Bett, dachte er nach und beschloss dann, dass er lieber nach Hause fuhr. In dieser Nacht noch einmal im Bett zu versagen, wäre zu viel. Er wollte schreien, ein Loch in die Wand boxen, sie bitten, nicht zu fahren, ihr *befehlen*, nicht zu fahren, aber wenn sie in Paris an ihn dachte, dann wollte er, dass es eine positive Erinnerung war. Er sagte ihr, dass er nicht schmollte oder dramatisch sein wollte. Er wollte einfach nur nach Hause. Er versuchte zu lächeln.

»Viel Spaß in Paris«, sagte er und stand auf, um zu gehen. Er drehte sich noch einmal um, als er an der Tür ankam. »Du verdienst es wirklich, glücklich zu sein. Das meine ich ehrlich. Das wünsche ich mir für dich.«

Er wünschte sich, Stephen möge an einem Croissant ersticken.

Als Pauls Freund Murph ihn anrief, um zu fragen, ob er immer noch Interesse an den Red-Sox-Tickets hatte, an einem Samstagnachmittagspiel gegen die verhassten Yankees, das um drei Uhr begann, damit es fürs Fernsehen passte, da entschuldigte Paul sich und sagte, dass er immer noch gehen wolle, aber niemanden für das zweite Ticket hatte. Tamsen hatte ihm am Telefon gesagt, dass es ihr nicht gefiel, wie sie sich verabschiedet hatten, und dass sie ihn vor ihrem Abflug noch einmal sehen wolle. Warum?, fragte Paul sich. Musste sie mit ihm Schluss machen, bevor sie nach Paris flog? Sie hatte gesagt, dass sie an diesen Abend zu ihm fahren würde, obwohl sie am nächsten Morgen früh wegmusste. Murph sagte, er käme mit Paul mit, allerdings nur, wenn Paul nicht versuchen würde, ihn betrunken zu machen, um ihn auszunutzen.

»Wann hat jemals jemand *versucht*, dich betrunken zu machen?«, fragte Paul.

»Guter Punkt, mein Freund«, erwiderte Murph.

Paul hoffte, dass ein Yankees-Sox-Spiel ihn davon ablenken würde, dass Tamsen mit Stephen nach Paris flog. Murph verabredete sich mit Paul am Will-Call-Schalter. Paul kam zu früh und kaufte im Souvenirladen auf der gegenüberliegenden Straßenseite eine Red-Sox-Kappe für Tamsen, die sie auf ihrer Reise tragen konnte. Paul hoffte, die würde Stephen jedes Mal, wenn er sie sah – auch später auf den Fotos ,– an Tamsens geteilte Loyalität erinnern, vorausgesetzt, dass sie nicht herfuhr, um ihm schlechte Nachrichten zu bringen. Er behielt den Kassenbon, für den Fall, dass er die Mütze umtauschen müsste. Murph war ein korpulenter Mann mit weißen Haaren und einem roten Gesicht. Die Sitzplätze waren unglaublich, eine Loge in der siebten Reihe, am dritten Base hinter dem Schlagmal. Paul bedankte sich bei seinem Freund und fragte ihn, wie viel er ihm schuldete.

»Ach was«, sagte Murph mit einem starken Back-Bay-Akzent. »Dein Geld nützt hier nichts. Willst du ein Bier?«

Paul nickte. Murph ging zum Getränkeverkauf, und als er zurückkam, trug er ein Tablett mit vier Bier und einer riesigen Schachtel Knabberzeug. »Ich bekomme das Geschenk in dem Karton«, sagte er und gab Paul das Tablett.

»Himmel, Murph«, sagte Paul. »Ich dachte, nicht einmal der Papst könnte in Fenway Park vier Bier auf einmal kaufen.« Die strenge Grenze waren zwei pro Kunde.

Paul trank sein Bier, und als es alle war, ging Murph los und holte noch einmal vier, er merkte an, dass er vermutete, das Management habe das Bier verdünnt, damit die Fans nicht zu voll würden, besonders während der Yankee-Spiele. Mit der Sonne auf dem Gesicht schloss Paul die Augen und genoss das Summen in der Luft, das sanfte, hin und her wogende Gemurmel der Masse, den Geruch des frisch gemähten Rasens und die würzigen Aromen der Bratwurst und der italienischen Wurst, die von dem Grill hinter den Grenzen des Fenways drangen. Er liebte das berühmte Grüne Monster, die vierzig Fuß hohe Mauer im linken Feld, nicht wegen der einmaligen Dimensionen, die sie dem Stadion verlieh, oder der merkwürdigen Flugbahnen, die Bälle erhielten, die an ihr abprallten, oder weil sie gegnerische Trainer dazu zwang, ihre Strategie zu ändern. Er liebte sie, weil sie die Stadt draußen hielt und einem das Gefühl vermittelte, das Spiel in einer Festung zu sehen. Murph holte immer weiter Bier, besonders, nachdem Paul ihm erzählt hatte, dass die Frau, mit der er zusammen war, mit ihrem anderen Freund nach Paris fuhr.

»Aber ich muss dich warnen«, sagte Murph. »Ich habe nur eine Regel, und die lautet, dass man im Fenway weder über Freundinnen noch über Ehefrauen spricht. Wenn wir darüber reden müssen, dann kenne ich einen Pub in Jamaica Plain, wo wir nach dem Spiel hingehen können, im Vergleich zu den Barfrauen dort sehen die Mädchen in ihren knappen Uniformen bei Hooters wie der bulgarische Frauenchor aus.«

Die Red Sox verloren das Spiel im elften Inning, als ein drittklassiger Utility-Spieler der Yankees – es war immer ein verdammter drittklassiger Utility-Spieler – in der ersten Hälfte des Innings einen Homerun schlug.

Paul ging nicht mit Murph in den Pub, er erklärte, er müsste zurück. Er war während des siebten Innings von Bier zu Cola light gewechselt, da ihm bewusst war, dass er auf der Schnellstraße nach Hause fahren würde und die Polizei dort gerade nach Sportereignissen nach betrunkenen Fahrern suchte. Der Verkehr aus dem Zentrum Bostons heraus war zäh, aber als er Newton erreichte, wurde er flüssiger. Aber er war unfähig, über fünfzig zu fahren, selbst als kein Betrieb mehr war, weil er das Gefühl, dass er zu seiner Verurteilung fuhr, nicht abschütteln konnte. Und warum sollte er sich da beeilen?

Weshalb sonst sollte Tamsen noch vor ihrer Reise zu ihm fahren, wenn nicht, um mit ihm Schluss zu machen oder getrennte Wege zu gehen oder wie auch immer sie es definieren würde? Ja, es war möglich, dass sie ihn einfach nur sehen wollte. Wenn das stimmte, konnte es warten, aber wenn sie ihm etwas anderes zu sagen hatte, etwas Wichtiges, über das sie reden mussten, nun … das konnte nun *wirklich* warten.

Er fuhr an einer Raststätte in Framingham von der Schnellstraße, um nachzudenken. Er saß grübelnd im Auto. Er schaute auf seine Uhr. Nachdenken funktionierte nicht. Es war bald acht, die Sonne versank im Westen. Er wollte nicht, dass sie zu ihm kam, aber was sollte er ihr sagen, um sie aufzuhalten? Was auch immer es war, er müsste es sich in den nächsten fünfzehn Minuten ausdenken, wenn er sie noch erwischen wollte, bevor sie ihr Haus verließ, angesichts der Uhrzeit, die sie ihm genannt hatte.

Er ging schließlich in die Raststätte, kämpfte sich durch die Schlange Reisender, die darauf warteten, bei McDonald's zu bestellen, und fand ein Münztelefon an der Wand zwischen den Toilettentüren. Er wusste nicht, was er sagen würde, aber er sagte sich, dass Ehrlichkeit die beste Strategie war. Als es bei ihr klingelte, beobachtete er einen Lastwagenfahrer, der ein Videospiel namens *Road Rage* spielte. Er hoffte, dass das keinen bleibenden Effekt hatte.

Als er ihren Anrufbeantworter hörte, legte er auf, zog den Zettel, den sie ihm gegeben hatte, aus seiner Gesäßtasche und wählte ihre Handynummer. Der Klingelton hörte sich genauso an wie bei jedem anderen Telefon, das er je angewählt hatte. Während es klingelte, fiel ihm auf, dass jeder Einzelne, der hinter der Theke bei McDonald's arbeitete, krankhaft fett war.

Vielleicht lag es daran, dass er so abgelenkt war – zumindest entschuldigte er es später damit –, jedenfalls schaltete er, als er ihre Mailbox hörte, auf die zweitbeste Strategie, Unehrlichkeit. Er musste etwas sagen, sonst würde sie sich Sorgen machen. Eine Notlüge, sagte er sich, obwohl er, noch während er sprach, wusste, dass daraus eine richtige, ausgewachsene Lüge wurde. Er erzählte ihr, er habe auf dem Nachhauseweg an einer Raststätte angehalten, und als er weiterfahren wollte, ließ sich sein Wagen nicht starten. Er erzählte ihr, es ginge ihm gut, sie müsse sich keine Sorgen machen, aber er könne nicht genau sagen, wann er wieder in Northampton wäre. Er sagte, er hoffe, sie wäre noch nicht aus Rhode Island losgefahren und dass sie viel Spaß in Paris haben solle.

Er legte auf, schlug sich mit dem Hörer auf den Kopf und legte dann noch einmal auf. Der Schaden war angerichtet.

Das beste Szenario war, dass sie die Nachricht erhielt, ihm seine Geschichte abkaufte, den Besuch abblies, nach Paris flog und dort so eine furchtbare Zeit hatte, dass sie bei ihrer Rückkehr ganz vergessen würde, nach seinen Autoproblemen zu fragen. Als er bei McDonald's in der Schlange stand, um sich etwas zum Abendessen zu bestellen, ging er weitere Szenarios durch. Eines war, dass sie die Nachricht nicht mehr hörte und zu seinem Haus fahren und dort auf ihn warten würde, was bedeutete, er konnte nicht nach Hause fahren. Sie würde dann wahrscheinlich ihren Anrufbeantworter und ihre Mailbox abhören, seine Nachricht hören und zurückkehren, aber er konnte immer noch nicht nach Hause, weil sie eventuell doch warten würde. Er wagte es nicht, seinen Anrufbeantworter abzuhören, weil Tamsen vielleicht ins Haus gegangen war und ans Telefon ging. Noch schlimmer, sie würde seine Nachricht im Auto hören, nach Boston fahren und dann weiter westlich auf die Schnellstraße, um an jeder Raststätte zu halten, um ihn zu retten. Er würde es ihr zutrauen.

Nachdem er gegessen hatte, ging er zu seinem Auto, nahm einen Schraubenschlüssel aus seinem Werkzeugkasten und lockerte das Kabel an seiner Batterie, sodass das Auto tatsächlich nicht ansprang, wenn er es versuchte. Dann legte er sich zum Schlafen auf den Rücksitz. Sollte sie ihn finden, sah es so aus, als habe er die Wahrheit erzählt.

Er hatte schon bessere Nächte gehabt.

Als er am nächsten Morgen nach Hause kam, hörte er eine Nachricht von Tamsen auf seinem Anrufbeantworter.

Sie sagte, dass sie hoffte, dass alles in Ordnung war und dass sie ihn anrufen würde, wenn sie wieder zurück war. Wenigstens war sie nicht den ganzen Weg gefahren, nur um festzustellen, dass er nicht da war. Der Schaden war minimal, aber es war trotzdem ein Schaden.

Er stellte sich Tamsen und Stephen in Paris vor, wie sie fröhlich lachten, Baskenmützen und bretonische Fischerhemden trugen, Gitanes rauchten und gemeinsam feststellten, dass Paul ein Versager war und sie ohne ihn besser dran war. Er stellte sich vor, wie sie mit ihren Weingläsern auf ihre Zukunft anstießen.

À votre santé.

Merde.

ZWÖLFTES KAPITEL

Ängstlich

Er ging am nächsten Abend ins Bay State, aber das besserte seine Laune auch nicht. D. J., Mickey und McCoy befanden sich am Ende der Theke. Brickman stand in der Ecke und sprach mit einer süß aussehenden, rehäugigen Blondine, die mindestens zwölf Jahre jünger war. McCoy kam drei Hocker näher und gab Paul ein Guinness aus.

»Mit wem redet Bricks?«, fragte Paul. Bricks, der charmant sein konnte, wenn er wollte, hatte schon früher mit zahllosen jüngeren Frauen geflirtet, aber irgendwie wirkte dieses Mädchen zu jung, zu unschuldig. Bricks fuhr einen Porsche. Er würde dem Mädchen anbieten, es nach Hause zu fahren, und sie würde den Wagen sehen und zusagen, warum nicht? Sie war augenscheinlich noch nicht erwachsen. Heute Abend fand Paul das aus irgendeinem Grund ärgerlich.

»Keine Ahnung«, sagte McCoy. »Hast du meine Neuigkeiten gehört? Ich ziehe nach Paris. Vielleicht Ende des Sommers.«

Paul war geschockt. Niemand zog je aus Northampton weg.

»Warum fliegen alle nach Paris?«, überlegte Paul. »Weißt du, diese Sache, dass die Franzosen amerikanische Jazzmusiker in Frankreich lieben, ist nur ein Mythos. In Frankreich hassen sie Jazz. Sie hassen auch Jerry Lewis. Sie hassen alles.«

Brickman und die rehäugige Blondine standen vom Tisch auf und gingen. Das Mädchen lachte, beschwipst, vielleicht dachte sie schon an die Geschichte, die sie ihren Freundinnen im Wohnheim morgen erzählen würde.

»Wenn er sie anfasst«, scherzte Paul, »dann schwöre ich bei Gott, bringe ich ihn ins Krankenhaus.«

»Er könnte ins Zimmer neben Bender«, sagte McCoy.

»Was macht Bender im Krankenhaus?«

»Herzinfarkt.«

»Was?«

»Warum sagt das jeder?«, fragte McCoy. »Spreche ich nicht deutlich? Er … hatte … einen … Herzinfarkt.«

»Bender kann keinen Herzinfarkt haben«, widersprach Paul. »Bender verbringt jeden Tag fünf Stunden in einem Fitnessstudio. Wenn er einen Herzinfarkt bekommen kann, dann müsste ich tot sein. Wie?«

Man hatte ihn auf dem Radweg draußen beim Einkaufszentrum gefunden, nachdem er mit dem Rad losgefahren war, um Bioprodukte zu kaufen.

»Armer Bender«, sagte Paul. »In welchem Krankenhaus ist er?«

»Keine Ahnung«, erwiderte McCoy. Er rief laut: »Weiß irgendjemand, in welchem Krankenhaus Bender liegt?«

D. J. und Mickey zuckten mit den Schultern.

Es regnete, als er zu seinem Auto ging. Er zog Bilanz. Bender hatte einen Herzinfarkt gehabt. Sein Vater konnte nicht sprechen. Stella war alt. Wo auch immer er hinsah, war Sterblichkeit. Als er nach Hause kam, hob er Stella aufs Bett, wo sie mit dem Kinn auf den Pfoten liegen blieb. Die Red Sox spielten in Oakland, das Spiel war erst im fünften

Inning, obwohl es an der Ostküste schon nach Mitternacht war. Er hörte sich das Spiel im Radio an und lauschte dem Regen, der auf seine Klimaanlage am Fenster trommelte, und versuchte, nicht daran zu denken, wo Tamsen war oder was sie tat.

Er ging am nächsten Morgen online.

PaulGus: Hier regnet es heute. Regnet es bei euch auch?
HarrGus: NEIN
PaulGus: Bist du einsam?
HarrGus: NEIN
PaulGus: Wünschst du dir nicht, du könntest mit deiner Frau reden?
HarrGus: JA
PaulGus: Karen sagte, sie fühlte sich einsam, selbst wenn ich zu Hause war. Ich weiß genau, was sie meinte. Am Ende fühlte es sich so an, wie wenn man im Flugzeug sitzt, neben einer Person, mit der man zwar gern reden würde, aber nicht genau weiß, wie man das Eis brechen kann. Man sollte mit der eigenen Frau kein Eis brechen müssen.
HarrGus: NEIN
PaulGus: Das Merkwürdige ist, meine Haupterinnerungen an meine Kindheit sind die, allein zu sein. Ich erinnere mich, auf mein Zimmer geschickt worden zu sein, allein in meinem Zimmer zu sitzen und darauf zu warten, aus den Schwierigkeiten raus zu sein. Auf Bäume zu klettern und sich dort so lange wie möglich vor allen zu verstecken. Ich weiß nicht, warum ich mich vor allen verstecken wollte. Findest du das nicht merkwürdig?
HarrGus: JA
PaulGus: Woran ich mich nicht erinnere, sind die Zeiten, in denen die ganze Familie zusammen war. Ich meine, ich

erinnere mich daran, dass die Familie zusammen war, aber ich stehe immer außerhalb und schaue zu. Manchmal frage ich mich, ob das etwas mit dem Unfall zu tun hat. Als ich nichts hatte, aber alle anderen verletzt wurden.

HarrGus: JA

PaulGus: Ich habe immer all deine klassischen Schallplatten angehört, und ich erinnere mich, wie ich Barbers Adagio aufgelegt hatte und mir vorstellte, dass ich irgendwo allein spazierte. Als wollte ich mich selbst davon überzeugen, dass ich allein sein wollte. Ich habe geblufft.

HarrGus: JA

PaulGus: Mom macht sich Sorgen um mich, nicht wahr?

HarrGus: JA

PaulGus: Du auch?

HarrGus: JA

PaulGus: Um ehrlich zu sein, ich habe Angst, es nicht zu schaffen. Ich habe Angst, immer einsam zu sein. Ich habe genug davon, mich immer wieder aufzurichten. Hast du Angst?

HarrGus: NEIN

PaulGus: Wegen deines Glaubens?

HarrGus: JA

PaulGus: Hattest du je Angst?

HarrGus: JA

PaulGus: Ich meine richtige Angst?

HarrGus: JA

PaulGus: Wann? Entschuldige, das kannst du nicht beantworten. Möchtest du darüber reden?

HarrGus: NEIN

PaulGus: Bist du sicher?

PaulGus: Bist du noch da?

PaulGus: Vergiss alles, was ich gesagt habe. Entschuldige.

PaulGus: Manchmal weiß ich nicht, wann ich den Mund halten sollte. Ich spreche bald wieder mit dir.

DREIZEHNTES KAPITEL

Brezellogik

Die Postkarte aus Paris war ein Druck von van Goghs Gemälde *Caféterrasse am Abend*. Darauf hatte sie geschrieben: »Hey, Paul, wie geht's? Ich hoffe, dir geht's gut. Das Essen ist wunderbar hier. Ich glaube, ich habe fünf Pfund zugenommen. Alles Liebe T.«

Sie hatte das verpatzte Rendezvous gar nicht erwähnt, hatte sie es vergessen, oder, wichtiger, hatte sie ihm vergeben?

Und flogen ihr inzwischen vielleicht Affen aus dem Hintern?

An der Theke hieß es, dass Benders Herzinfarkt nur auf Stress zurückzuführen war. Paul fand das besorgniserregend. Das tägliche Laufen half gegen Stress, aber er musste auch entspannen, sich innerlich beruhigen. Tamsen hatte mal vorgeschlagen, dass er Yoga ausprobieren sollte. Er ging in den Waschsalon und suchte am Schwarzen Brett nach einer Broschüre für einen Yogakurs, etwas nicht zu Esoterisches. Er fand einen von einer Frau namens Amelia, die ihm, als er ihr am Telefon erzählte, er habe sich schon immer für Kampfsportarten interessiert, geduldig erklärte, dass Yoga nicht dazugehöre.

Amelia war schlank und heiter, ihre Haare hatte sie zu einem dicken, schwarzen Zopf geflochten, und sie lächelte, wenn er im Kurs Witze riss. Er konnte sich gerade noch beherrschen und sich auf die Zunge beißen, als sie eines Abends zuerst *sarvangasana,* also die Kerze – »auf dem Rücken liegend die Beine so hoch wie möglich in die Luft recken, Hände auf die Hüften« – machten und dann den »Pflug« – »die Beine hinter sich legen, bis die Zehen den Boden berühren, die Knie berühren die Stirn und das Gesäß wird in die Luft gereckt« –, brachte das den sanften, jungen Mann auf der Matte neben Paul dazu, laut zu furzen. Alle anderen im Raum waren zu sehr »auf den Augenblick konzentriert«, um etwas zu sagen oder auch nur zu kichern.

»Müssen wir für die Aromatherapie extra bezahlen?«, hatte Paul fragen wollen.

Ihm gefiel der Teil mit dem bewussten Atmen. Die Posen taten verdammt weh, aber das schien der Sinn und Zweck dahinter zu sein, zu lernen, wie man sich verbiegt, ohne sich zu verbiegen. Amelia gab ihm eine sehr oberflächliche Einführung in transzendentale Meditationstheorie, und er stellte fest, wenn er es zu Hause allein ausprobierte, auch ohne echte Einweisung, dann half es ihm dabei, sich ruhig zu fühlen, und manchmal hatte er währenddessen richtig gute Tagträume.

Seine Erfahrungen im Yogakurs wurden jedoch schlechter, als eine Frau namens Marty dazustieß. Er erkannte in ihr eine Kollegin seiner Exfrau. Sie erkannte ihn auch, lächelte und sagte, sie hätte gerade heute Morgen mit Karen gesprochen, sie wollten gemeinsam in Amelias Yogakurs für Schwangere.

»Es ist effektiver als Lamazegymnastik«, sagte Marty munter, »und man muss seinen Ehemann nicht mitschleppen.«

Bis zu diesem Augenblick hatte Paul keine Ahnung gehabt, dass seine Exfrau schwanger war.

Seine Freunde im Bay State waren verständnisvoll, als er es ihnen erzählte, und gaben ihm Bier aus, um seine Sorgen zu ertränken oder sie wenigstens ordentlich nass zu machen. Es war klar unfair von Karen, ohne ihn Kinder zu haben. Natürlich war sie ein freier Mensch und hatte sich mit einem netten Kerl namens Kurt – oder Kirk? – zusammengetan, und sie hatte das Recht, sich so zu benehmen, wie sie wollte, und brauchte dafür Pauls Zustimmung oder Erlaubnis so wenig, wie wenn sie sich die Nase putzen wollte.

Doch das machte es nicht weniger unfair.

Es bedeutete wahrscheinlich, dass sie heiraten würden. Das war auch Mist.

Als er nach Hause kam, öffnete er die oberste Schublade seiner Kommode und nahm die zigarrenkistengroße Schmuckschatulle heraus, die er von seinem Großvater Paul geerbt hatte, zusammen mit ein paar Accessoires des alten Mannes, nichts Außergewöhnliches, ein Paar Manschettenknöpfe mit Jagdhunden und fliegenden Enten, eine Krawattennadel in Form des Krummsäbels der Shriner Loge. Hinten in der Schmuckschatulle fand Paul eine kleine Plastiktüte, in der eine gefaltete Serviette lag, auf die er und Karen »Rosemary, Sam (Samuel/Samantha), Henry, Caledonia« und mit einem Fragezeichen dahinter »Booker?« geschrieben hatten. Er dachte kurz daran, ihr die Liste, die sie gemeinsam erstellt hatten, zu schicken, zusammen mit einer kurzen Notiz: »Diese Namen darfst du nicht benutzen.«

Stattdessen brachte er die Serviette ins Badezimmer, wo er den Klodeckel öffnete, sie anzündete und drehte, während sie verbrannte, um sicherzugehen, dass die Flammen sie ganz verzehrt hatten, bevor er sie in die Kloschüssel fallen ließ. Er spülte zwei Mal.

»Chili zum Abendessen?«, fragte Stella aus dem Flur.

»Hättest du Lust auf einen Spaziergang?«

»Ich dachte schon, du fragst nie.«

Er trug sie die Vordertreppe hinunter. Es war ein lauer Sommerabend, leichter Wind raschelte in den Blättern über ihnen, sodass das Mondlicht durchschien. Er musste langsam machen, damit Stella Schritt halten konnte. Er versuchte sich an das zu erinnern, was er im Yogakurs gelernt hatte, und atmete tief ein, hielt den Atem an und atmete aus …

»Ist etwas passiert?«, fragte Stella.

»Ich habe erfahren, dass Karen schwanger ist. Und wahrscheinlich wieder heiratet.«

»Sie bekommt einen Wurf?«

»Sozusagen.«

»Und du bist keiner der Väter?«

»Nein.«

»Ich dachte, sie wollte keine Kinder.«

»Offensichtlich hat sie ihre Meinung geändert.«

Er bog an der Ecke links ab, in Richtung des Friedhofs. Er erwartete nicht, dass Stella ihn verstanden hatte, und sie schien auch zu wissen, dass es besser war, nicht nachzubohren, obwohl sie beim Gehen nah bei ihm blieb, das hatte sie schon immer getan, wenn sie wusste, dass er sich über etwas aufregte. Er war sich nicht sicher, woher sie das wusste, aber sie wusste es.

Zurück zu Hause nahm er den Hund auf den Arm, stieg die vorderen Stufen hoch und setzte Stella ab. Er sagte ihr, sie solle liegen bleiben, schenkte sich einen Scotch ein, kam dann wieder zu ihr und setzte sich auf die Verandaschaukel. Der Scotch schmeckte gut. Er nippte daran, obwohl der Alkoholgenuss die unangenehme Nebenwirkung hatte, die Vergangenheit in die Gegenwart zu ziehen. Manche Leute sagten, dass Spirituosen das Gedächtnis schädigten, aber er fand, dass eher das Gegenteil stimmte, sie hielten Erinnerungen lebendig.

Er schaukelte. Es war dieselbe Verandaschaukel, auf der er und Karen darüber diskutiert hatten, ob sie die Pille absetzen sollte. Sie hatten willkürlich Silvester festgelegt. Sie hatten danach ein paar Mal Sex gehabt, aber als das Jahr sich seinem Ende zuneigte und die Nächte länger wurden, taten sie es immer seltener, da er immer häufiger Probleme hatte, seine Erektion zu halten, und er fragte sich, ob er Angst vor dem Moment hatte, an dem sie die Pille absetzen und der Einsatz höher würde. Aber Angst wovor? Dann hatte sie gemeint, dass sie erst mehr Geld brauchten, also hatte Paul ein paar Überstunden am Computer in seinem Büro abgesessen, um mehr Geld zu verdienen, bis Karen gesagt hatte, dass er nie für sie da war. Er sagte, er könne ja nicht an zwei Orten gleichzeitig sein, worauf sie entgegnet hatte, dass er nicht einmal an einem Ort sein konnte.

War es Karen, die zuerst den Glauben verloren hatte, und hatte er sich bei ihr angesteckt? Um ein Kind zu bekommen, musste sie an eines von drei Dingen glauben: an sich, an ihn oder an die Zukunft. An sich selbst zu glauben stand auf ihrer Liste der zu erledigenden Dinge, aber wenn sie nach Stärke in sich suchte, dann sah sie stattdessen Wildheit, wenigstens gegen Ende, wie ein Gewitter, das den Mittagshimmel verdunkelt. Dann hörten die Kämpfe eines Nachts auf, und das war schlimmer als der Streit, das bedeutete, dass sie sich verabschiedet hatte. An ihn zu glauben war auch nicht viel einfacher. Sie sagte, dass er ein gutes Herz hatte, keinen bösen Knochen im Leib, aber gleichzeitig war da etwas falsch, fehlte. Sie konnte es nicht genauer erklären. Etwas ließ ihn vor ihr weglaufen, sagte sie, etwas Verborgenes, das es ihm schwer machte, Leuten zu vertrauen. Sie hatte das Gefühl, auf Distanz gehalten zu werden, unwichtig und ungesehen zu sein, und das würde sich nicht ändern, und sie hatte genug davon.

Es war einfacher für sie, an die Zukunft zu glauben, bloß dass es nur eine Fantasie war. Sie hatte gesagt, sie wolle als Mutter von vier Kindern in einem großen Haus wohnen und nicht mehr arbeiten. Er versuchte, ihren Traum wahr werden zu lassen, aber jedes Mal, wenn er es schaffte, tausend Dollar für die Raten auf ein Haus zu sparen, wollte sie eine neue Couch kaufen oder in Urlaub fahren oder irgendein absolut funktionstüchtiges Gerät erneuern, und das Geld verschwand. Ihr Gehalt aus einer Kunstgalerie half auch nicht weiter. Je weiter sie sich von ihrem Ziel entfernten, umso häufiger stritten, verzweifelten sie, entfernten sich, bis er jene mythischen Paare beneidete, die nichts außer einander hatten, drei Mal täglich poppten und dabei ihre unbezahlten Rechnungen als Matratze benutzten. Jedes Mal wenn er versagte, versuchte er, es mit einem Schulterzucken hinzunehmen, aber jedes Mal, wenn er mit der Schulter zuckte, fiel ein anderes Körperteil zu Boden, seine Finger, Hände, Arme, Beine, inneren Organe, bis er nichts mehr hatte, mit dem er zucken konnte. – Und dann musste sie einfach irgendwann gehen, mit den Worten: »Ich kann das nicht reparieren.«

Seine Freunde sagten ihm, das Leben geht weiter, aber was sie nicht erwähnten, war, dass das Leben tatsächlich weiter geht und weiter und weiter und weiter. Es gab keinen Zauber mehr. Die Tage zogen sich. Er spazierte durch seine kleine Stadt mit einem riesigen Schild auf seinem Kopf, auf dem GESCHIEDEN stand. »Wann verschwindet dieses Schild wieder?«, fragte er Freunde, die darin erfahren waren. »Das tut es nicht«, sagten sie. »Sie bauen einfach eine Straße um dich herum.«

Er ging hinein, um sich noch einen Drink zu holen, er war schon ein bisschen wackelig auf den Füßen, während der träumende Hund mit dem Schwanz zuckte und knurrte. In der Küche lagen Staubmäuse ungestört in den Ecken. Es war dieselbe Wohnung, in der er und Karen versucht hatten, etwas Größeres und Besseres zu erschaffen, etwas, das mehr war als die Summe ihrer Teile. Vielleicht war es an der Zeit, umzuziehen. Er sah die Wände, die sie angestrichen hatte, sie dachte, es würde alles etwas fröhlicher machen und vielleicht die Ehe retten, der erste ihrer letzten Rettungsversuche. Er schloss die Augen und hörte die gespenstischen Geräusche, Lachen, Musik, Fragmente von Partykonversationen, sie schwirrten wie Motten durch das Haus und fraßen Löcher in die Zeit, Geräusche von sommerlichen Grillfesten, vom Zusammenrechen der Blätter im Herbst, von einer Weihnachtsgans, die im Ofen brutzelte, weil alle anderen Truthähne brieten, taten er und Karen alles, um ihre eigene Tradition zu beginnen. Er hörte, wie sie ihn anschrie, bis das Klavier harmonisch dazu spielte, und er hörte sie sanft aus dem Zimmer gegenüber schluchzen, in der Art von Schmerz, die man nicht trösten kann, weil man der Grund dafür ist.

Was würden die Zenmeister in einem solchen Moment tun? Brachen ihre Herzen wie die von allen anderen? Fuhren sie um zwei Uhr früh an den neuen Wohnungen ihrer Ex vorbei, um zu sehen, ob im Schlafzimmer Licht brannte? Er holte tief und langsam Luft und konzentrierte sich auf seinen eigenen Herzschlag, bis ein Güterzug die Stille der Nacht zerriss, er polterte nach Battleboro und brachte das Haus zum Wackeln. Er fragte sich, wer den Zug fuhr und ob er in Richtung seines Zuhauses fuhr oder davon weg. Wusste der Lokführer, wohin die Liebe geht, wenn sie stirbt, oder wie es möglich ist, dass Kolibris den Ozean überqueren können, während Worte nicht einmal die Distanz eines halben Kopfkissens überbrücken können? Und an diesen kalten Winternächten, wenn der Schnee die Gleise verdeckte, verlor er dann je den Glauben? Dass die Gleise immer noch da sind, dass die Brücken halten, dass es wirklich ein Vermont gibt, dass es wirklich einen Zug gibt und dass das Rattern, das er hörte, nicht bloß das Geräusch seines eigenen Herzens war, das sich in der Nacht von ihm entfernte und von Schlag zu Schlag leiser wurde.

Paul hatte alles überstanden und es bis zum Frühling geschafft, und dann hatte Tamsen ihn gefunden, mit ihrem Lächeln und ihren feuchten, glänzenden Augen! Das Telefon klingelte, und der Zauber trat wieder in die Welt, wie an dem Tag, an dem Houdini geboren worden war; Schwestern in Netzstrumpfhosen, Ärzte in Frack und Zylinder baten um Ruhe, als sie Mutter Houdini schweben ließen und einen Messingring um sie hielten, während sie presste und stöhnte, die Dampforgel spielte »Einzug der Gladiatoren«, bis die Ärzte plötzlich und mit großem Schwung einen weißen, drei Kilo schweren Hasen zwischen ihren Beinen hervorzogen, und das Krankenhaus hielt die Luft an, und dann hörte man ein Baby in einem abgeschlossenen Schrank im Nebenraum weinen. So war Houdini zur Welt gekommen, und so war Tamsen in Pauls Welt getreten, von der Seite, zu der er nicht gesehen hatte. Ihre Ankunft erstaunte ihn. Es gab dafür keine Erklärung. Sie kam nach vielen Schmerzen und Qualen und Heulen und Zähneknirschen, unerwartet und erstaunlich. Abrakadabra – Simsalabim!

Und jetzt war sie in Paris, mit Stephen.

Er war zu betrunken, um zu wissen, ob er lachen oder weinen sollte, aber er dachte, er würde sich besser fühlen, wenn er etwas Impulsives tat. Er nahm seinen Drink und das Telefon mit nach draußen auf die Veranda und setzte sich wieder auf die Schaukel, er verpasste sie fast, als sie von seinen Beinen abprallte.

»Wen rufst du an?«, fragte Stella. Er rief die Auskunft an und erhielt die Nummer seiner Exfrau. Stella stellte die Ohren auf, als sie Karens Namen hörte.

»Paul«, sagte Stella. »Ich muss sagen, ich finde, das ist wirklich eine schlechte Idee. Es ist viel zu spät, um noch jemanden anzurufen.«

»Ach komm schon«, lallte Paul. »Ich will ihr doch nur gratulieren. Ich bin mir sicher, sie hat schon versucht, mich zu erreichen, um mir die Neuigkeiten persönlich mitzuteilen.«

»Leg das Telefon hin«, sagte Stella. »Ich meine es ernst.«

Er legte das Telefon hin, dann hob er es wieder hoch und wählte Tamsens Nummer. Er wollte ihr eine Nachricht hinterlassen, ihr sagen, wie sehr es ihm leidtat, sie versetzt zu haben. Er wollte …

Schlechte Idee. Er legte auf, nachdem er ihrer Nachricht zugehört hatte, der Klang ihrer Stimme beruhigte ihn. Er legte sich mit gebeugten Knien auf die Verandaschaukel. Er war so müde.

Als er aufwachte, war es Morgen. Er setzte sich auf, die Welt verschwamm einen Augenblick, bis er sich daran erinnerte, dass er immer noch auf der Verandaschaukel lag. Sein Kopf tat weh. Stella lag neben ihm auf dem Boden, schlug die Augen auf und gähnte. Er schaute nach unten und sah, dass sie im Schlaf einen Unfall gehabt hatte, ein Kackehaufen in der Größe eines Minidonuts klebte am Boden der Veranda. Er sammelte sich, holte ein paar Kleenex, hob den Haufen hoch und spülte ihn in der Toilette hinunter und putzte dann die Stelle mit einem nassen Papierhandtuch.

»Mein Fehler«, sagte sie.

»Gar nicht, es ist meine Schuld«, sagte Paul. »Ich bin ein lausiges Herrchen. Ich hätte mit dir Gassi gehen sollen.«

»Das hast du getan«, sagte Stella.

»Oh«, sagte Paul, er erinnerte sich an nicht mehr viel von der vergangenen Nacht. Er öffnete die Tür, und Stella folgte ihm in die Küche, wo er ihre Näpfe mit Futter und Wasser füllte, dann bereitete er eine Schüssel für sich mit Müsli und Milch.

»Egal, es war jedenfalls nicht deine Schuld«, sagte er. »Du konntest nichts dafür.«

»Wofür?«

»Den Unfall.«

»Welchen Unfall?«

»Die Kacke«, hätte er sagen können, tat es aber nicht. Sie hatte es bereits vergessen, ihr Gedächtnis ließ nach, aber er ließ es auf sich beruhen. Ihre Würde war wichtiger, als sicherzustellen, dass seine Entschuldigung angekommen war.

VIERZEHNTES KAPITEL

Der Lachklub

Er schlief schlecht während der Wochen, in denen Tamsen und Stephen in Paris waren und »aufs nächste Level kamen«. Anstatt sich nur sinnlos hin- und herzuwälzen und sich in seiner eigenen Unsicherheit zu suhlen, versuchte er, Arbeit zu erledigen, er loggte sich ein und benutzte das Internet. »Schlaf« und »Schlafentzug« erschienen ihm passende Suchbegriffe. Er erfuhr, wie das homöostatische System den Schlaf reguliert, indem es auf den Adenosinspiegel des Körpers reagiert, während im zirkadianen System das Licht fotorezeptive Ganglien, die sich hinter der Retina befinden, stimuliert, eine Nachricht an den Suprachiasmatischen Nucleus im Hypothalamus zu senden, um die Zirbeldrüse im Epithalamus zum Ausscheiden von Melatonin anzuregen. Wer hätte das gewusst? Er schrieb:

Ratten, die ein paar Tage keinen REM-Schlaf hatten, beginnen, ihre Pfleger und einander anzugreifen. Sie werden hypermetabolisch und verbrennen ohne Bewegung wahnsinnig viele Kalorien. Sie verlieren ihre Haare. Die ersten sterben nach fünf Tagen an Sepsis, und die Mehrheit stirbt nach ungefähr drei Wochen, während die härtesten einen Monat aushalten. Delfine und Wale bekommen nur sehr wenig REM-Schlaf, eine Hirnhälfte schläft, während die andere wacht. Sogar Fruchtfliegen brauchen Schlaf. Von allen getesteten Lebewesen bekam das Schnabeltier den meisten REM-Schlaf.

»Wovon träumt ein Schnabeltier?«, fragte er sich.

»Wahrscheinlich davon, etwas anderes als ein Schnabeltier zu sein«, sagte Stella.

Es wurde relevant, als seine Schwester ihm erzählte, dass Carl nicht viel schlief, vielleicht vier oder fünf Stunden pro Nacht, nach seiner eigenen Einschätzung. Paul sagte Bits, dass Menschen, die zu wenig schlafen, nie wissen, wie sehr sie leiden, Dinge vergessen, Fehler machen, sie erkennen nie, wenn sie Aufträge vergessen haben oder etwas auslassen, ihre Aufmerksamkeit lässt nach, weil ihr Urteilsvermögen als Erstes verschwindet, wenn der Schlafentzug ihre Gehirne zu Brei werden lässt, sie können sich nicht mehr selbst einschätzen.

»Ich habe mit Erica gesprochen«, sagte Bits. »Sie sagt, dass Carl seit Dads Schlaganfall unter großem Stress steht. Sie hofft, dass er etwas dagegen nimmt.«

»Das wird er nicht«, sagte Paul.

»Ich weiß.« Bits nickte. »Obwohl er angefangen hat, warme Milch zu trinken, bevor er ins Bett geht. Das soll ja tatsächlich funktionieren.«

Ihm tat sein Bruder plötzlich leid. Er war sich nicht sicher, ob das früher jemals geschehen war. Bis jetzt hatte Paul nie zugeben wollen, wie sehr er sich auf seinen Bruder verlassen hatte, und wollte, dass er stark war. Einen Augenblick bereute er, die Liste mit Carls PINs weggeworfen zu haben. Hätte er sie, könnte er einen heimlichen, aber wohlmeinenden Blick auf Carls Wohlbefinden werfen.

Ein paar Tage nach diesem Telefonat mit Bits checkte er

seine E-Mails, als Tamsen mit ihm Instant-Messages schreiben wollte. Er hatte bewusst versucht, nicht genau auf den Kalender zu schauen. In seiner Fantasie war Tamsen früher zurückgeflogen, hatte am Flughafen ein Taxi zu ihm nach Hause genommen und ihm dann atemlos erzählt, dass alles vergeben war und was für einen Fehler sie doch gemacht hatte, weil sie mit dem falschen Mann nach Paris geflogen war.

TamsenP: hey paul, viel zu tun?

PaulGus: Bin gerade erst gekommen. Ich habe mich gefragt, wann ich was von dir höre. Willkommen zurück. Wie geht es dir?

TamsenP: müde. ich hätte dich gestern abend noch angerufen, aber ich bin erst um zwei uhr morgens nach hause gekommen. mein gepäck war verschwunden. sie haben heute früh angerufen und gesagt, dass sie es gefunden haben und es mir nach hause liefern werden.

PaulGus: Na klasse.

TamsenP: ich habe versucht, dir aus paris aus einem internetcafé eine e-mail zu schicken, aber der typ da wusste einfach nicht, wie er zu aol kommen soll. hast du meine postkarte bekommen?

PaulGus: Hab ich. Danke. Hattest du also viel Spaß?

TamsenP: es war toll. ich erzähle dir alles, wenn wir uns sehen. wenn du das willst.

PaulGus: Okay.

TamsenP: hättest du lust, offline zu gehen und zu telefonieren?

PaulGus: Ich würde dich gern *sehen*. Aber das hier ist für den Moment in Ordnung.

TamsenP: was macht dein auto? ich habe mir sorgen gemacht.

PaulGus: Alles in Ordnung. Das Batteriekabel war lose. Es tut mir leid, dass wir uns verpasst haben.

TamsenP: ich hatte angst, dass du irgendwo festsitzt.

PaulGus: War nichts Ernstes.

TamsenP: dann bin ich erleichtert.

PaulGus: Habt ihr gesprochen? Du und Stephen.

TamsenP: ja.

PaulGus: Und?

TamsenP: unklar.

PaulGus: Was heißt das?

Er war froh, die Lüge über das Auto hinter sich lassen zu können. Zwischen ihren Wortmeldungen gab es lange Pausen. Er vermutete, dass Tamsen eine Gratwanderung vollführte, da sie sich wohl bemühte, seine Fragen ehrlich zu beantworten, ohne Stephen zu betrügen oder Paul zu verletzen.

TamsenP: eben das. ich glaube, es ist immer noch zu früh, um etwas zu entscheiden. ich glaube, er weiß nicht, was er will. er ist sich nicht einmal sicher, ob er im osten bleiben will. sein bruder hat eine radiologiepraxis in los angeles, und er hat stephen angeboten, einzusteigen. stephens ex hat daran gedacht, endgültig mit den kindern dorthin zu ziehen, es besteht also die möglichkeit, dass sie alle umziehen. oder bleiben. oder er und ich gehen und sie nicht oder umgekehrt.

PaulGus: Würdest du mit ihm mitgehen?

TamsenP: ich weiß nicht, was ich sagen soll. es ist eine option.

PaulGus: Ist es das?

TamsenP: nur eine option. ich habe nicht das gefühl, dass ich meine mutter verlassen könnte. ich weiß, dass sie es allein schaffen würde, aber ich glaube, unsere wöchentlichen abendessen bedeuten ihr viel. andere gründe.

PaulGus: Es ist schon komisch, wie die Leute, die man liebt, das Leben so kompliziert machen, aber wenn man niemanden lieben würde, wäre das Leben nicht lebenswert.

TamsenP: komisch-lustig oder komisch-seltsam.

PaulGus: Es gibt einen Song, der komisch-seltsam heißt, »Funny Peculiar«, von Thelonius Monk.

TamsenP: ich weiß. wir haben ihn im gesangsunterricht gehört, bevor ich gefahren bin.

PaulGus: Wie geht's Sheila? Hast du ein paar gute Edith-Piaf-CDs mitgebracht?

TamsenP: nee. sheila geht's gut. nehme ich an. ich werde sie heute abend sehen. wickenden café. derselbe laden, in den wir gegangen sind, nachdem du in meinem buchklub gesprochen hattest.

PaulGus: Ich bin froh, dass du zu Hause bist und gesund.

TamsenP: du hast mir gefehlt. ich sollte das wahrscheinlich nicht sagen, aber ich habe jeden tag an dich gedacht. nur damit du es weißt. ich habe dich ein paar mal fast angerufen. es ist schwer für mich.

PaulGus: Ich bin froh, dass du das sagst. Du hast mir so gefehlt. Sehr. Kann ich dich etwas fragen?

TamsenP: alles.

PaulGus: Ich weiß, ich werde dadurch unsicher wirken, und es tut mir leid, aber ich muss es wirklich fragen. Liebst du mich noch?

TamsenP: natürlich tue ich das.

PaulGus: Warum? Mach mir die Freude.

TamsenP: das kann ich im moment nicht.

PaulGus: Ist auch egal. Es waren bloß ein paar heftige Wochen für mein Selbstwertgefühl.

Er wartete auf ihre Antwort. Einen Augenblick lang dachte er, sie wäre offline gegangen. Vielleicht hatte sie ans Telefon gemusst. Dann:

TamsenP: ich liebe dich, weil du außergewöhnlich bist. ich liebe dich für deinen humor und deinen geist und weil du diese merkwürdige mischung aus traurigkeit und optimismus und aus ichbezogenheit und selbstlosigkeit hast, aus albern und ernst, und ich weiß nicht warum. es gibt eine million dinge, aber keinen echten grund. ich liebe es, wie du die dinge siehst. wie du mich rumkriegst. ich liebe es, dass du so fair sein willst. ich liebe es, wie sanft deine augen sind. ich liebe es, dass du deinen freunden gegenüber loyal bist. ich liebe es, wie du mit deinem hund umgehst. ich liebe, wie du gehst. ich liebe es, wie du dich für andere leute interessierst, was für mich immer ein zeichen für eine gute persönlichkeit gewesen ist. ich weiß nicht, paul. ich analysiere es nicht. ich genieße einfach das gefühl. ich liebe es, wie du mich zum lachen bringst, wann immer du möchtest.

PaulGus: Bringt Stephen dich zum Lachen?

TamsenP: paul, ich werde keine vergleiche anstellen.

PaulGus: Ich liebe dein Lachen. Ich lebe dafür. Manchmal fühlt es sich so an, als wäre ich auf dieser Erde, um dich zum Lachen zu bringen. Klingt das zu bombastisch?

TamsenP: das klingt nett. niemand bringt mich so zum lachen wie du. niemand. wir sind unser eigener, kleiner zweipersonen-lachklub. egal, wie schlimm etwas wird, du behältst immer deinen sinn für humor.

PaulGus: Man pfeift auf dem Friedhof, wie es heißt.

TamsenP: das sagt etwas über dich aus. es ist positiv.

PaulGus: Du solltest hierherziehen und bei mir wohnen. Du wärst eine ausgehaltene Frau.

TamsenP: und du wärst mein sugardaddy?

PaulGus: Ich kaufe dir Nerzstolen, und wir essen jeden Abend T-Bone-Steaks und trinken Martinis und fahren in meinem Cabrio durch die Gegend.

TamsenP: das klingt gut. ich müsste deine wilde junggesellenbude aber umdekorieren. apropos von gar nichts, meine füße bringen mich um.

PaulGus: Warum?

TamsenP: ich weiß nicht. sie bringen mich immer um. ich wünschte, du wärst hier. du könntest dich unter meinem schreibtisch verstecken und mir die füße massieren.

PaulGus: Ich könnte mehr als das tun.

TamsenP: themawechsel. wie geht's deinem vater?

PaulGus: Schwer zu sagen. Ungefähr gleich, nehme ich an. Meine Mutter sagt, dass sein Griff fester wird, aber immer noch nur mit der rechten Hand. Er hat noch kein Wort gesagt. Er erkennt die Leute nicht immer, aber sie glaubt, dass er mehr und mehr versteht. Manchmal ist er verwirrt.

TamsenP: hast du mit ihm trainiert?

PaulGus: Ich hab's versucht. Manchmal verwirrt es mich auch.

TamsenP: wie das?

PaulGus: Ich weiß selten, was ich sagen soll. Die »Konversationen«, die wir haben, sind ziemlich einseitig.

TamsenP: worüber »redet« ihr?

PaulGus: Manchmal versuche ich, herauszufinden, wie es ihm geht. Nicht einfach, wenn dein Wortschatz auf zwei Wörter beschränkt ist. Andererseits hatten wir nie viel Glück, selbst als wir das gesamte Wörterbuch zur Verfügung hatten.

TamsenP: ich bin mir sicher, es hilft.

PaulGus: Meine Schwester sagt, Carl schläft nicht. Geht mich wahrscheinlich nichts an.

TamsenP: ruf ihn bitte an, ja?

PaulGus: Vielleicht. Du hast mir gefehlt.

TamsenP: kannst du nächstes wochenende zu mir kommen? ich dachte, wir könnten vielleicht zum pfannkuchen essen gehen. du darfst den sirup aussuchen.

PaulGus: Das fände ich klasse.

FÜNFZEHNTES KAPITEL

Glaube

Ich muss etwas beichten«, sagte er ihr. Sie befanden sich in ihrem Wohnzimmer. Sie waren im Kino gewesen. Sie war glücklich, ihn zu sehen, und er war glücklich, sie zu sehen. Er musste es ruinieren. Er sah keine Alternative. Sein Gewissen ließ nichts anderes zu. Er hatte auf der Fahrt von Massachusetts die ganze Zeit überlegt, welche Worte er benutzen sollte. Sie hatten ihre Affäre unter der Bedingung begonnen, dass sie einander alles erzählen könnten. Weniger als das, und eine sofortige Abwärtsspirale ließe sich vorhersagen. Völlige Offenheit war angesagt, gefolgt von einer Versöhnung, wenn alles gut ging. »Du wirst mich hassen.«

»Ich werde dich nicht hassen«, sagte sie.

»Doch, das wirst du«, sagte er.

Er wollte, dass sie sagte: »Nein, ich verspreche es dir«, aber das tat sie nicht.

»An dem Tag, als ich mit Murph zum Fenway gegangen bin«, sagte er, »hatte ich eigentlich gar keine Probleme mit dem Auto. Ich habe gelogen.«

Es gab eine Pause.

»Du hast gelogen?« Ihr Gesichtsausdruck war eher durcheinander oder ungläubig als wütend. »Warum?«

»Ich hatte es nicht geplant«, sagte er. »Ich wollte dir am Telefon die Wahrheit sagen, aber als ich nur deinen Anrufbeantworter erreicht habe, bin ich … erstarrt.«

»Das ergibt überhaupt keinen Sinn«, sagte sie. »Weswegen erstarrt?«

»Ich hatte Angst, du wolltest mit mir Schluss machen«, sagte er. »Dass du deswegen kommen wolltest. Um den Weg frei zu machen, damit du dich in Paris richtig amüsieren kannst. Und der einzige Weg, das zu verhindern, war, nicht da zu sein. Es war zu kompliziert, um das auf deinen Anrufbeantworter zu sprechen.«

»Also hast du gelogen?«, sagte sie. »Das fällt dir leichter?«

»Normalerweise nicht«, sagte er. »Wenn es mir leichtfallen würde, dann hätte es mich nicht so sehr gestört. Ich konnte damit nicht leben. Deswegen musste ich es dir erzählen.«

Sie sah ihn an, als hätte er seine Unterhose über seine Jeans gezogen.

»Ich habe eine falsche Entscheidung gefällt.«

»Das Gefühl hast du, ja?«, sagte sie.

»Sag mir, was du denkst?«

»Ich überlege gerade, was ich sagen soll«, sagte sie, »es macht mich etwas sprachlos.«

Die Vorstellung, ihre gute Meinung einzubüßen, war zu viel.

»Du hattest keine Probleme mit dem Auto?«

»Nee.«

»Wo warst du dann?«

»An der Raststätte.«

»Du hast also gelogen, wegen der …«

»Batterie. Es war keine Absicht«, sagte er. »Ich meine, nicht bewusst. Es kam einfach so.«

»Soll ich mich deswegen besser fühlen?«, fragte sie.

»Ich habe dir gesagt, dass du mich hassen wirst.«

An dieser Stelle sollte sie sagen: »Nein, ich hasse dich nicht.«

Sie sah ihn lange an. »Warst du …?«, begann sie.

»War ich was?«, fragte Paul.

Sie machte noch mal eine Pause und änderte ihre Meinung über was auch immer sie fast gesagt hätte.

»Ich bin froh, dass du mir die Wahrheit erzählt hast«, stieß sie schließlich aus. »Das wirft wirklich ernste Fragen über … Vertrauen auf. Es ist so grundsätzlich. Donald hat mich belogen. Es untergräbt alles so grundlegend, wenn … Ich weiß, wir sollten nicht übereinander urteilen, aber ich bin mir einfach nicht sicher, ob ich das sein will …«

»Was sein?« Das war eine Leerstelle, die er nicht füllen wollte.

»Ich will nicht wieder in so etwas hineingezogen werden«, sagte sie. »Es ist nicht mein Job. Es ist deine Verantwortung, nicht meine.«

»Es ist meine Verantwortung. Da stimme ich dir zu. Die Vorstellung, dass du zwei Wochen in Paris verbringst, hat mich wahnsinnig gemacht. Ich suche nicht nach Ausreden. Das wollte ich dir einfach nur deutlich machen. Ich fühle mich furchtbar.«

»Sag einfach, dass es dir leidtut«, hatte Stella ihm nachdrücklich empfohlen. »Sag nicht ›es tut mir leid, *aber* …‹«

»Möchtest du, dass ich gehe?«, fragte er.

Sie sah ihn sehr lange schweigend an. Bevor sie antworten konnte, klingelte das Telefon. Es war ihre Freundin Caitlin. Paul hatte das Gefühl, dass das Klingeln oder besser, das Zwitschern ihn gerettet hatte. Tamsen ging in die Küche, um den Anruf entgegenzunehmen, und kam nach ein paar Minuten zu Paul zurück und legte ihre Hand auf den Hörer.

»Ist das in Ordnung?«, fragte sie. »Ich hatte noch keine Gelegenheit, sie anzurufen, und sie muss Ruby bald ins Bett bringen. Es könnte ein paar Minuten dauern.«

»Sprich so lange, wie du willst«, erwiderte Paul. Caitlin mochte ihn, das wusste er, und sie würde sich hoffentlich für ihn einsetzen. Es schien ein guter Moment für Tamsen zu sein, um bei einer Freundin Dampf abzulassen. »Ich gehe nicht weg.«

Tamsen ging in ihr Schlafzimmer, um zu reden. Paul wartete. Er beobachtete die Fische in ihrem Aquarium. Er wartete noch etwas, setzte sich auf die Couch. Er holte sich ein Mineralwasser aus ihrem Kühlschrank und setzte sich wieder auf die Couch, und nach ein paar Minuten begann er, nur um sich nützlich zu machen, ihr Aquarium zu säubern, wozu sie offensichtlich noch nicht gekommen war.

Schließlich kam Tamsen wieder aus ihrem Schlafzimmer, fast eine Stunde später. Er hatte durch die geschlossene Tür Lachen gehört. Das war ein gutes Zeichen. Tamsen setzte sich auf das Sofa neben Paul, der sie ansah.

»Wie geht's Caitlin?«, fragte er schüchtern.

»Gut«, sagte Tamsen. »Ihr gefallen die Weingläser, die ich ihr aus Paris mitgebracht habe.«

»Worüber habt ihr sonst noch geredet?«

»Ach, über so einiges«, sagte Tamsen. »Sie hilft mir immer, Dinge in die richtige Perspektive zu bringen.« Er schämte sich, fühlte sich wie im Exil, im Fegefeuer, nicht in der Hölle, aber nah genug, um die Hitze durch seine Schuhsohlen zu spüren.

»Kann ich bitte noch einmal sagen, wie leid es mir tut?«, sagte Paul.

»Klar. Das weiß ich ja.«

»Du musst mir einfach verzeihen.«

»Ich weiß.«

Er wartete. Karen hatte ihn in den Wahnsinn getrieben, weil sie ihm Verzeihung verweigerte, wenn er darum bat, stattdessen hatte sie gesagt: »Da ist nichts zu verzeihen«, was so viel hieß wie: »Du spürst gar keinen Schmerz«, was ihn noch schlimmer machte, anstatt es mit einem einfachen Wort verschwinden zu lassen.

»Kannst du das?«

»Ich will einfach nicht in diese Lage gebracht werden.«

»Was meinst du?«, fragte er.

»Ich bin mir nicht sicher, ob ich es erklären kann«, setzte sie an. »Ich mag einfach nicht, wie mich das vereinnahmt. Ich werde hineingezogen, soll das Problem von jemand anderem lösen, und ich weiß, dass ich das nicht sollte, aber wenn ich es nicht versuche, dann fühle ich mich schuldig. Und wenn sich nicht alles auflöst, dann fühle ich mich noch schlechter.«

»Ich verstehe das nicht.«

»Du hast mein Aquarium sauber gemacht?«

»War das in Ordnung?«

»Danke. – Ich wollte das schon die ganze Zeit tun.«

»Ich bin immer noch durcheinander«, sagte er und kam zu dem aktuellen Thema zurück.

Sie nahm seine Hand, hielt sie in ihren beiden. Die Geste bedeutete ihm mehr, als er ausdrücken konnte.

»Ich meine nicht, ›Es liegt nicht an dir, es liegt an mir‹, es liegt eindeutig an dir«, sagte sie. »Aber es ist mir auch sooo bekannt.«

»Was?«

»Ich lade mir zu viel auf, und dann überwältigt es mich. Ich will mich dann verstecken oder weglaufen. Deswegen wollte ich nicht mit meiner Mutter im Krankenhaus bleiben, als mein Vater starb«, erklärte Tamsen. »Sie sagte zwar, dass sie mich dort brauchte, aber ich wusste, dass sie es nur so sagte.«

»Wo warst du?«, fragte Paul.

»Am anderen Ende des Flurs. Ich habe CNN geschaut. Ohne zuzuhören, die Nachrichten flossen einfach so über mich. Ich hoffte, es würde geschehen, und er würde sterben, wenn ich nicht im Zimmer war. Und ich betete. Ich hatte seit seiner Diagnose gebetet, hatte Gott gebeten, meinen Vater zu retten. Dann, als wir wussten, dass es hoffnungslos war, habe ich zu Gott gebetet, ihn im Schlaf zu holen. Aber ich meinte eigentlich meinen Schlaf.«

»Du bist ans Ende des Flurs gegangen, um fernzusehen«, sagte Paul. »Daran ist nichts falsch.«

»Ich habe mich versteckt«, gestand sie. »Und Gott hat keines meiner Gebete erhört, also beschloss ich da, mit dem Beten aufzuhören, weil es nichts half, ich hatte nur gedacht, ich würde mich dann besser fühlen, und das wollte ich nicht mehr. Ich weiß nicht, warum ich dir das erzähle. Es tut mir leid.«

»Nein, mir tut es leid.«

Sie sah ihn an. »Das ganz sicher. Ich sage ja nicht, dass du nicht auf mich zählen kannst. Ich verlasse niemanden, nur weil derjenige einen Fehler gemacht hat. Was du getan hast. Es tut weh, belogen zu werden. Das tut es einfach. Aber ich kenne dich. Und nur damit du es weißt, ich bin standhaft und nachsichtig. Caitlin hat gesagt, jeder sollte die Chance bekommen, Mist zu bauen. Tief im Innersten glaube ich an dich. Ich weiß, was ich für dich empfinde. Meine Liebe verschwindet nicht. Wenn du es wissen willst, ich wollte nicht kommen, um Schluss zu machen. Ich wollte kommen, weil ich das Gefühl hatte, die Dinge nicht richtig erklärt zu haben, und ich wollte Klarheit.«

»Oh«, sagte er.

»Nicht …« Sie ließ den Gedanken fallen. Er hob ihn nicht für sie auf.

»Es wird nicht wieder passieren.«

Sie sah ihn an. Er vermutete, dass ihr Exmann ihr dasselbe versprochen hat. Es war schwach. Was konnte er sonst sagen?

»Ich will nicht zu viel sagen, weil ich weiß, wie sehr du dich selbst runtermachen kannst«, sagte Tamsen. Sie hielt inne, und er hatte den Eindruck, dass sie ihre Worte sehr sorgfältig wählte. »Hör mal, ich habe Fehler gemacht, wie jeder andere auch. Ich bin niemand, der über andere urteilen kann. Und ich bin auch nicht deine Mutter. Ich finde einfach, dass du dir ein paar der Dinge, die du tust, anschauen solltest und nachdenken, was du gern verändern möchtest. In Ordnung?«

»In Ordnung.« Er nickte.

»Wir können noch weiter darüber sprechen, wenn du möchtest«, schlug sie vor.

»Wegen mir nicht. Es sei denn, du willst.«

»Ich bin müde«, sagte sie. »Meine innere Uhr geht noch fünf Stunden nach.«

»Ich habe dir etwas mitgebracht.« Er ging zu seiner Tasche und holte die Red-Sox-Mütze, die er am Fenway Park für sie gekauft hatte, eine echte Major-League-Baseballkappe und keine dieser verstellbaren Einheitsgrößen-Kappen, die in Supermärkten verkauft wurden. Sie probierte sie an. Sie passte.

»Woher wusstest du meine Größe?«, fragte sie.

»Ich habe nachgemessen.«

»Was hast du gemessen? Ich habe keine anderen Mützen.«

»Ich habe deinen Kopf gemessen«, sagte er.

»Womit?«

»Mit einem Schnürsenkel, als du geschlafen hast.«

»Das ist ein bisschen seltsam. Aufmerksam, aber seltsam. Ich habe dir auch etwas mitgebracht. Warte.«

Während er ihr Aquarium betrachtete, biss ein ungefähr fünf Zentimeter langer Buntbarsch einem kleineren Fisch in den Schwanz. Der Schwanz des kleineren Fischs war schon gezackt durch viele Bisse. Paul erkannte die grausame Logik dahinter, jeder Biss verringerte unaufhaltsam die Fähigkeit des Fischs vorwärtszuschwimmen, sodass er immer langsamer wurde und schließlich leicht zu fangen war.

Als Tamsen zurückkam, setzte sie sich neben ihn auf die Couch, lehnte sich an ihn und reichte ihm ein Geschenk, ungefähr so groß wie eine Kleenexschachtel. Darin, eingewickelt in weißes Seidenpapier, fand er ein Messingmodell des Eiffelturms mit einem Thermometer daran.

»Du sammelst doch Kitschthermometer, oder?«

Er hatte ihr erzählt, wie sein Vater ihm nach einer Reise nach New York ein kleines Empire State Building mit Thermometer gekauft hatte und nach einem Ausflug nach Washington D. C. ein Souvenirthermometer in Form des Washington Monuments. Er war überrascht, dass sie sich daran erinnerte.

»Ich liebe es.« Er war sichtlich gerührt. »Es ist wirklich aufmerksam von dir.«

»Es würde hübsch neben meiner Paul-Bunyan-Schneekugel aussehen.« Sie lächelte.

Vielleicht hatte sie es nicht so gemeint, oder vielleicht interpretierte er bloß etwas in ihre Aussage, was gar nicht da war, griff nach Strohhalmen, aber wenn er sich nicht täuschte, hatte sie gerade darauf angespielt, dass sie irgendwann mal zusammenwohnen könnten.

»Mein Jetlag ist so heftig, dass ich nicht mehr geradeaus sehen kann«, sagte sie. »Stört es dich?«

Sie legte sich auf die Couch, ihren Kopf auf seinem Schoß. Er nahm die Acryldecke von der Rückenlehne und deckte sie wegen der kühlen Nachtluft damit zu. Er streichelte ihr übers Haar.

»Oh, habe ich gesagt, dass ich dir vergebe?«, fragte sie mit geschlossenen Augen.

»Nicht mit genau diesen Worten.«

Sie gab ihm einen Augenblick zum Nachdenken, dann flüsterte sie: »Ich vergebe dir.«

SECHZEHNTES KAPITEL

Aufziehender Sturm

Er behielt Tamsens gute Meinung über den ganzen Sommer. Er hatte fast fünfzehn Pfund abgenommen, seit er mit dem Laufen begonnen hatte und weniger Schokoriegel und Donuts aß. Manchmal lief sie mit ihm. In seinem Wettbewerb mit Stephen hatte er, soweit er das beurteilen konnte, weder an Grund gewonnen noch verloren, obwohl er sich bemühte, nicht zu vergleichen.

Ende August kamen die Studenten zurück. Mädels aus dem Smith College und ihre Mamas und ab und zu auch Dads, die drei Schritte zurückblieben, bummelten durch die Ladenflure und bildeten Schlangen an den Kassen im Zentrum, sie kauften Druckerpatronen und Plastikwäschekörbe und Pinnwände für ihre Wohnheimtüren. Man konnte die Neulinge an dem unsicheren Glanz ihrer Augen erkennen. Er wollte gerade in die Bay State gehen, um eine Bluesband zu hören, als Stella plötzlich in der Tür stand.

»Geh nicht. Etwas wird passieren«, sagte sie.

Sie keuchte. Es war ein warmer Spätsommerabend, vielleicht fünfundzwanzig Grad, aber nicht so warm, dass sie überhitzt sein könnte. Eine Brise wehte, sodass die Luft ganz angenehm war. Spucke tropfte von ihrer Zunge.

»Beruhige dich und sag mir, was passieren wird.«

»Ich weiß nicht. Etwas Schlimmes.«

»Etwas Schlimmes?«

»Paul, bitte …«

»Was? Was soll ich tun?«

»Nicht gehen. Bleib hier. Halte es auf.«

»Was soll ich aufhalten?«

»Das, was passieren wird.«

»Nun, wenn du mir nicht sagst, was du glaubst, was passieren wird, wie kann ich es dann aufhalten?«

Stella war außer sich vor Angst.

Dann hörte er es, entfernt, aber deutlich, ein leises Grummeln, das ein Zug, der langsam durch die Stadt zuckelt, hätte sein können, aber das war es nicht. Er schaute aus dem Fenster in den Himmel. Er sah einen entfernten Blitz. Stella lief hin und her und keuchte, unfähig, zuzuhören.

»Es ist nur ein Gewitter«, sagte Paul. »Du hast schon früher Gewitter erlebt.«

»Dieses hier ist anders«, beharrte sie.

»Wieso ist dieses anders?«

»Ich weiß nicht. Ich weiß es einfach. Ich habe so ein Gefühl.«

»Du hast ein Gefühl. Bist du jetzt eine Hellseherin?«

»Man muss keine Hellseherin sein, um zu wissen, dass etwas Schlimmes passieren wird. Diese Dinge lösen Feuer aus. Ich kann nicht mehr laufen wie früher …«

Noch ein Donner grollte, immer noch entfernt, aber lauter als zuvor, was bedeutete, dass das Gewitter tatsächlich näher kam. Dass sie es vor ihm gehört hatte, war keine Überraschung.

»Soll ich die Fenster schließen? Lass mich …«

»Es ist mir egal, ob du die Fenster schließt«, unterbrach sie ihn. »Was hilft es schon, die Fenster zu schließen?«

Der Himmel wurde von einem Blitz erhellt. Er hörte die

ersten Regentropfen aufs Dach fallen. Die Luft roch nach Ozon, ein Geruch wie rostfreier Stahl oder frisch gemähter Rasen. Sie hatte das Gewitter wahrscheinlich schon gerochen, lange bevor sie den Donner gehört hatte.

»Willst du mit dem Auto fahren?«

»Um Himmels willen, nein!«

Dieses Mal war der Donner laut und explosiv, vielleicht eine Sieben oder Acht auf einer Zehnerskala. Er versuchte, seine Hände auf ihre Ohren zu legen und seine Arme um sie, um sie zu beruhigen, als die Wolken sich öffneten und es plötzlich heftig zu regnen begann. Der Wind schüttelte den kleinen Fliederbusch vor dem Küchenfenster.

»Stella, es ist in Ordnung, du bist drinnen. Dir wird nichts passieren.«

»Halt es auf.«

»Sch, sch … komm mit.«

Er führte sie unter den Küchentisch und sagte ihr, sie solle sich hinlegen. Sie suchte oft Schutz unter dem Küchentisch während eines Gewitters, aber heute Abend war das nicht genug. Er schaltete alle Lichter aus, nahm die Tagesdecke von seinem Bett und warf sie über den Küchentisch, und zwar so, dass der Saum den Boden berührte, dann hockte er sich zu ihr unter den Tisch. Als der Blitz zuckte, hielt die Decke das Licht ab, außer einer dünnen Linie, wo die Tagesdecke den Boden berührte. Er legte seinen Arm um sie und streichelte ihr Gesicht. Sie konnte sitzen, war aber zu nervös, um sich hinzulegen.

»Paul, das gefällt mir nicht. Das ist gefährlich. Das ist ein schlimmes …«

»Sch, sch, sch, da ist keine Gefahr, Stella. Du bist in einem großen, robusten Haus, und du bist hier sehr sicher. Du bist sehr sicher.«

»Dieses Haus ist aus Holz gebaut. Holz kann Feuer fangen.«

»Das ist dein verdammtes Gedächtnis, Stella«, sagte Paul und streichelte sie. »Vor Tausenden von Jahren, damals, als ihr euch noch entwickelt habt und draußen bei den Wölfen gelebt habt ...«

Noch ein Donner krachte.

»Himmel. Scheiße! Entschuldigung, Entschuldigung, o mein Gott ...«

»Erinnerst du dich an die Geschichte über Menschen und Hunde?«

»Nein.«

»Du erinnerst dich nicht?«

»Nein.«

»Wie wir Freunde wurden?«

»Nein.«

Sie schien schrecklich durcheinander, als wüsste sie nicht, wo sie war.

»Erzähl mir die Geschichte noch mal«, bat sie.

»Das mache ich gern.« Er lehnte seinen Kopf an ihren. »Vor Tausenden und Abertausenden von Jahren, damals, als ihr noch mit den Wölfen im Freien gelebt habt, begannen Waldbrände manchmal mit einem Blitzeinschlag, und diejenigen in eurem Rudel, die zu alt waren, um vor dem Feuer wegzulaufen, wurden zurückgelassen, und jetzt hast du das Gefühl, dass dir dasselbe passieren wird, davor hast du also Angst, Stella, das war vor dreißigtausend Jahren. In Hundejahren sind das über zweihunderttausend Jahre.«

»Erzähl mir die Geschichte«, beharrte sie. »Erzähl mir von vor dreißigtausend Jahren.«

»Vor dreißigtausend Jahren wurden Hunde und Menschen zum ersten Mal Freunde. Heute graben Wissenschaftler in den Ruinen alter neolithischer Dörfer, und manchmal finden sie dort Überreste von Hundeknochen und Menschenknochen nebeneinander.«

»Kauten die Hunde auf den Menschenknochen?«

»Nein«, sagte er. »Die Hundeknochen wurden meistens in der Nähe der Abfallhaufen gefunden, was bedeutet, dass manche Hunde Wölfe blieben, aber andere beschlossen, Aasfresser zu werden und von dem zu leben, was die Menschen ihnen übrig ließen, und dann wurden ein paar von euch, die zu Aasfressern geworden waren, sehr intelligent und fanden heraus, wie man sich die Menschen zu Freunden machen kann.«

»Wie haben wir das gemacht?«

»Indem ihr uns in die Augen geschaut habt und keine Angst hattet«, sagte Paul. »Nur die Tapfersten und Klügsten unter euch hatten den Mut, näher zu kommen und den Menschen aus der Hand zu fressen, weil wir bis dahin der Feind gewesen waren. Wir waren beide Wildtiere, Menschen und Hunde, aber irgendwann zu ungefähr derselben Zeit in der Geschichte beschlossen wir, dass es einen besseren Weg gab, zusammenzuleben, und damals sind die Hunde nach drinnen gezogen, anstatt beim Abfallhaufen herumzuhängen. Und den Hunden gefiel es drinnen, weil es warm war und trocken und einfacher, an Futter zu kommen, und aus lauter Dankbarkeit lernten die Hunde, Dinge für die Menschen zu erledigen.«

»Wie Schafe zu hüten?«

»Wie Schafe zu hüten, Karren zu ziehen …«

»Und Menschen zu retten?«

»Und Menschen zu retten, indem sie ihren guten Geruchssinn einsetzten. Hunde haben sogar Kinder vor anderen Tieren der Wildnis beschützt. Hunde waren sehr hilfreich und sehr glücklich, die Essensreste zu bekommen, die

die Menschen ihnen gaben, und die Menschen waren sehr dankbar, die Hunde als Freunde zu haben. Menschen und Hunde hatten gelernt, einander zu lieben, auf eine Art und Weise, wie zwei andere Spezies es nie gelernt haben. Unter all den anderen Tieren auf diesem Planeten hat es nie ein Beispiel von zwei Spezies gegeben, die beschlossen hatten, einander zu lieben.«

»Katzen auch nicht.«

»Nein, Katzen nicht«, sagte Paul. »Menschen lieben Katzen, und Katzen genießen Menschen sicher, aber Katzen geben nicht ihr Leben und sterben für Menschen, so wie Hunde es tun. Katzen schwimmen nicht auf Seen hinaus und ziehen ertrinkende Kinder an Land oder laufen in brennende Häuser oder springen in die Dunkelheit, wenn sie ein bedrohliches Geräusch hören. Und wenn ein Mensch in einer Holzhütte im Wald stirbt, und es gibt eine Katze bei ihm in der Hütte, dann würde eine Katze eher die Leiche des Menschen fressen, als zu verhungern, ein Hund würde eher verhungern, als die Freundschaft zu verraten. Manche Leute sagen, dass das bedeutet, die Katze ist cleverer, aber ich sage, es bedeutet, dass Hunde besser sind.«

»Wenn du also sterben würdest, könnte ich dich nicht fressen?«

»Du würdest es nicht wollen?«

»Das würde ich nicht?«

»Nein?«

»Könnte ich mich auf dir wälzen?«

»Klar, das wäre okay.« Die Blitze und der Donner hatten aufgehört. Es regnete immer noch.

»Also ließen die Menschen die Hunde in ihren Häusern wohnen, weil sie sie liebten, nicht nur, weil sie wollten, dass sie ihre Schafe hüteten.«

»Das stimmt«, sagte Paul. »Und manchmal traf ein Blitz ein Haus, und es fing Feuer, aber das passiert nicht mehr, wegen der Blitzableiter.«

»Was ist ein Blitzableiter?«

»Das ist ein Ding, dass die Elektrizität vom Haus wegleitet.«

»Was ist Elektrizität?«

»Daraus besteht ein Blitz. Es ist jetzt zu schwierig, das zu erklären, aber der Punkt ist, dass es dir im Haus gut geht, weil du in Sicherheit bist und trocken, und ich glaube, das Gewitter ist vorbei. Geht's dir besser?«

Er horchte und hörte nur noch das Geräusch der Regentropfen, die von Bäumen fielen.

»Ein bisschen.« Sie war ruhiger. Sie sah ihn an. »Gehst du noch weg?«

»Nein«, sagte er. »Hast du Lust, im Bett zu liegen und fernzusehen?«

»Klar«, sagte sie. »Das Bett ist der weichste Platz im Haus.«

Er hob die Tagesdecke hoch und ließ sie aus dem improvisierten Schutzraum unter dem Tisch. Als er nach unten schaute, sah er, dass Stella einen Unfall gehabt hatte, sie hatte sich durch das Gewitter vor Angst sozusagen in die Hose gemacht, ein fester Haufen lag auf dem Linoleum unter dem Tisch. Er hob ihn mit Klopapier auf, spülte ihn in der Toilette weg und wischte den Boden sauber. Er fand es nicht notwendig, es ihr zu erzählen. Er machte sie sauber, legte die Tagesdecke wieder auf sein Bett und hob sie auf die Matratze, wo sie sich mit dem Rücken zu ihm hinlegte und ein Bein nach oben reckte, damit er sie am Bauch kraulte. Er kam ihrem Wunsch nach und schaltete die *Tonight Show* an.

»Was ist mit dem weißhaarigen Kerl passiert?«, fragte Stella.

»Johnny Carson?«

»Ja.«

»Er ist vor ein paar Jahren in den Ruhestand gegangen.«

»Ich vermisse ihn. Ich kannte ihn mein ganzes Leben lang.«

»Ich auch.«

»Er war wirklich nett zu Tieren. Diese Nachrichtentypen veräppeln sie immer nur. Was macht er heute so?«

»Ich nehme an, er spielt Tennis.«

»Das ist ein gutes Training«, sagte Stella. »Ich liebe dich, Paul.«

»Ich weiß. Ich liebe dich noch mehr.«

»Ja, wahrscheinlich. Ist bloß Spaß.«

SIEBZEHNTES KAPITEL

Wasserbären

Nachdem Stella eingeschlafen war und ihre Beine zuckten, ging Paul zum Kühlschrank und holte sich ein Bier. Er schlug ein Buch über Protozoen auf und las ein paar Minuten darin, verlor aber die Energie. Es regnete immer noch. Auf CNN verlangten Experten ein Amtsenthebungsverfahren des Präsidenten, weil er über Oralsex in der Garderobe des Weißen Hauses gelogen hatte. Er schaltete den Fernseher aus und loggte sich im Computer ein, wo er sah, dass sein Vater online war.

PaulGus: Geht's dir besser als gestern?
HarrGus: JA
PaulGus: Hattet ihr ein gutes Abendessen? Du musst essen, das weißt du.
HarrGus: JA
PaulGus: Hast du immer noch Schwierigkeiten, dich an Dinge zu erinnern?
HarrGus: JA
PaulGus: Du beschwerst dich nicht. Ich meine nicht jetzt, ich meine früher.
HarrGus: NEIN
PaulGus: Du marschierst einfach weiter.
HarrGus: JA

Vielleicht lag es an seinem Ärger über die CNN-Experten, die Heuchlerei der Republikaner, die päpstlicher taten als der Papst, dabei hatten sie in der Vergangenheit und der Zukunft ihre eigenen Lewinskys, sie kompensierten ihre offensichtliche Erregung über die Enthüllungen im Weißen Haus durch stotternde Empörung.

Menschen waren emotional komplex. Diejenigen, die das nicht waren oder so taten, waren die Ausnahmen. Aus welchem Grund auch immer überlegte er, dass er seinen Vater noch ein bisschen zu einer Betrachtung des Innenlebens anregen sollte.

PaulGus: Theoretisch gut. Praktisch hilft das Kindern nicht, mit ihren Problemen klarzukommen. Kinder sind keine Soldaten. Wenn man sein Leben damit verbringt, seine Probleme runterzuschlucken, erlernen deine Kinder keine anderen Lösungsansätze, als es »wie ein Mann zu nehmen«, wenn sie in der Scheiße sitzen. Entschuldige den Ausdruck.

PaulGus: War nur so ein Gedanke. Du musst darauf nicht antworten.

HarrGus: NEIN

PaulGus: Ich habe mal einen Typen getroffen, der damit angab, dass er nie weinte. Für mich ist das so, als wenn jemand sagte, er lache nie. Ein emotionaler IQ von null. Jeder, der daran glaubt, dass Gott uns erschaffen hat, muss zugeben, dass er uns allen eine komplette Bandbreite an Emotionen mitgegeben hat, um uns durchs Leben zu helfen, stimmt's?

HarrGus: JA

PaulGus: Verletzt es nicht die Ehre Gottes, die Werkzeuge, die er uns gegeben, nicht zu nutzen? Ich meine ja nur, unseren eigenen Herzen gegenüber offen zu sein und ihnen zu vertrauen. Eine gute Idee, findest du nicht?

HarrGus: JA

PaulGus: Wie in den alten Western, in denen der Cowboy eine Ladung Pfeile abbekommt und ohnmächtig wird und sein Pferd den Weg nach Hause findet. Überlasst dem Herzen die Führung.

HarrGus: JA

PaulGus: Meines würde wahrscheinlich in der Dunkelheit von einer Klippe spazieren.

HarrGus: JA

PaulGus: Du musst nicht so schnell zustimmen. Hast du je eine andere Frau als deine Ehefrau geliebt?

HarrGus: NEIN

PaulGus: Und noch was: Was glaubst du, wer weiß mehr über Liebe, jemand, der eine Reihe komplexer und intensiver Beziehungen mit unterschiedlichen Leuten hatte, oder jemand, der eine einzige, lange, tiefe, befriedigende Beziehung mit nur einer Person hatte?

PaulGus: Ich kann das auch nicht beantworten. Ich dachte immer, ich wüsste alle Antworten. Dann dachte ich, ich wüsste vielleicht ein paar der Antworten. Jetzt bin ich mir nicht mal mehr sicher, ob ich die Fragen verstehe. Niemand weiß irgendwas.

HarrGus: JA

PaulGus: Hast du deine Eltern geliebt?

HarrGus: JA

PaulGus: Nur so, liebst du deinen Sohn Paul?

HarrGus: NEIN

Es war, als könnte er die Stimme seines Vaters hören, obwohl das Wort NEIN nur aus ein paar Pixeln auf dem Bildschirm bestand.

Er schaltete den Computer aus und setzte sich auf die Verandaschaukel. Er hörte etwas piepsen. Irgendein Vogel hatte ein Nest im kaputten Fallrohr unter der Dachrinne gebaut. Er lauschte dem Regen, dem Verkehr, der Nacht, dann ging er wieder an den Computer und online, froh, dass Tamsen Zeit hatte.

TamsenP: du bist noch spät auf.
PaulGus: Am Arbeiten. Du aber auch.
TamsenP: am arbeiten. regnet es bei dir?
PaulGus: Ja. Vor einer Weile donnerte es ziemlich laut. Stella hat Panik bekommen.
TamsenP: hier schüttet es. wie geht's mit deinem buch voran?
PaulGus: Ich recherchiere. Ich habe hier ein Buch, in dem ein mikroskopisch kleines Tier vorgestellt wird, es heißt Wasserbär und kann fünfundachtzig Jahre ohne Wasser bei Temperaturen zwischen zweihundertsiebzig Grad unter null und hundertfünfzig Grad über null überleben. Sie können sogar im Vakuum des Weltalls überleben, unter dem Bombardement kosmischer Strahlung.
TamsenP: warum heißt es wasserbär, wenn es auch ohne wasser leben kann?
PaulGus: Weil sie sich völlig dehydrieren können und dann, Jahre später, wenn es regnet, wieder zum Leben erwachen, nehme ich an. Wie Salinenkrebse.
TamsenP: tut mir leid, wenn ich kein guter gesprächspartner bin. ich bin nicht gerade bester laune. sie haben heute fünfhundert leute entlassen. ich habe versucht, dich anzurufen.

PaulGus: Es tut mir leid. Du wurdest aber nicht entlassen, oder?

TamsenP: ich nicht, aber ich glaube, es ist ein vorzeichen für das, was noch auf uns zukommt. wir haben millionen dollar verbrannt, und jetzt versuchen sie, den ganzen laden an jeff bezos zu verkaufen.

PaulGus: An wen?

TamsenP: amazon.com. kauf aktien, wenn du geld übrig hast. das wird ein riesengeschäft.

PaulGus: Ich dachte immer, das hätte was mit Lesben zu tun. Amazonen und so.

TamsenP: es hat nichts mit lesben zu tun.

PaulGus: Musst du dich jetzt nach einer neuen Arbeit umsehen?

TamsenP: kannst du ein geheimnis für dich behalten? ich muss gar nicht suchen. ich habe einen anruf von der konkurrenz bekommen, sie wollen mich weglocken. bottlerocket.com

PaulGus: Was machen die?

TamsenP: die machen auch nichts, aber sie machen viel mehr dinge nicht, als wir nicht tun. es ist einfach wirklich schwer. leute haben alles aufgegeben und sind mit ihren familien hierhergezogen.

PaulGus: Es tut mir leid für dich. Und für deine Freunde.

TamsenP: wie geht's dir?

PaulGus: Ich habe selbst eine ziemlich schwierige Nacht.

TamsenP: was ist passiert?

PaulGus: Mein Vater hat mir gesagt, dass er mich nicht liebt. Sonst ist alles super.

TamsenP: was meinst du? ich verstehe nicht.

Er kopierte das gesamte Gespräch und schickte es Tamsen, die sagte, sie brauche etwas Zeit, um es zu lesen. Er las über Wasserbären. Wenn man davon ausgeht, dass es einen allwissenden und gütigen Schöpfergott gibt, der über ein sinnvolles Universum regiert, warum verleiht er die dramatischsten Überlebensmechanismen einem so simplen Organismus? Hieß es nicht, Gott bevorzugte den Menschen vor allen anderen? Warum machte er den Menschen zum schwächsten, verletzlichsten? Wasserbären konnten bei minus zweihundertsiebzig Grad fast ein Jahrhundert überleben. Paul wollte davonkriechen und auf ein einziges Wort hin sterben.

TamsenP: interessant.

PaulGus: Ich hatte den Eindruck, als liefe es ziemlich gut. Wir sprachen über Liebe.

TamsenP: du bist dir sicher, dass er dich nicht aufzieht?

PaulGus: Nicht seine Art von Humor.

TamsenP: du weißt, dass du ein guter mensch bist, nicht wahr? du musst das nicht von ihm hören, um es zu wissen. du bist liebenswert. viele leute lieben dich. bloß weil dein vater nicht mit gefühlen umgehen kann, musst du dich nicht fertigmachen. du bist total in ordnung.

PaulGus: Theoretisch.

TamsenP: paulie, paulie, paulie – das muss ein missverständnis sein. es ist nicht seine schuld. er hatte einen schlaganfall. du kannst nicht alles, was er sagt … ich wollte ernst nehmen schreiben, aber vielleicht meine ich wortwörtlich nehmen. du musst es mit viel, viel vorsicht aufnehmen. und all den kram vergessen und auf den tag warten, an dem er wieder rationaler ist. er ist nicht er selbst.

PaulGus: Er ist nicht irrational. Sein Gehirn arbeitet normal, außer dass es seinem Körper nicht sagen kann, was er tun muss. Er ist derselbe Mann.

TamsenP: das weißt du nicht. menschen, die einen schlaganfall erlitten haben, haben alle möglichen probleme. er kann nicht sprechen. er kann keine klärenden fragen stellen. er kann dir nicht sagen, was er denkt. er kann nur ja oder nein klicken. ich bin mir sicher, dass er dir erklären würde, was er meint, wenn er sprechen könnte.

PaulGus: Da ist aber nichts Mehrdeutiges an der Frage »Liebst du deinen Sohn Paul?« Ich begreife nicht, wie er das falsch interpretieren könnte.

TamsenP: er ist nicht er selbst. vergiss es einfach. er hat baseball mit dir gespielt und football und dich durchs college gebracht. ihr hattet ein paar unstimmigkeiten. nichts, was nicht zu erwarten gewesen wäre. glaubst du wirklich, er kann sagen, dass er dich nicht liebt?

PaulGus: Du hast absolut recht.

TamsenP: es muss sehr wehgetan haben, das zu lesen.

PaulGus: Ich habe immer gedacht, wenn mein Dad zum Beispiel Golf spielt und sie brauchten jemanden als vierten Spieler und da wäre so ein Typ wie ich, der auf dem Golfplatz herumhängt, ein liberaler, humanistischer, agnostischer Pro-Abtreibung-, Anti-Todesstrafe-Demokrat, der gern in Kneipen geht und Musik hört und Bier trinkt, wenn mein Dad einen Typen genau wie mich träfe, dann würde er ihn nicht mögen. Er würde zu sich sagen: »Dieser Mann ist nicht auf meiner Wellenlänge.«

TamsenP: du hast nicht recht. sie lieben dich. sie kennen dich. sie haben dich aufwachsen gesehen. sie haben deine windeln gewechselt. sie haben deine kacke gesehen. lass es ruhen. sie kennen dein wahres gesicht, und sie akzeptieren es und lieben es. mach es dir nicht so schwer.

PaulGus: Ich werde es versuchen.

TamsenP: ich habe in zwei tagen wieder eine konferenz in worcester. vielleicht komme ich nach northampton, wenn sie vorbei ist. wäre das okay?

PaulGus: Das wäre schön.

TamsenP: ich rufe dich an, wenn ich mehr weiß. kannst du warten?

ACHTZEHNTES KAPITEL

Dranbleiben

Als Tamsen zwei Tage später kam, erzählte ihr Paul von einem schrecklichen Traum, den er gehabt hatte, einer, der nicht gerade schwierig zu interpretieren war. Er war mit seinen Eltern in einem riesigen Einkaufszentrum gewesen. Sie wurden getrennt und fanden sich nicht mehr, was ihn völlig panisch werden ließ, obwohl er ein Erwachsener war und kein Kind. Schließlich fand er seine Mutter, die ihm sagte: »Dein Vater ist nicht mehr unter uns. Sein Herz ist stecken geblieben.«

»Kannst du deinen Vater jetzt online bekommen?«

Sie war kurz vor sechs angekommen. Paul bekochte sie und für seine Standards richtig gut, Scaloppine aus Kalbfleisch in einer Senfsahnesauce mit einem Waldpilzrisotto, dazu einen spektakulären Chianti, zumindest hatte ihn der Weinverkäufer so genannt. Er wollte etwas Besonderes für Tamsen machen, als Dankeschön für alles, was sie für ihn getan hatte. Sie sagte, ihr Kochlehrer wäre begeistert gewesen. Stella lag unter dem Küchentisch auf der Lauer nach Essensresten.

»Wahrscheinlich«, antwortete Paul. »Ich glaube nicht, dass er irgendwohin geht. Warum?«

»Dein Traum hat mich auf eine Idee gebracht.«

Paul rief seine Mutter an, und sie schaltete den Computer

an und bereitete ihn für seinen Vater vor. Als sie bereit waren, fragte Paul Tamsen, was er schreiben solle.

»Ich fange normalerweise damit an, dass ich ihn frage, wie es ihm geht«, sagte Paul.

»Dann tu das«, sagte sie.

PaulGus: Wie geht's dir heute? Besser?
HarrGus: NEIN
PaulGus: Dann machen wir's heute ganz locker. In Ordnung?
HarrGus: JA
PaulGus: Hier ist heute ein wunderschöner Tag. Ist es bei euch auch schön?
HarrGus: NEIN
PaulGus: Also wir genießen das sonnige Wetter sehr. Hast du in letzter Zeit Golf im Fernsehen gesehen?
HarrGus: JA
PaulGus: Ich finde diesen Kerl, Tiger Woods, umwerfend. Findest du nicht?
HarrGus: JA

»Das führt nirgendwohin«, sagte Paul zu Tamsen.

»Sag ihm, dass du glaubst, dass der Vater von Tiger Woods sehr stolz auf ihn sein muss«, schlug Tamsen vor.

»Warum tippst du nicht?« Paul stand vom Stuhl auf und bot ihr die Tastatur an. »Er wird den Unterschied nicht merken.«

»Paul, bitte …«

»Wenn du etwas Bestimmtes im Sinn hast, dann mach nur.« Paul deutete auf den leeren Stuhl. »Ich erteile dir die Erlaubnis. Es ist besser, als mir zu sagen, was ich tippen soll. Wenn es zu lange dauert, verliert er die Konzentration.«

Tamsen setzte sich an die Tastatur.

PaulGus: sein vater muss sehr stolz auf ihn sein.
HarrGus: JA
PaulGus: das letzte mal habe ich dich gefragt, ob du deinen sohn paul liebst. erinnerst du dich daran?
HarrGus: JA
PaulGus: bist du stolz auf deinen sohn paul?
HarrGus: NEIN

»Toll.« Paul winkte ab. »Jetzt fühle ich mich *viel* besser.«

»Warte eine Minute«, sagte sie.

»Was hat das mit meinem Traum zu tun?«

»Ich bin mir nicht sicher«, antwortete sie. »Er hat mich nur auf die Idee gebracht, dass du es vielleicht umgedreht hast.«

»Wie habe ich es umgedreht?«

»Du hast ihn nicht verloren«, sagte sie. »Er hat dich verloren. Er ist derjenige, der den Schlaganfall hatte.«

PaulGus: liebst du deinen sohn paul?
HarrGus: NEIN
PaulGus: dann lass mich diese frage stellen. hast du einen sohn namens paul.
HarrGus: NEIN
PaulGus: wenn du einen sohn namens paul hättest, dann würdest du ihn lieben, nicht wahr?
HarrGus: JA
PaulGus: aber soweit du weißt, hast du keinen sohn namens paul?
HarrGus: NEIN
PaulGus: ich bin ein bisschen durcheinander, warum du das sagst. bist du immer noch wegen mancher dinge verwirrt?
HarrGus: JA
PaulGus: weißt du, welcher tag heute ist? oder welches jahr?

HarrGus: NEIN

PaulGus: weißt du die namen all der leute, die dich besuchen kommen?

HarrGus: NEIN

PaulGus: manchmal vergisst du sie?

HarrGus: JA

PaulGus: hast du einen sohn namens carl?

HarrGus: JA

PaulGus: und eine tochter namens elizabeth?

HarrGus: JA

PaulGus: und das weißt du, weil sie dich besuchen kommen und dir sagen, wer sie sind?

HarrGus: JA

PaulGus: aber niemand mit dem namen paul kommt dich besuchen?

HarrGus: NEIN

PaulGus: sagt dir der name paul gustavson etwas?

HarrGus: JA

PaulGus: ist diese person mit dir verwandt?

HarrGus: JA

PaulGus: ist diese person dein Vater?

HarrGus: JA

PaulGus: und du denkst, es ist dieser paul, mit dem du über den computer sprichst?

HarrGus: JA

PaulGus: du siehst es also so, dass du mit deinem vater sprichst? dass du jedes mal mit deinem vater gesprochen hast?

HarrGus: JA

»Also *jetzt* wird's interessant«, sagte Paul.

Er kannte sich in der Familiengeschichte nicht besonders gut aus. Er erinnerte sich an seinen Großvater und Namenspaten als ruhigen, strengen, bescheidenen Mann, ein Architekt, der Bahnhöfe und Betriebshöfe für die Northern Pacific Railway entworfen hatte. Er gab jedem zum Geburtstag fünf Dollar, immer ein glatter, frischer Schein, der in speziellen Karten steckte, die eine Lücke hatten, sodass man vorn Abraham Lincolns Gesicht sah. Vier seiner Söhne hatten im Zweiten Weltkrieg gekämpft und drei waren zurückgekommen, Inger, seinen Zweitältesten, hatte er bei der Invasion in der Normandie verloren. Harrold hatte im Pazifik gedient. Weder Pauls Vater noch seine Onkel sprachen je über das, was während des Krieges geschehen war. Pauls Großvater war gestorben, als Paul neunzehn war.

»Dann hat Harrold also die ganze Zeit über gedacht, er spräche mit seinem Vater«, sagte Paul.

»Anscheinend«, erwiderte Tamsen.

»Ich muss unsere früheren Gespräche noch mal durchlesen. Tausch den Platz mit mir.«

Paul tippte.

PaulGus: Ich nehme an, dass es ein kleines Durcheinander gegeben hat. Glaubst du, ich bin dein Vater?

HarrGus: JA

PaulGus: Ich muss mich entschuldigen, Harrold. Und ich wollte dir sagen, wie leid es mir tut, dass du einen Schlaganfall hattest. Es muss so vieles geben, das du mir gern sagen würdest. Dinge, die du mir nicht sagen konntest, als ich noch am Leben war.

HarrGus: JA

»Was tust du da?«, fragte Tamsen.

»Ich tue so, als wäre ich mein Großvater«, antwortete Paul. »Wenn er mich schon für ihn hält.«

»Das ist eine Lüge«, sagte Tamsen.

»Ich weiß. Aber wann wird er noch mal die Chance bekommen, mit seinem Vater zu sprechen?«

PaulGus: Ich bin sehr stolz darauf, wie du damit umgehst. Ich bin stolz darauf, wie du dein Leben gelebt hast. Du bist ein guter Mann und ein guter Vater. Ich kann mir denken, dass es Zeiten gab, in denen du das Gefühl hattest, ich hätte ein besserer Vater sein können.

HarrGus: JA

PaulGus: Ich habe es nie oft genug gesagt, aber ich möchte, dass du weißt, dass ich dich immer geliebt habe, auch wenn ich es nicht immer ausdrücken konnte.

HarrGus: JA

PaulGus: Wir haben dich beide geliebt, deine Mutter und ich. Und wir waren immer stolz auf dich, auch wenn ich mal rau oder streng mit dir gewesen bin, wenn ich dir etwas beibringen oder dich korrigieren wollte, wenn du einen Fehler gemacht hast. Wir waren immer sehr stolz auf dich. Wusstest du das?

HarrGus: NEIN

PaulGus: Nun, das waren wir. Wir lieben dich. Ich liebe dich.

HarrGus: JA

PaulGus: Ich muss jetzt gehen.

HarrGus: NEIN

PaulGus: Ich muss. Ich kann nicht bleiben. Aber Harrold, wenn das nächste Mal jemand mit dir über den Computer spricht, dann werde ich das nicht sein, es wird dein jüngster Sohn Paul sein. Du hast drei Kinder, Carl, Elizabeth und Paul. Paul wird dich als Nächster kontaktieren. Verstehst du?

HarrGus: JA

PaulGus: Erinnerst du dich jetzt an deinen jüngsten Sohn Paul?

HarrGus: JA

PaulGus: Liebst du deinen jüngsten Sohn Paul?

HarrGus: JA JA JA JA JA

PaulGus: Gut. Ich muss jetzt Schluss machen.

NEUNZEHNTES KAPITEL

Casablanca

Sie sprachen beim Abendessen darüber. Es war immer noch ein bisschen überwältigend. Paul machte sich Sorgen, dass er in seinen früheren Gesprächen etwas Falsches gesagt haben könnte, aber Tamsen meinte, er solle sich nicht rückblickend fertigmachen. Es brach ihm das Herz, daran zu denken, wie verwirrt und verloren sich sein Vater fühlen musste. Ihm fiel kein anderer Weg ein, um die Situation wieder geradezurücken, als mit der Zeit alles verblassen zu lassen. Er dankte Tamsen dafür, es für ihn herausgefunden zu haben. Sie lehnte seine Dankbarkeit ab, verhielt sich so, als hätte das doch jeder getan. Und doch, obwohl Paul sich ihr näher fühlte, spürte er, dass es ihr nicht so ging. Er fand, dass sie irgendwie merkwürdig wirkte oder distanziert, als hätte sie jetzt, da sie alles wegen seines Dads geregelt hatte, etwas anderes im Kopf.

Stella fand, das Kalb schmeckte wie Huhn. Tamsen schätzte das aufwendige Essen, aß aber recht schnell, anstatt es zu genießen. Als sie ihm beim Kaffee nach dem Essen eröffnete, dass sie wirklich wieder zurückfahren müsse, bat Paul sie, zu bleiben, er sagte, er habe einen Film ausgeliehen und gehofft, sie würde ihn mit ihm auf dem Sofa anschauen und bei ihm übernachten. Sie argumentierte, sie habe keine Wechselkleider dabei, was keinen Sinn ergab, weil sie bei ihren früheren Besuchen Schubladen voller Kleider hiergelassen hatte.

»Welchen Film hast du ausgeliehen?«, fragte sie schließlich.

»*Casablanca.* – Du hast gesagt, du wolltest ihn schon immer mal sehen.« Das sollte ihm ein paar entscheidende Punkte in der Bewertung aufmerksamer/umsichtiger Freund bringen.

»Ja, das habe ich wohl mal gesagt.«

Er goss ihnen beiden noch ein Glas Wein ein, holte eine Decke vom Bett und setzte sich neben sie auf die Couch. Sie hob Stella zu ihnen hoch, der Kopf des Hundes ruhte in Tamsens Schoß.

Erst als der Film fast zu Ende war und die Nazis zum Flughafen rasten, wurde Paul bewusst, was er getan hatte. Was hatte er sich nur dabei gedacht, ihr die berühmteste Dreiecksgeschichte der Filmgeschichte zu zeigen? Was für ein Idiot er war! Es war wie eine Szene aus einem Woody-Allen-Film. Wenn er darüber nachdachte, dann war es ein Woody-Allen-Film. Er konnte sehen, dass der Film sie traf. Er überlegte, den Film anzuhalten und vorzuschlagen, zu Bett zu gehen, ohne ihn zu Ende zu schauen, aber dafür war es jetzt schon zu spät. Was für ein Idiot! Wenn Kunst der Seele den Spiegel vorhalten soll, dann hatte er ihr gerade einen mannshohen Vergrößerungsspiegel vorgehalten. Am Ende des Films flossen ihr Tränen über die Wangen. Hinterher presste sie schluchzend ihren Kopf an seine Brust, und er wusste warum, noch bevor sie sprach. Er hielt sie fest und streichelte ihr übers Haar.

»Das ist doch ein großartiger Film, oder?«, setzte er schließlich an, um ihr so die Möglichkeit zu geben, so zu tun, als sei sie nur traurig, weil Bogie und Ingrid Bergman nicht zusammenkamen. Sie setzte sich auf und sah ihn an, versuchte zu lächeln.

»Himmel, ich kann das einfach nicht weitermachen«, sagte sie und schniefte. »Ich ertrage es nicht mehr, dass meine Gefühle in so viele Richtungen gerissen werden. Es zerreißt mich. Glaub mir, es ist absolut meine eigene Schuld, und ich habe kein Recht, mich zu beschweren. Ich übernehme die volle Verantwortung. Ich werde nicht sagen: ›Übernimm das Denken für uns beide‹. Das ist alles ganz allein meine Sache.«

»Was meinst du?«, fragte er. »Erzähl mir, was los ist.«

»Das Übliche.« Wieder schluchzte sie und war offensichtlich wütend auf sich selbst. »Es muss sich etwas ändern, Paul. Es ist einfach zu schwer. Ich schlafe nicht mehr. Ich habe Schatten unter den Augen.«

»Ist etwas passiert?« Er konnte kaum schlucken.

»Nichts Konkretes«, sagte Tamsen. »Es ist nur, dass Stephen und ich letzten Abend miteinander gesprochen haben. Es macht ihn auch wahnsinnig. Es muss dich auch beeinträchtigen, oder? Es tut niemandem gut. Du kannst auch nicht glücklich über die Situation sein.«

»Ich bin glücklich, wenn du hier bist«, gestand Paul. »Wenn du nicht hier bist, dann bin ich wie betäubt und versuche, nicht daran zu denken.«

Sie bog ihren Kopf zu ihm und küsste ihn.

»Ich bin auch glücklich, wenn ich bei dir bin«, sagte sie. »Aber wenn ich bei dir bin, mache ich Stephen unglücklich, und das hasse ich. Und wenn ich bei ihm bin, mache ich dich unglücklich, und das hasse ich auch. Was auch immer ich mache, ist falsch. Es hat eine Weile funktioniert, aber das tut es nicht mehr. Ich hätte es besser wissen müssen.«

»Ist es falsch, dass du hier sitzt?«, fragte Paul. »Ich finde es ziemlich richtig.« Aber er würde nicht versuchen, sie davon zu überzeugen, ihn zu wählen. Sosehr er mit ihr zusammen sein wollte, wusste er im Innersten, dass sie das Gefühl haben musste, frei entscheiden zu können. Es gab Dinge, die sie wollte. Selbst ein Idiot konnte sehen, dass Stephen sie ihr wahrscheinlich besser geben konnte als Paul, und wenn das stimmte, dann wäre es das Richtige für Paul, sich zurückzuziehen und ihr nicht im Weg zu stehen. Vielleicht beeinflusste ihn der Film auch. *Wenn dieses Flugzeug ohne dich abhebt, wirst du es bedauern. Vielleicht nicht heute und auch nicht morgen, aber bald und dann für den Rest deines Lebens.* Wenn sie Stabilität, Sicherheit, eine Familie wollte, dann war Stephen der Bessere. Paul erkannte das. Sie sicherlich auch. Das waren einfach die Tatsachen.

»Was denkt Stephen?«, fragte Paul.

»Er möchte, dass ich dich nicht mehr treffe«, antwortete sie. »Er ist zu höflich, um es wie ein Ultimatum zu formulieren, aber er hat das Gefühl, solange ich noch etwas für dich empfinde, werden wir nie wissen, was wir zusammen hätten haben können. Ich habe das jetzt nicht besonders klar ausgedrückt.«

»Das musst du nicht. Ich habe es verstanden.«

»Er weiß übrigens nicht, dass ich hier bin.« Sie holte tief Luft. »Er wird sich aufregen, wenn ich es ihm erzähle. Ich wollte die Nacht wirklich nicht hier verbringen. Ich hatte es mir versprochen. Und ich muss es ihm sagen. Ich werde nicht anfangen zu lügen. Das ist keine Option.«

»Das kann für dich nicht leicht sein«, gab er zu.

»Ich kann niemandem außer mir selbst die Schuld dafür geben.« Sie nahm seine Hände und sah ihm in die Augen. »Ich wollte dich kennenlernen. Das will ich immer noch. Du bist ein wertvoller Teil meines Lebens. Ich kann mir nicht vorstellen, dass du nicht mehr dazugehörst. Und all diese anderen Teile in deinem Leben, die so ... im Wechsel sind ... sind irgendwie egal. Oder doch nicht. Es tut mir leid, dass ich so durcheinander bin. Ich dachte, wir könnten das tun und offen und ehrlich dabei sein. Ich war egoistisch, und das ist unfair. Für jeden.«

»Was soll ich tun?«, fragte er.

Sie antwortete nicht sofort. Sie schien mit ihrem Gewissen zu kämpfen. Schließlich legte sie ihre Hand in seinen Nacken und zog ihn zu sich, küsste ihn sanft, heftig, feucht. Ihre Augen glänzten.

»Ich will, dass du mich ins Bett bringst und mich liebst«, sagte sie.

Wenn.

Er.

Es.

Nur.

Könnte.

Das Versagen war praktisch garantiert. Ein *Fait accompli*.

Er brachte sie aber trotzdem ins Bett, wo er alles tat, damit Tamsen sich geliebt fühlte, während der Paul an der Decke zusah. Er versuchte, sich Zeit zu lassen, tief einzuatmen, sich zu entspannen, langsam zu machen und seinen gestörten Doppelgänger zu ignorieren. Paul an der Decke erinnerte Paul im Bett ständig daran, dass er vielleicht keine weitere Chance bekam, wenn er seine Impotenz nicht heute Nacht überwand. Paul im Bett sagte Paul an der Decke, dass er diesen Druck wirklich nicht gebrauchen könnte.

Am Ende war das Beste, was Paul im Bett tun konnte, Tamsen zu halten, bis ihr leichtes Schnarchen ihm sagte, dass sie eingeschlafen war. Er schlug die Augen auf und starrte auf den Punkt, an dem Paul an der Decke sich befunden hatte, aber der Paul an der Decke war weg. Paul im Bett war übel. Er stand auf und ging in die Küche, um Wasser zu trinken.

»Wie lief es?«, fragte Stella ihn.

»Ich habe es nicht geschafft. Es funktioniert nicht.«

»Du machst dir wieder zu viele Gedanken.«

»Ich weiß«, erwiderte er. »Warum hast du dieses Problem nie?«

»Wenn ich mir diese Frage stellen würde, würde ich mir schon zu viele Gedanken machen.«

»Ich wünschte, ich wäre mehr wie du«, sagte er. »Mir gefällt nicht, wie ich bin.«

»Dann verändere dich«, forderte sie.

»Das versuche ich.«

»Ich weiß. Das ist das Wichtigste.«

Er hörte ein Geräusch aus dem Schlafzimmer, das Bett quietschte, als Tamsen sich umdrehte.

»Ich glaube nicht, dass sie noch lange bei mir sein wird«, flüsterte Paul. »Ich glaube, sie fängt gerade an, eine Entscheidung zu treffen. Sie glaubt, ich bin zu anstrengend.«

»Woher weißt du, dass der andere Typ nicht auch zu anstrengend ist?«, fragte Stella.

»Möglich«, gab Paul zu.

»Sie entscheidet, nicht wahr? Irgendwie hat jeder seine Arbeit. Alles, was du tun kannst, ist, du selbst zu sein. Du bist ein sehr einfühlsamer Mensch. Was könntest du sonst noch tun?«

»Ich könnte zur Seite treten und es ihr leichter machen.«

»Wie der Typ im Film? Der im weißen Smoking.«

»Ja, wie er. Ich passe nicht in eine noble Rolle.«

»Ich verstehe nicht, was du meinst.«

»Das ist ein Satz aus dem Film«, erklärte Paul, »bevor er sie zu Victor Laszlo ins Flugzeug setzt.«

»Ja, aber warum hat sie nicht einfach gesagt: ›Nein, danke, ich bleibe lieber hier bei dir.‹? Wäre das nicht vernünftiger gewesen?«

»Sie wollte, dass Bogart für sie beide denkt«, sagte Paul. »Außerdem kamen die Nazis.«

»Kommen die Nazis jetzt auch?«

»Das hoffe ich ganz sicher nicht.«

»Glaubst du, dass Tamsen möchte, dass du für euch beide denkst?«

»Sicher nicht.«

»Ich gebe auf. Du hast schon genug zum Nachdenken für einen Menschen«, meinte Stella.

»Oder mehr als genug«, sagte Paul. »Musst du Gassi gehen?«

»Nein.«

Er trug ihren Wassernapf an die Spüle, kippte das alte Wasser aus und ließ frisches hineinlaufen. Stella stand mühsam auf, rutschte auf dem Linoleumboden fast aus, bevor sie sich fing, dann ging sie steif zum Napf, wo sie langsam trank.

Er ging zurück ins Bett, setzte sich auf den Rand der Matratze und beobachtete die schlafende Tamsen. Sie lag auf der Seite und trug eines seiner weißen Hemden als Nachthemd, der Kragen war wie ein Rahmen um ihr Gesicht hochgeschlagen. Er fragte sich, wie lange noch... dann nahm er Stellas Rat an und hörte auf, zu viel zu grübeln. Er legte sich neben Tamsen und verbarg sein Gesicht an ihrer Brust, er spürte das warme Auf und Ab ihrer weichen Haut, während sie ein- und ausatmete. Sie wachte gerade genug auf, um ihren Arm über ihn zu legen und ihn näher zu ziehen, sie murmelte ganz leise etwas, das er kaum verstand, etwas, das mit: »Du musst nicht...« begann, bevor es unverständlich wurde.

Er wollte sie wecken und sie fragen: »Was muss ich nicht?«, aber er ließ es sein, es bestand das Risiko, dass sie im Traum gar nicht mit ihm gesprochen hatte.

ZWANZIGSTES KAPITEL

Zeit

Eines Nachts wachte Paul auf dem Sofa auf. Es war zwei Uhr früh und über dreißig Grad warm, Oktober, aber Altweibersommer, feucht, die Luft bewegte sich nicht, die Vorhänge hingen schlapp und ruhig am offenen Fenster. Eine Motte flatterte kurz gegen das Fliegengitter, dann verschwand sie in die Nacht. Von allen Dingen, die er bei der Trennung an Karen verloren hatte, war die Klimaanlage das Einzige, über das er sich hätte streiten wollen, aber zu dem Zeitpunkt war er schon zu erschöpft, um zu kämpfen. Ihre inneren Thermostate passten überhaupt nicht zueinander, ihr war immer zu kalt, wenn er sich wohlfühlte, oder sie fühlte sich wohl, und ihm war zu heiß, und sie fühlten sich nie zur gleichen Zeit wohl, auch wenn er sich nie beschwert hatte. Wenn man in Minnesota aufwächst, hatte er Tamsen erklärt, lernt man früh, seine Gedanken übers Wetter für sich zu behalten, auf einem gefrorenen Spielplatz im Januar, wo alle genauso froren wie man selbst, hätte jammern nichts verändert und alle genervt.

Stella spürte die Hitze auch, ihr Atmen klang angestrengt, hechel, hechel, *hechel*, hechel, hechel, *hechel* in einem Rhythmus, den er von ihrer Decke aus, auf der sie lag, hören konnte. Paul fühlte sich selbst schon unwohl, man stelle sich nur vor, so eine Nacht in einem Pelzmantel zu verbringen. Wenn es morgen noch heiß war, dann würde er Stella zum

Brunnen vor dem Gerichtsgebäude bringen, sodass sie sich im Becken abkühlen könnte. Wenn es morgen noch so heiß war, würde er mit ihr reinspringen.

Er stand auf und setzte sich auf die Veranda.

Er saß in seinen Boxershorts auf der Schaukel und schaukelte ganz langsam, damit die Kette nicht quietschte. Alle Fenster im Studentenwohnheim auf der anderen Straßenseite waren dunkel. In warmen Nächten, wenn die Leute mit offenem Fenster schliefen, hörte er manchmal Paarungsschreie und koitales Brüllen von sexy Studentinnen und Collegejungen, die die Freuden der erektilen Dysfunktion erst noch erfahren mussten.

Er hörte einen Zug pfeifen und lauschte, während der Zug durch die Stadt fuhr. Die Gleise lagen einen halben Block von seinem Haus entfernt. Das Geräusch von Zügen ging ihm direkt zu Herzen, das entfernte Grummeln beim Näherkommen, dann das donnernde Crescendo, wenn sie vorbeifuhren, und schließlich der leiser werdende Rhythmus, wie die Erinnerung an die Liebe, wenn die Liebe weg ist. Es war beruhigend.

In der folgenden Stille hörte Paul, dass Stella aufwachte. Sie grunzte und keuchte, um ihre Hinterläufe zu bewegen, und tappte in die Küche. Das Klacken ihrer Krallen auf dem Holzboden war so beruhigend wie die Eisenräder des Zugs. Er hörte sie zurückkommen, stehen bleiben, dann öffnete sie die Fliegentür mit der Nasenspitze, um auf die Veranda zu kommen, wo sie hechelnd und mit heraushängender Zunge dastand.

»Was ist los?«, fragte er.

»Eine heiße Nacht.«

»Sehr warm«, stimmte er zu. Er lauschte, als ein Auto quietschend über die King Street fuhr.

»Es ist Zeit, Paul.«

»Zeit wofür?«, fragte er.

»Du weißt, was ich meine«, sagte sie. »Es ist Zeit.«

Er dachte über ihre Worte nach. Er wusste natürlich, dass sie es ihm eines Tages sagen würde.

»Was meinst du damit, ›es ist Zeit‹?« Er zögerte, während ihm die Bedeutung ihrer Worte klar wurde. »Warum? Warum jetzt?«

»Komm her«, sagte sie und führte ihn in das erste Zimmer, wo er das Licht anschaltete. Ihr Hundebett war vorn dunkler, und eine Urinpfütze floss von dort zur Küche. »Ich kann meine Blase nicht mehr kontrollieren. Es war schon schlimm genug, dass ich die Kontrolle über meine Eingeweide verloren hatte.«

»Das ist keine große Sache«, versicherte Paul ihr. »Ich bin daran gewöhnt, hinter dir sauber zu machen. Es macht mir nichts aus.«

»Das hier ist anders«, sagte sie. »Was, wenn ich im Auto bin und es passiert? Was, wenn ich auf dem Sofa bin oder bei jemand anderem im Haus oder bei Jake's? Ich kann doch nicht überall hinpinkeln, oder?«

Er antwortete nicht sofort.

»Es ist nur ein bisschen Pipi«, sagte er. »Es ist mir egal …«

»Mir aber nicht«, sagte sie ruhig. »Es hat keine Würde. Es ist wichtig für mich, meine Würde zu behalten. Weißt du?«

»Ich weiß«, gab er zu. »Du bist immer ein eleganter Hund gewesen.«

»Danke«, sagte sie. »Daher meine Entscheidung. Also gib dir nicht die Schuld. Aber du musst für mich beim Tierarzt anrufen. Schau mal, ob du diese nette Louise bekommen kannst. Ich mag sie. Wir sollten es morgen tun.«

»Morgen?«, sagte er. »Stella, ich will aber nicht.«

»Paul«, sagte sie. »Du musst jetzt für mich stark sein. Das ist etwas, das du für mich tun musst. Ich kann es nicht selbst tun. Ich würde es, wenn ich es könnte. Ich hatte gehofft, dass ich im Schlaf sterben würde, seit ich bemerkt habe, dass ich lecke, aber jetzt ist es zu weit gegangen.«

Sie hörten eine Polizeisirene in der Ferne heulen.

»Ich habe versucht, mich nicht zu beschweren«, sagte sie, »bei allem, was du um die Ohren hast, aber es ist ein bisschen schlimmer, als du denkst. Es sind nicht nur meine Blase und meine Eingeweide. Ich kann kaum mehr gehen. Ich habe schon seit Wochen nichts mehr gerochen, und ich kann nur noch ein bisschen auf einem Auge sehen. Es wird auch schwieriger, dich zu hören. Und ich bin verwirrt. Deswegen bin ich froh, dass ich mich daran erinnere, dir diese Sachen zu erzählen, solange ich noch klar bin. Erinnerst du dich daran, was deine Großmutter gesagt hat, als du sie das letzte Mal in ihrem Pflegeheim besucht hast?«

»Ja.«

»Und was hat sie dir gesagt?«

»Sie hat gesagt, sie wünschte, sie wäre gestorben, als sie sich noch besser fühlte.«

»So fühle ich mich, Paul«, sagte Stella. »Ich habe es dir schon früher gesagt. Es gibt eine Grenze. Über dieser Grenze ist das Leben gut, und unter dieser Grenze ist das Leben nicht gut. Im Moment bin ich noch über der Grenze, aber ich will nicht warten, bis ich darunter komme. Ich möchte gehen und denken, dass das Leben gut ist. Ich glaube, darauf habe ich ein Recht.«

Er beobachtete, wie sich die Motten um die Straßenlaterne versammelten. Er hatte mal gehört, dass Motten gar nicht ins Licht fliegen wollen, dass das Licht aber die Bewegung ihrer Flügel behindert, indem der Flügel, der sich im

Dunkeln befindet, schneller schlägt, sodass die Motte unaufhaltsam auf die Flamme zufliegt. Einige der Motten, die die Straßenlaterne angriffen, würden nur vierundzwanzig Stunden leben. Sie hatten auch eine Grenze, oberhalb von der das Leben gut und unterhalb von der das Leben schlecht war. Alles hatte diese Grenze. Es gibt eine Zeit für alles.

»Aber ich liebe dich«, sagte er. »Was soll ich mit dieser Liebe machen, wenn du weg bist?«

»Ich verstehe nicht, was du meinst.«

»Es fühlt sich gut an, dich zu lieben. Wenn ich dich streichle oder füttere oder mit dir Gassi gehe, fühle ich mich gut. Ich bin dann stolz auf mich. Weil ich etwas Wertvolles tue, was mich zu einem guten Menschen macht.«

»Mir gefällt es auch.«

»Das weiß ich. Und wenn du nicht mehr da bist, werde ich das nicht mehr tun können.«

»Dann leg dir einen anderen Hund zu.«

»So einfach ist es nicht«, sagte Paul. »Du bist für mich was Besonderes. Ich kann mir nicht einfach einen anderen Hund zulegen.«

»Es ist einfach zu lieben«, sagte Stella.

»Für dich ist es leicht, das zu sagen. Du liebst jeden.«

»Du kannst mich noch lieben, wenn ich nicht mehr da bin.«

»Aber du bist es dann nicht mehr. Du wirst es nicht mehr sein. Es wird die Vorstellung von dir sein. Die Erinnerung an dich.«

»Wo ist der Unterschied?«

»Das ist ein riesengroßer Unterschied. Es gibt einen Spruch: ›Die Hölle ist die Unfähigkeit zu lieben.‹ Das bedeutet nicht, dass man nicht weiß, was Liebe ist. Es bedeutet, dass man ganz genau weiß, was Liebe ist, man ist sich dessen völlig bewusst, aber irgendwie kann man sie nicht ausdrücken.«

»Paul«, sagte sie. »Ich hatte ein tolles Leben. Ich bin mit dir durch das ganze Land gereist, und ich habe mehr Staaten gesehen als jeder Hund, den ich jemals getroffen habe. Wir waren Zelten und Angeln, wir waren in allen möglichen Restaurants und Bars, wo Hunde normalerweise nicht erlaubt sind…«

»Weil du so gute Manieren hast.«

»Danke schön. Ich habe alle möglichen tollen Dinge getan, dank dir. Ich möchte dich nicht verlassen, aber es ist Zeit. Das ist alles. Es ist Zeit. Ich hatte viel. Mehr als ich je verdient habe.«

»Dito.«

»Ich möchte, dass du meine Sachen bekommst. Ich habe eine Liste gemacht. Du kannst mein Bett und meine Knochen und meinen Tennisball und meine Plüschtiere und meinen Napf haben. Obwohl ich nicht weiß, was du mit all dem anfangen wirst, wenn du dir keinen neuen Hund zulegst.«

Sie hatte keine Plüschtiere mehr gehabt, seit sie ein Welpe gewesen war, aber er brachte es nicht übers Herz, es ihr zu sagen.

»Ich bin jetzt müde«, sagte sie und schaute auf das nasse Hundebett. »Ich werde wohl auf dem Boden schlafen. Es tut mir leid wegen des Betts.«

Er wollte jemanden anrufen, aber es war drei Uhr morgens. Er lag wieder auf der Couch und nickte irgendwann ein, aber vorher sprach er ein kurzes Gebet, obwohl er gar nicht gläubig war.

»Wenn du sie in der Nacht zu dir nehmen könntest, wäre mir das recht…«

Aber sie war am Morgen noch bei ihm, wach und munter, und schaute ihn mit bittenden braunen Augen an. Da war nichts zu machen, er hatte nicht wie erhofft von einem genialen Plan geträumt, der ändern würde, was geschehen musste. Es war einfach Zeit. Er rief den Tierarzt an, und es hieß, er könne nachmittags um zwei kommen. Er rief Tamsen zwei Mal an, erreichte aber beide Male nur ihren Anrufbeantworter und hinterließ keine Nachricht, weil das so eine Sache war, bei der man nicht einfach eine Nachricht hinterlassen konnte. Schließlich rief er Karen an, fragte sie, ob sie sich freinehmen könne, um ihm zu helfen. Stella war eine Zeit lang auch ihr Hund gewesen. Sie verabredeten sich an ihrem früheren Schrebergarten um ein Uhr.

Er verbrachte den Vormittag bei Jake's, wo er Zeitung las. Stella lag im Eingang, wo sie während der letzten vierzehn Jahre gelegen, die Straße durch die Glastüren beobachtet hatte und ab und zu über ihre Schulter nachgeschaut hatte, ob Paul immer noch Kaffee trank. Als er seine Mütze aufsetzte, um zu gehen, kämpfte sie sich auf. Paul hob ihre Hinterläufe an, passte dabei auf, nicht auf ihre Blase zu drücken, aber sie pinkelte trotzdem ein bisschen im Eingang. Auch gut, dachte Paul, dann weiß der nächste Hund, der vorbeikommt, wessen Eingang das hier war.

Er parkte auf dem Parkplatz von Serio's Market, einem altmodischen Familienladen, bei dem Obst und Gemüse in ihren Transportkisten angeboten wurden und der einen quietschenden Holzboden hatte. In der Fleischabteilung kaufte er ein halbes Pfund Roastbeef, ein paar Frikadellen und ein Viertelpfund Münsterkäse in Scheiben, auch wenn Stella von Käse Durchfall bekam. Das war jetzt egal. Im Alkoholgeschäft nebenan kaufte er eine Flasche Wein.

»Erinnerst du dich an die Party im Smith College, bei der

die Käseplatte auf den Boden fiel?«, sagte Paul, parkte das Auto auf dem Rasen beim Northampton-Schrebergarten und hob Stella vorsichtig vom Sitz.

»Das war guter Käse«, sagte sie.

Sie ging direkt auf ihr Stück Land zu. Als sie damals den Vertrag dafür unterschrieben hatten, war es nur ein Stück Prärie gewesen. Der Gemeinschaftsgarten lag neben dem schon lange leer stehenden städtischen Krankenhaus, einer Ansammlung von heruntergekommenen Backsteingebäuden, außen voller Efeu und innen voller Asbest. Paul hatte im ersten Jahr die Fräse benutzt, die Erde zerkleinert und immer wieder gewendet, bis man sie bearbeiten konnte. In diesem ersten Jahr hatten sie vor allem Gemüse angepflanzt, aber über die Jahre hatte Karen über die Hälfte ihres Gartens mit Einjährigen und Stauden und Rosen und Schnittblumen bepflanzt. Paul hatte den Garten seit ihrer Scheidung nicht mehr besucht.

»Schöner Tag«, sagte Stella und hob ihre Nase in den Wind. Als eine Biene aus ein paar Stiefmütterchen aufstieg, versuchte sie halbherzig, nach ihr zu schnappen. Bienen zu essen war ihre absolute Lieblingsbeschäftigung, und Paul wünschte, er könnte eine für sie fangen. Im Stadtzentrum, im Herbst, wenn die Bienen, die um die Mülleimer auf den Bürgersteigen summten, wegen des kühleren Wetters langsam und lethargisch wurden, legte sich Stella auf den Bürgersteig und aß stundenlang Bienen, bis ihre Lippen anschwollen, aber das schien ihr egal zu sein.

Sie untersuchte den Garten eingehend, bis sie sich auf ihren üblichen Platz im Schatten einer Weide legte. Paul erinnerte sich, wie Karen ein paar Weidenäste in die Erde gesteckt hatte. »Die wachsen nie an«, hatte er prophezeit. Der Busch war inzwischen über drei Meter hoch, üppig und stark. Karen war gut darin, Dinge zum Wachsen zu bringen.

»Schau mal, wer hier ist«, sagte Paul. »Überraschung.«

»O Paul …« Stella wedelte beim Anblick ihres früheren Frauchens mit dem Schwanz. »Ich dachte, sie wäre tot.«

»Ich weiß, ich weiß«, sagte er. »Es geht ihr gut. Steh nicht auf.«

»Sie sieht gut aus. Aber der Kurzhaarschnitt ist nicht so meins.«

»Es sieht gut aus«, meinte er. »Ich denke, sie wollte sich nur etwas verändern.«

»Sie sieht aus, als hätte sie zugenommen«, sagte Stella.

»Sie ist schwanger. Und jede Minute fällig, so wie sie aussieht.«

»Hallo ihr zwei.« Karen begrüßte sie so fröhlich sie konnte. »Hallo Stella.« Sie sah den Hund an und dann zögernd Paul. Er erinnerte sich daran, wie ihre Augenwinkel vor Tränen glitzerten, wenn sie traurig war. Sie legte eine Hand auf ihren Bauch.

»Ich wollte es dir eigentlich erzählen«, sagte sie. »Aber ich nahm an, dass du es in einer so kleinen Stadt sowieso schon erfahren hast.«

»Das hatte ich«, bestätigte Paul. »Herzlichen Glückwunsch.«

Karen wandte sich wieder Stella zu und kniete sich hin.

»Schön, dich wiederzusehen. Du bist immer noch der schönste Hund der Welt, weißt du das?« Karen sah Paul an. »Wie geht's ihr? Was hat der Tierarzt gesagt?«

»Er sagt, dass man bei einem so alten Hund eigentlich nichts mehr tun kann. Sie ist nicht stark genug, um eine Operation zu überleben. Der Termin ist um zwei Uhr.« Er fühlte sich stark, wegen der Entscheidung, aber das könnte sich jeden Augenblick ändern. »Ich habe Mittagessen mitgebracht, bitte, bedien dich.« Er benutzte den Korkenzieher an seinem Schweizermesser, um die Weinflasche zu öffnen, und füllte drei Pappbecher. Karen setzte sich ihm gegenüber hin, der Hund zwischen ihnen. Er gab ihr einen Pappbecher mit Wein, erinnerte sich dann und goss den Wein auf eine Tomatenpflanze.

»Ich vergaß«, sagte er. »Du darfst ja keinen Wein trinken. Tut mir leid.«

Er hatte auch eine Flasche Wasser gekauft. Er spülte Karens Becher aus und goss Wasser ein, dann reichte er ihn ihr.

»Iss nur.«

»Also«, sagte sie. »Ich esse inzwischen auch kein Fleisch mehr.« Klar, dachte er. Trotze ruhig sechzig Millionen Jahren der Evolution als Allesfresser. »Kevin ist Vegetarier.«

»Tatsächlich?«, fragte Paul. Kevin, weder Kirk noch Kurt. Er konnte sich Namen einfach nicht gut merken. »Was sagt der Kinderarzt dazu, ist das in Ordnung? Ich meine für dich, nicht für Kevin.«

»Gynäkologe«, korrigierte sie ihn. »Ich muss nur aufpassen, dass ich genügend Proteine bekomme. Du isst noch Milchprodukte, oder?«, fragte sie Stella und schob den Käse auf sie zu; sie nahm eine einzelne Scheibe und ließ sie in Stellas offenes Maul fallen.

Stella nippte am Wein.

»Exzellentes Bouquet, was, Stella?«, sagte er. »Ein wunderbares Gleichgewicht von Holz und Frucht, mit einem rauchigen Abgang, perfekt zu Katzenkacke und platt getretener Pizza.«

Er hob sein Glas.

»Auf Stella«, sagte er, »die ...«

Plötzlich versagte ihm die Stimme, und er konnte nicht mehr weitersprechen. Das war ihm den ganzen Vormittag so gegangen, wann immer er daran dachte. Es war egal, ob er an die Vergangenheit, die Gegenwart oder die Zukunft dachte, denn alles besaß eine spezifische Traurigkeit. Die Vergangenheit schien ihm der sicherste Platz, aber es war, wie unaufhaltsam in einem Fluss in die Gegenwart und die Zukunft zu schwimmen, die beide nicht viel Freude oder Aussichten boten.

»Auf Stella«, sagte Karen und berührte seinen Pappbecher mit ihrem. Er wusste, dass sie etwas über seine Trinkgewohnheiten sagen wollte, aber er wusste, dass sie es heute nicht tun würde. »Unser Blumenmädchen.«

»Das ist wirklich Kacke, Karen«, gestand er. »Ich halte es kaum aus.«

»Sie ist alt, Paul«, sagte Karen. »Es ist das Richtige. Du warst das beste Herrchen, das sich ein Hund wünschen konnte, sie war praktisch vierundzwanzig Stunden täglich bei dir. Ich glaube, das ist alles, was sich ein Hund wirklich wünscht, und du hast es ihr gegeben.«

Das stimmte. Sie war vor der Küste von Maine segeln. War bei protzigen Partys in Lofts von Soho gewesen. Sie hatte Kareem Abdul-Jabbar und Julius Irving bei einer Benefizveranstaltung für die Uni von Massachussets gesehen. Ihr Foto war zwei Mal in der Zeitung erschienen. Sie war in sechsundvierzig Staaten und sieben Nationalparks gewesen und hatte das Land ein Dutzend Mal mit ihm durchquert. Sie hatte ihre Krallen in den Athabasca-Gletscher gesenkt und war durch Felder voller Wildblumen in Montana spaziert. Sie hatte an der Küste Oregons Möwen ins Meer gescheucht und war durch das Watt von Provincetown gewatet. Sie war durch die Appalachen gewandert und hatte einen Schwarzbären verjagt, der die Vorratskammer plündern wollte. Sie hatte viel erlebt. Es war Zeit.

Sie aßen und unterhielten sich, erzählten einander von ihren Familien. Karen tat es leid, von Harrolds Schlaganfall zu hören, sie war froh, dass es ihm wieder besser ging, und bat Paul, ihm liebe Grüße auszurichten. Dass sie schwanger war, ging ihn nichts an. Sie trug einen Ehering an ihrer linken Hand – ging ihn auch nichts an. Selbst die banalsten Dinge mit Karen zu teilen wirkte jetzt merkwürdig, als wäre es falsch, etwas wie »Wie viel Uhr ist es?« oder »Gibst du mir bitte das Salz« zu sagen, weil dadurch der lange, mühsame, psychodramatische Prozess von Wut und Generve und Schuldzuweisungen ruiniert würde, der ihnen erst erlaubt hatte, abzuschließen und weiterzumachen. Sie hatten einander wirklich alles gesagt, was sie zu sagen hatten. Small Talk schien absurd, und doch brauchte er sie hierbei. Sie hatte ihr Leben auch mit Stella geteilt. Er musste jemanden dabeihaben, der sie gekannt hatte.

Paul sah auf seine Uhr und sagte: »Wir sollten besser gehen.«

Früher hatte Stella angefangen zu zittern, kaum dass sie den Parkplatz der Northamptoner Veterinärklinik gesehen hatte, und es war oft notwendig gewesen, ihr Beruhigungsspritzen zu geben oder sie auf den Stufen draußen zu untersuchen, wo ihre Ängste noch kontrollierbar waren. Heute war sie ruhig. Paul sagte sich: »Es ist üblich, es passiert ständig, Millionen von Leuten tun es jeden Tag.« Er schaute den Hund an, um zu sehen, ob er irgendetwas in seinem Gesichtsausdruck lesen könnte, irgendeine Angst oder Ahnung, aber er sah nur Entschlossenheit.

Karen folgte ihm in ihrem eigenen Auto, parkte neben ihm und wartete draußen mit Stella, während Paul an den Empfang ging, um sich anzumelden. Im Behandlungszimmer befand sich zwischen den Beinen ihres Besitzers eine Katze von der Größe eines kleinen Bären, die in einem leeren

Bierkasten klemmte. Am Empfang arbeiteten normalerweise Highschoolschülerinnen, die Tiere so sehr liebten, dass sie bereit waren, nach der Schule auch gratis zu arbeiten.

Anna, die Frau am Empfang, wollte Dr. Larson holen. Paul sagte, Stella hätte gern, dass Louise, Dr. Larsons Assistentin, die Behandlung durchführt. Anna sagte, Louise käme an der Seitentür zu ihnen.

Auf dem Parkplatz kratzte Karen Stella hinter dem Ohr.

»Entschuldigst du uns einen Augenblick«, fragte er Karen. »Ich glaube, sie muss noch pinkeln, bevor wir hineingehen.«

Er führte Stella nach hinten, wo sie zum letzten Mal Pipi machte.

»Das Mittagessen war hervorragend, Paul«, sagte Stella, als sie allein waren. »Vielen Dank für diese besondere Leckerei.«

Es fiel ihm schwer zu sprechen.

»Wein nicht, Paul. Ich weiß nicht, was ich dir sagen soll. Ich weiß, dass es schwer ist, aber es ist nur ein Tag. Wir hatten so viele gute Tage, die ihn mehr als aufwiegen.«

»Trotzdem, gottverdammte Scheiße«, fluchte er.

»Ich weiß«, sagte sie sanft. »Du weißt aber, dass es das Richtige ist.«

»Ich weiß«, stimmte er ihr zu. »Karen hat mir gesagt, was du für ein tolles Leben hattest, und das weiß ich. Ich nehme an, ich muss einfach automatisch daran denken, dass meines im Moment eher dramatisch schlechter wird. Es tut mir leid, ich wollte es nicht noch schwerer für dich machen. Du hattest ein tolles Leben, das weiß ich.«

»Also«, sagte der Hund, »du hast es toll gemacht.«

»Danke.«

»Gibt's keine Chance, dass ihr, du und Karen, wieder zusammenkommt, oder doch?«

»Nein«, sagte Paul. »Keine Chance. Nicht mal, wenn uns beide der Blitz treffen würde, zweimal.«

»Na dann«, sagte Stella. »Ich habe sie immer gemocht.«

»Ich auch. Sie ist eine gute Frau.«

Er sah sich um und hoffte, dass der Tag irgendwie anders wäre, aber die Vögel sangen, Bienen summten, und die Wolken im Himmel trieben lautlos weiter, genauso wie immer.

»Du wirst geliebt werden, Paul. Erinnere dich daran, dass ich dir das gesagt habe.«

»Das werde ich«, sagte er. »Du kennst mich. Ich erinnere mich an alles.«

Er sah sie an.

»Wir sollten die Leute nicht warten lassen«, sagte sie. »Ich bin mir sicher, dass Louise Besseres zu tun hat, als den ganzen Tag auf mich zu warten.«

Später erinnerte er sich an die Hitze und daran, wie warm die Sonne im Hof der Tierklinik auf sie schien und wie irgendwo weit entfernt jemand mit einer Kettensäge arbeitete. Wie er sie hochgehoben und in den Raum getragen hat, sie auf dem Stahltisch abgesetzt hat. Wie Louise Stella das Halsband abnahm. Wie der Raum eher einer Küche als einem ärztlichen Behandlungszimmer glich, durch die Klimaanlage feuchtkalt, mit Spülbecken und Edelstahlbecken, und der Fußboden war nass, weil er gerade erst gewaschen worden war. Wie Louise gesagt hat: »Das ist einfach ein sehr starkes Beruhigungsmittel.« Wie sie still gearbeitet hat, sich schnell bewegt hat, als hätte sie Angst, die Nerven zu verlieren, zuerst musste sie mit einem Elektrorasierer eine Stelle auf Stellas vorderem Schienbein kahl rasieren. Paul erinnerte sich daran, wie er sagte: »Es ist in Ordnung, Stella, alles wird gut. Hab keine Angst.« Mehr zu sich als zu Stella, und wie Karen dasselbe sagte. »Wir lieben dich, Stell. Wir lieben dich beide so sehr.« Er hatte noch nie zusehen müssen, wie die Liebe stirbt, direkt da, vor seinen Augen. Sie war immer irgendwo anders gestorben, in einer anderen Stadt, an einem anderen Ort. Er erinnerte sich daran, wie sie beide sie festhielten, sie beruhigten, seine Hände und Karens Hände berührten den Hund, aber auch einander, und das war das letzte Mal, dass er seine Exfrau berührt hat, das letzte Mal, dass der Kreis komplett war, so wie früher einmal, sie alle drei zusammen am selben Ort, zur selben Zeit. Später erinnerte er sich daran, wie Stella ein letztes Mal zu ihm hochsah, und dann stach Louise die Nadel hinein. Wie überraschend schnell das Medikament wirkte, das Herz hörte sofort auf zu schlagen, als hätte man einen Lichtschalter betätigt, und wie der Kopf des alten Hundes nach unten sank und er sich nicht mehr bewegte.

Die Assistentin des Arztes sagte, dass sie sich alle Zeit nehmen konnten, um sich zu verabschieden, und dass Stellas Asche morgen früh abgeholt werden könnte. Es dauerte noch eine Minute, bis er seine Hände von ihr nehmen konnte. Er wollte sie weiter festhalten. Schließlich nahm Karen seine Hände in ihre und drückte sie. Sie umarmte ihn. Er schloss die Augen. Er hoffte, dass jemand Stella wegnehmen würde, solange er die Augen geschlossen hatte, doch ihr Körper lag immer noch da, als er sie wieder öffnete. Nur sie war nicht mehr da.

Es war mehr, als er ertragen konnte.

Karen umarmte ihn noch mal auf dem Parkplatz. Durch ihre Tränen war ihre Wimperntusche verlaufen.

»Danke, dass du gekommen bist«, brachte Paul heraus.

»Das war selbstverständlich«, sagte sie. »Ruf mich an, wenn du reden willst. Ich habe sie auch geliebt.«

Er stieg in sein Auto und fuhr, bis es dunkel wurde, nach Norden bis nach Vermont, wo die Blätter zu ungefähr einem Drittel schon bunt waren. Er kaufte sich bei einem Drive-in ein Abendessen, konnte seinen Cheeseburger aber nicht aufessen.

TEIL DREI

Herbst/Winter

Es dauert Jahrmillionen, um eine Veränderung durch natürliche Auslese zu erreichen, weil die Natur der Veränderung eher widersteht, als sie zu fördern. Die meisten Spezies tendieren dazu, bei dem zu bleiben, was sie kennen, und mit dem weiterzumachen, was für sie funktioniert, sie konzentrieren sich auf eine Beutespezies oder passen sich an einen Lebensraum an, bis diese Gegebenheiten sich durch die Umstände verändern, an diesem Punkt stirbt die Mehrheit, und diejenigen, die überleben, tun das mehr aus Glück denn wegen einer bewussten Anpassung. Eine Spezies lernt nur sehr selten etwas schnell. Eine Ausnahme mögen die Elche im Yellowstone-Nationalpark sein, die über die Jahre, in denen es keine Wölfe im Park gab, ihre Angst vor Wölfen verloren hatten, sie aber sehr schnell wiederfanden, als 1986 wieder Wölfe im Park ausgewildert wurden. Zunächst standen die Elche einfach nur da und sahen zu, wie die Wölfe näher kamen und sie töteten. Innerhalb einer Generation brachten die Elchmütter ihrem Nachwuchs wieder bei, vor Wölfen Angst zu haben. Menschen suchen widerwillig die Veränderung, und das nur, weil wir die einzige Spezies mit einem Sinn für die Vergänglichkeit sind.

Paul Gustavson, *Natur für Deppen*

EINUNDZWANZIGSTES KAPITEL

Ernst sein ist unwichtig

Er rief Tamsen am nächsten Tag an, um ihr zu erzählen, was passiert war. Sie zögerte nicht, wollte kommen und auf dem Weg noch etwas fürs Abendessen kaufen. Er versuchte, sie am Telefon zu warnen, dass er keine gute Gesellschaft war, und als sie ankam, war er wütend auf sie, weil sie nicht auf ihn gehört hatte. Ihm war schlecht, und er hatte keinen Hunger. Er wollte, dass sie nach Hause fuhr und ein anderes Mal zurückkäme, weil er wusste, dass sie zwar alles besser machen wollte, aber alles schlechter wäre, noch bevor sie wieder fuhr. Nichts davon wäre ihre Schuld. Es wäre seine. Warum hatte sie nicht auf ihn gehört? Er wollte keine gute Gesellschaft sein. Er wollte ein Idiot sein. Er hatte ihr nichts zu geben.

Zunächst putzte sie einfach sein Haus, ohne zu erklären, warum, und obwohl sie es nicht musste. Sie saugte Staub, wischte den Boden. Sie saugte unter den Sofakissen und unter den Sofas, den Fensterbänken, den Heizungen, entfernte all die Hundehaare, die sich über die Jahre dort angesammelt hatten. Sie warf Stellas Hundebett und Spielzeug in eine Mülltüte und fragte Paul, was sie damit tun sollte. Er schlug vor, alles in den Mülleimer zu werfen. Bald roch das Haus nach Ammoniak, Reinigungs- und Holzpflegemitteln. Er blieb in seinem Schlafzimmer. Er wollte nicht reden. Er konnte hören, wie sie in der Küche seinen Kühlschrankinhalt durchging und alle Tupperwaregefäße, die sich wegen der biologischen Verfallsprozesse darin schon ausbeulten und blähten, rauswarf. Sie ließ ihn in Ruhe. Sie bestellte etwas Chinesisches zum Essen und sagte ihm, dass seines in der Mikrowelle stand, als er meinte, er habe keinen Hunger. Alles Nette, das sie sagte oder tat, brachte ihn nur dazu, sich noch stärker an einen dunklen, privaten, dreckigen Ort zurückziehen zu wollen, an dem er sich selbst verachten konnte, davon überzeugt, dass er ihre Freundlichkeit oder die von jedem anderen nicht verdiente. Er wäre der Erste, der zugab, dass er nicht ruderte, wie sein Vater sagen würde, und er wusste, was seine Wikingerahnen mit Kerlen machten, die nicht ruderten.

Er lag im Bett, den Rollladen heruntergelassen, und ihm wurde klar, wie unfair es von ihm war, ihr Glück zu stören. Sie verdiente jemand Besseres, jemanden, der so viel für sie tun konnte, wie sie für ihn tat, jemanden, der sie lieben konnte, wenn sie geliebt werden wollte, und für den Rest ihres Lebens bei ihr bleiben würde. – Er hatte eine ziemlich gute Vorstellung von dem, was sie wollte. Er war nur realistisch. Es war nicht fair, sie warten zu lassen. Sie sollte mit Stephen zusammen sein, der, nach allem, was er wusste, ein toller Typ war, genau die Art von Mensch, bei der sie sich sicher fühlen konnte. Weiterhin so zu tun, als wäre es anders, wäre sinnlos und würde die Schmerzen nur verschieben. Sie machten sich offensichtlich etwas vor. Es tat zu weh, diejenigen, die man liebte, zu verlieren, und er würde Tamsen eines Tages verlieren, da war er sich sicher, also je früher, umso besser.

Er versteckte sich im Bett, hörte Radio mit dem Kopfhörer. Als er bemerkte, wie sie die Schlafzimmertür öffnete, um ihm Gute Nacht zu sagen, hielt er die Augen geschlossen, was genauso gut war, da er glaubte, ihr nicht mehr in die Augen sehen zu können. Der örtliche Radiosender bot an diesem Abend Bachs Violinkonzerte, bekannt, aber willkommen, also schloss er die Augen wieder und lauschte; jedes Stück stellte eine vollständige emotionale Erzählung dar, so klar wie irgendein geschriebenes Wort, sie erzählte von Unschuld und Erfahrung, entdeckter Liebe und zerstörter Liebe, Kampf, Versagen und Triumph, Verlust und Wiederfinden. Nichts, das er je gehört hatte, ergab so viel Sinn, jedes Stück brachte ihn an einen besseren Ort als vorher.

Er nickte ein. Als er aufwachte, zeigte die Digitaluhr 3:46. Er ging in die Küche, wo Tamsen das Geschirr gespült, die Spüle geschrubbt und seine Flaschen mit Alkohol auf der Arbeitsplatte aufgereiht hatte. Er schenkte sich ein Glas Bourbon ein, dann änderte er seine Meinung, goss es in die Spüle und füllte sein Glas mit kaltem Cranberrysaft aus dem Kühlschrank. Er ging zum vorderen Zimmer und zog den Vorhang zur Seite, um nachzusehen, ob Tamsens Auto in der Auffahrt stand. Da stand es. Er drehte sich um und sah, dass sie auf dem Sofa schlief, unter einer Decke aus dem Gästezimmer. Selbst in der Dunkelheit sah er, dass das Zimmer perfekt sauber war. Er setzte sich auf den Sofatisch vor der Couch und beobachtete sie. Nach ein paar Minuten schlug sie die Augen auf.

Er konnte es nicht länger zurückhalten. Er begann zu schluchzen, auch wenn er Angst hatte, dass er nie wieder aufhören könnte, wenn er einmal begann. Er sagte ihr, dass es ihm leidtat, dass er sich wie so ein Idiot benommen hatte. Er sagte, dass er alles, was sie getan hatte, schätzte.

»Schschsch …«, machte sie und hielt ihn fest.

Er legte sich neben sie auf das Sofa. Er beteuerte noch einmal, dass es ihm leidtat, weil er sich so schlecht benommen hatte, und sie meinte, dass er sich nicht bei ihr entschuldigen müsse. Er weinte wegen Stella, aber er weinte auch wegen allem anderen, allem, was er sich vorstellte, was Tamsen über ihre Beziehung und deren Zukunft dachte.

»Sollen wir ins Bett gehen?«, fragte sie schließlich, als er aufgehört hatte. »Es tut mir leid, Paul, aber ich muss spätestens um halb sechs losfahren. Ich habe schon ein paar Meetings für morgen früh verschoben, aber ich darf sie nicht verpassen.«

»Können wir einfach hier schlafen?«, fragte er.

Er hatte nicht gemerkt, dass sie gegangen war, aber als er aufwachte, lag ein Zettel auf dem Sofatisch, keine Worte, nur ein Herz und der Buchstabe *T*.

Er verbrachte den Tag wie in einem Nebel. Er ging zu Jake's und versuchte, die Zeitung zu lesen, konnte sich aber nicht konzentrieren. Er ging in sein Büro und versuchte zu arbeiten, spielte aber schließlich drei Stunden lang Solitär. Er machte ein paar Erledigungen, holte ein paar Sachen ab, die er abholen musste, darunter eine kleine Metallbox mit Stellas Asche beim Tierarzt. Die Zeit zog sich. Er hatte das Gefühl, in Bernstein eingeschlossen zu sein, unfähig, sich zu bewegen. Er machte Reste des Essens warm, das Tamsen ihm zum Abendessen gekauft hatte, und schaute ein Weile Sport im Fernsehen, um sich abzulenken, aber schon bald musste er aus dem Haus. Es fühlte sich an, als spuke es in seinem Haus.

Er ging ins Bay State. Er brauchte ein paar Leute, unter denen er sich verlieren konnte, und die Ablenkung von vielen Stimmen.

Doyle und O-Rings standen am Flipper. McCoy, Bender

und Yvonne saßen an der Theke. D. J. und Mickey waren am Münztelefon. Paul setzte sich neben Yvonne, die eine Zigarette anzündete, daran zog und den Rauch in Richtung Decke ausblies, dabei hielt sie die Zigarette über ihren Kopf, als würde sie so verhindern, dass ihre Haare nach Rauch rochen.

»Was ist los?«, fragte sie. »Du siehst scheiße aus.«

»Wo ist Stella?«, fragte McCoy.

»Das ist los«, antwortete Paul.

»Ach, Mensch«, sagte McCoy.

Dann wussten es alle. McCoy gestikulierte zu Silent Neil, dass er Paul ein Bier und ein paar Shots bringen solle. Während die Leute ihm aus Mitgefühl Drinks ausgaben, lernte er einen weiteren Grund fürs einsame Leiden kennen: Jedes Mal, wenn er jemandem erzählte, dass sein Hund gerade gestorben war, wollte derjenige ihm unbedingt erzählen, wie es war, als *sein* Hund gestorben war. Er fühlte sich dadurch nicht gerade besser.

Er stolperte nach Hause, völlig hinüber. Er war schon früher betrunken gewesen, aber heute Abend hatte er wohl eine persönliche Bestleistung oder, je nach Perspektive, Schlimmstleistung hingelegt. »Du musst dir die Dinge, die du tust, genau anschauen«, hatte Tamsen gesagt, »und überlegen, was du verändern möchtest.« Er war im Augenblick und in der jüngsten Vergangenheit und der absehbaren Zukunft mehr damit beschäftigt, sich Gedanken darüber zu machen, welche Veränderungen er nicht wollte, und damit, an dem zu hängen, was er hatte, was offensichtlich keine seiner Optionen war.

Kaum war er durch die Tür getreten, klingelte das Telefon. Er erwartete, Tamsens Stimme zu hören, war aber überrascht, stattdessen die seines Bruders zu hören.

»Hey«, sagte Paul. »Noch wach?«

»Ich habe versucht, dich zu erreichen«, begann Carl. »Dein Anrufbeantworter ist wohl kaputt.«

»Ich habe ihn abgeschaltet. Und ich muss dich warnen, ich habe schon so einiges getrunken.«

Das klang nicht gut.

»Das höre ich …« Carl zögerte kurz. »Bits hat mir erzählt, dass du Stella einschläfern lassen musstest.«

»Hat sie das?«

»Ich wollte dir nur sagen, dass es uns sehr leidtut«, sagte Carl. »Wir wissen, wie sehr du Stella geliebt hast.«

»Woher wusste Bits das?«, fragte Paul. »Ich habe es niemandem erzählt.«

»Anscheinend hat Karen sie angerufen. Sie wollte nicht, dass du allein bist.«

»Oh.« Paul war überrascht, dass seine Exfrau und seine Schwester Kontakt hatten. »Danke.«

»Es ist einfach das Schlimmste«, sagte Carl. »Es ist schlimm genug, wenn jemand, den man liebt, stirbt, aber wenn man selbst die Entscheidung treffen muss, dann ist es noch tausend Mal schlimmer.«

»Du sagst es.«

»Du solltest ins Bett gehen«, schlug Carl vor. »Schlaf ein bisschen.«

»Du aber auch«, meinte Paul. »Es ist nicht gesund, nur vier Stunden pro Nacht zu schlafen.«

»Dann lass uns beide ein bisschen schlafen. Ich wollte dich nur kurz anrufen.«

»Danke«, sagte Paul. »Ich weiß es zu schätzen.«

»Sag mir, wenn ich irgendetwas tun kann.« Danach legte Carl auf.

Er war müde und musste sich hinlegen, aber er wusste,

dass er dann erst mal nicht mehr so schnell auf die Beine kam, und er musste noch ein letztes Ritual durchführen.

Er fand eine Handschaufel seiner Vermieterin in der Garage und steckte sie in seine Gesäßtasche, die Metallbox mit Stellas Asche nahm er unter den Arm und ging zum Friedhof.

In der Mitte stand eine große Eiche, unter der Paul und Stella an frischen Herbstnachmittagen und warmen Sommerabenden gesessen hatten, um zu reden oder auch nur nachzudenken, besonders dann, wenn Paul und Karen sich gestritten hatten und er einen Ort brauchte, um sich zu beruhigen. Sie mochten es, wie die Eichenblätter jeden Herbst rot wurden, ganz anders als die auffälligeren orangefarbenen und gelben Blätter der Ahorne auf dem Friedhof.

Dort grub Paul ein kleines Loch mit der Gartenschaufel, er schnitt den Rasen an drei Seiten an und klappte ihn zurück. Aus seiner Tasche nahm er das Messingschild, das er von Stellas Halsband abgemacht hatte, auf der ihr Name, seine Telefonnummer und folgende Nachricht standen: »Sollten Sie mich ohne Leine vorfinden, rufen Sie bitte nicht an, es geht mir gut. Ich warte nur auf mein Herrchen.« Mehr als einmal war er aus dem Jake's oder dem Bay State herausgekommen, und Stella war weg, und als er nach Hause kam, befand sich auf seinem Anrufbeantworter die Nachricht eines wohlmeinenden Retters, der sagte: »Ich habe Ihren Hund gefunden und ihn mit nach Hause genommen, weil ich dachte, er hätte sich verlaufen …«

Er öffnete die Metallschachtel, legte das Messingschild auf die Asche und beerdigte die Schachtel dann im Schatten der Eiche, die überschüssige Erde verteilte er und legte den Rasen sorgfältig darüber, damit die Friedhofsgärtner die heimliche Beerdigung nicht bemerkten. Er hatte einmal versucht, Stella das Konzept der Ironie zu erklären, einen Hund in einem Knochenhaus zu bestatten. Sie hatte erwidert: »Oh, das würde mir sehr gefallen.« Das war etwas, das ihr wohl gefallen hätte.

Er legte seine Hand einen Augenblick auf das Grab, klopfte die Erde fest und überlegte, ob er ein paar Worte sagen sollte. Aber was gab es da schon zu sagen?

»Ich sehe dich später«, war das Beste, was ihm einfiel. Er erinnerte sich an ein handgemaltes Schild, das er mal in einer Tierhandlung gesehen hatte, auf dem stand: DAS ERSTE, WAS DU SEHEN WIRST, WENN DU IN DEN HIMMEL KOMMST, SIND ALL DEINE ALTEN HAUSTIERE, DIE ZUR BEGRÜSSUNG AUF DICH ZULAUFEN. Es war natürlich nur eine Wunschfantasie, magisches Denken, und er stand über alldem.

Er erhob sich und ging nach Hause.

ZWEIUNDZWANZIGSTES KAPITEL

Die Wahrheit über den Nordpol

Pauls Entschluss wurde fester, als das Wetter kälter wurde. Er zog sich zurück, vergrub sich mit einer Flasche Wodka, um die Gedanken langsamer zu machen. Er war sich nicht sicher, wann er wieder in der Lage wäre, seinen Pflichten im Universum nachzukommen. Es gab in dieser Welt jenseits seiner vier Wände offensichtlich auch ein ungeschriebenes Gesetz, das ihm Selbstmitleid verbat, daher wollte er lieber dort bleiben, wo er die Gesetze erließ.

Eines Abends arbeitete er noch spät, recherchierte im Internet für das Buch über Eisbären, als Tamsen ihn anmailte. Er hatte ihr nach ihrem letzten Besuch gesagt, dass er eine Weile allein sein müsse. Als sie ihn am nächsten Wochenende zu sich eingeladen hatte, hatte er sich damit entschuldigt, dass er arbeiten müsse. Sie hatte gemeint, sie verstünde, aber dunkle Gedanken überkamen ihn in dieser Nacht und blieben. Hoffnungslosigkeit. Der Wunsch, unsichtbar, abwesend, gelöscht zu werden. Ein Verlangen, aufzugeben, die Niederlage zu akzeptieren, sich die Kugel zu geben. Er zog sich weiter zurück, nahm ihre Anrufe nicht entgegen. Er war emotional erschöpft. Die Beziehung, die mit so viel Feuer und Optimismus, so viel Lachen und Engagement begonnen hatte, starb, wenn sie nicht schon tot war, es begann mit seiner Unfähigkeit, die Beziehung zu vollziehen, und breitete sich von dort in alle Richtungen aus. Obwohl Tamsen ihm x-mal gesagt hatte, dass es nicht wichtig sei, wusste er, dass es doch wichtig war. Er konnte seine Geschichte nicht rückgängig machen und sie ihr auch nicht vor die Füße legen, damit sie sie beendete. Er konnte sich nicht ständig entschuldigen oder ihr erlauben, ihn zu bemitleiden. Die Situation war krankhaft erbärmlich, und er konnte auch nicht mit ihr darüber sprechen, ohne die Beziehung noch weiter in die falsche Richtung zu treiben.

Kurz gesagt: Er verschwendete ihre Zeit.

Er starrte auf den Computerbildschirm, überlegte, was er tun sollte, ihm war klar, dass er in keiner Verfassung war, irgendwelche wichtigen Entscheidungen zu treffen. Und doch, trotz des Nebels aus Schmerz und Depression – die Stunden, die er im Bay State verbrachte, waren nicht gerade hilfreich, aber wo konnte er sonst schon hingehen, um gleichzeitig allein und nicht allein zu sein? – wusste er, dass er unentschuldbar egoistisch war. Er war offensichtlich weit weniger für eine neue Liebe bereit gewesen, als er gedacht hatte, er hatte vergeblich versucht, sich selbst etwas vorzumachen. Er hatte keine Ahnung, wie er dazu bereit werden sollte. Er wollte wirklich, dass sie mit ihm Schluss machte und sich für Stephen entschied. Er hatte das Gefühl, dass sie vor Stellas Tod darauf hingearbeitet hatte, aber wer konnte schon mit einem Mann Schluss machen, wenn dessen Hund gerade erst gestorben war? Eine kurzfristige Verschiebung. Die Uhr tickte. Er konnte sie hören. Sie sollte ihn jetzt verlassen und so schnell wie möglich weitermachen.

Andererseits liebte er sie.

Er atmete tief ein, hielt die Luft an, dann atmete er aus.

TamsenP: du bist noch wach.

PaulGus: Ich arbeite.

TamsenP: woran?

PaulGus: Wusstest du, dass sie mal einen Eisbären, der einen Funksender trug, verfolgt haben, und der ist ganz allein über siebentausend Kilometer von der Beaufort Sea vor Alaska über den Nordpol geradewegs bis nach Grönland gelaufen? Man nimmt an, dass er nach einer Partnerin gesucht hat.

TamsenP: hat er eine gefunden?

PaulGus: Das hoffe ich doch. Was gibt's Neues?

TamsenP: ich bin total nervös. sheila hat angerufen und erzählt, dass sie versehentlich zwei auftritte für denselben abend ausgemacht hat und sie jemanden braucht, der sie bei einem vertritt.

PaulGus: Wann?

TamsenP: am 5. dezember. ich glaube, sie muss bei einer weihnachtsfeier singen. nur mit klavierbegleitung. das heißt, dass ich mit ihrer band singen darf. sie glaubt, dass ich nur eine oder zwei proben brauche. ich kenne die songs, wie müssen also nur die intros und outros erarbeiten und herausfinden, welche tonart zu meiner stimme passt.

PaulGus: Du wirst wunderbar sein.

TamsenP: ich habe das gefühl, dass wir viel zu lange nicht miteinander gesprochen haben. was ist los? wie geht's dir?

PaulGus: Mir geht's so weit gut. Einen Tag nach dem anderen.

TamsenP: ich habe viel an dich gedacht.

PaulGus: Nur Gutes, hoffe ich.

TamsenP: nur gutes. wie geht es deinem vater?

PaulGus: Schwer zu sagen. Ungefähr gleich.

TamsenP: hast du ihm von stella erzählt?
TamsenP: bist du noch da?
TamsenP: du bist mir aus dem weg gegangen. was ist los?
PaulGus: Entschuldige.
TamsenP: sei einfach ehrlich mit mir.
PaulGus: Ich werde es versuchen.
TamsenP: ich werde aufhören und dich anrufen.
PaulGus: Mir wäre lieber, wenn du das nicht tätest.
TamsenP: wir müssen direkt miteinander sprechen, paul. nicht so.
PaulGus: Ich ziehe das hier vor. Das ist sicherer.
TamsenP: ich rufe dich dann morgen an.
PaulGus: Machst du mit mir Schluss?
TamsenP: wenn du heute abend nicht direkt mit mir sprechen willst, dann werde ich dich morgen anrufen.
PaulGus: Machst du mit mir Schluss? Bitte beantworte die Frage.
TamsenP: ich lasse nicht zu, dass du mich so auf distanz hältst. wir müssen *reden*. persönlich. wenigstens am telefon, wenn nicht von angesicht zu angesicht.
PaulGus: Ich muss aufhören.

Er ging offline, schaltete seinen Anrufbeantworter aus, goss sich einen Drink ein, trat auf die Veranda und hörte dann zu, wie das Telefon klingelte und klingelte. Es hörte nach sechzehn Signalen auf. Eine Minute später klingelte es wieder, dieses Mal waren es vierundzwanzig Signale. Als er dachte, dass es vorbei war, ging er wieder hinein. Ihm war klar, dass seine Vogelstraußpolitik nicht lange gut gehen würde. Ihm wurde klar, dass sie nicht einmal jetzt funktionierte. Er wusste, was auf ihn zukam. Er hatte es seit Stellas Tod gewusst. Er war seitdem furchtbar zu Tamsen gewesen, und jetzt erntete er, was er in den Wald gerufen hatte, wie seine Mutter sagen würde.

Er ging wieder online, ganz kurz, um zu sehen, ob Tamsen ihm eine E-Mail geschickt hatte. Sofort unterbrach sie ihn mit einer Kurzmitteilung.

TamsenP: geht's dir gut?
PaulGus: Mir geht's gut.
TamsenP: hast du getrunken?
PaulGus: Ein bisschen.
TamsenP: ein bisschen?
PaulGus: Mehr als ein bisschen.
TamsenP: können wir telefonieren?
PaulGus: Nein.
TamsenP: warum darf ich dich nicht anrufen.
PaulGus: Weil wir dann keine Dinge sagen, die wir eigentlich gar nicht so meinen. Und auch nicht versehentlich etwas ausplaudern. Ich möchte in der Lage sein, das hier später noch einmal zu lesen. Ich fühle mich im Moment nicht besonders clever.
TamsenP: so funktioniert das aber nicht.
PaulGus: Was funktioniert so nicht? Machst du mit mir Schluss?
PaulGus: Hallo? Bist du noch da?
TamsenP: es tut mir leid, aber ja. ich finde, wir sollten uns nicht mehr sehen. ich glaube, du hast wahrscheinlich dasselbe gedacht wie ich. ich finde, es ist offensichtlich, dass etwas zwischen uns nicht in ordnung ist. und ich denke, ich hätte schon vor langer zeit etwas sagen sollen, aber ich habe es zu lange laufen lassen, und das hätte ich nicht tun sollen.
PaulGus: Ich habe vorher gedacht, dass ich für eine Bezie-

hung noch nicht bereit bin. Das Problem ist, ich kann nicht lernen, wieder in einer Beziehung zu sein, ohne wieder in einer Beziehung zu sein. Aber das ist nicht deine Aufgabe.

TamsenP: emotional und spirituell bist du schon so weit, und da ist so viel, das du noch werden kannst. du bist sehr großzügig. ich habe das jeden tag gesehen, so wie du mit stella umgegangen bist. du bist extrem liebevoll, wenn du dich öffnest. aber wenn du mit mir zusammen bist, dann öffnest du dich nicht, sondern ziehst dich im gegenteil in dich zurück. du hast dich ganz zu anfang geöffnet, darauf habe ich reagiert, aber dann … ich weiß nicht, was passiert ist, aber es fühlte sich so an, als wärest du wieder zu einem kleinen kind geworden, das in sein zimmer läuft, wenn es aufgebracht ist, in der hoffnung, dass mom oder dad es holen kommt. wenn ich jemanden liebe, möchte ich, dass die andere person die stellung hält und nicht wegläuft. du kannst dich nicht von den leuten jagen lassen. vielleicht hast du einfach zu große angst, verletzt zu werden. ich habe auch angst davor, besonders, wenn ich daran denke, wie meine ehe in die brüche gegangen ist. ich wünsche mir so sehr, nicht mehr zu versagen und nicht mehr so sehr verletzt zu werden oder jemanden zu verletzen. jeder hat angst, aber du kannst jemandem nicht bloß ein stückchen von dir zeigen, um zu sehen, ob es ihnen gefällt, und dich dann verstecken. du musst deinen kopf ein bisschen herausstrecken und dich ganz geben, hundert prozent. du musst alles setzen, auch wenn es sicherer wäre, sich zurückzuhalten. du kannst nicht teile von dir geheim halten und denken, »wenn ich abgelehnt werde, dann wird es nicht so wehtun, weil sie mein wahres ich nicht kannte«. es ist genauso sehr meine schuld, weil ich dachte, wir könnten uns einschränken. das war dumm von mir. meine ursprüngliche vorstellung war, dass wir einfach nur freunde sein könnten, und dann dachte ich, »na ja, vielleicht können wir freunde sein, die sich küssen und ein bisschen rummachen«, aber ich wurde nur immer tiefer und tiefer hineingezogen. ich hätte wissen müssen, dass ich nicht mit dir reden und reden könnte und das gefühl haben, dass wir uns immer näher kamen, ohne immer weiter gehen zu wollen. so ist die anziehung eben. es geschieht nicht in den augen. es geschieht im herzen. aber es war unfair und schwach von mir, nichts zu sagen, als ich mich in die andere richtung gezogen fühlte. ich habe nicht den glauben an dich verloren, auch wenn ich mir sicher bin, dass du das denkst. ich habe gesehen, wie du einige dumme dinge getan hast, etwa, als du mich angelogen hast. es war schwer, darüber hinwegzukommen. und mir ist aufgefallen, dass wir am schluss irgendwie immer über dich und deine probleme gesprochen haben, auch wenn du nicht der einzige mit problemen bist, aber ich kann darüber hinwegsehen. wenn du nicht ein wirklich toller typ wärst, wäre ich schon lange gegangen, glaub mir. ich glaube mehr an dich, als ich je an irgendwen geglaubt habe. aber ich glaube auch, dass diese beziehung dich daran hindert, die person zu werden, die du werden könntest, und deswegen wäre es falsch, sie fortzusetzen.

PaulGus: Das hast du geschrieben, bevor du online gegangen bist, oder?

TamsenP: ich habe vorher meine gedanken aufgeschrieben, ja.

PaulGus: Ich kann dich nicht dazu überreden, bei mir zu bleiben, nicht wahr?

TamsenP: es tut mir so leid. ich hätte dich nicht mitreißen sollen.

PaulGus: So sehe ich es nicht. Kann ich dich etwas fragen?

TamsenP: was?

PaulGus: Hat sich etwas an deiner Beziehung zu Stephen verändert?

TamsenP: das ist ein anderes thema.

PaulGus: Eigentlich nicht. Ich sehe es so, dass ich verliere.

TamsenP: aber so ist es nicht.

PaulGus: Aber du kannst verstehen, dass ich das so empfinde.

TamsenP: das schon, ja.

PaulGus: Also beantworte einfach die Frage und sag mir die Wahrheit. Das, was ich bei uns immer am besten fand, war, dass wir einander immer die Wahrheit gesagt haben. Ich fände es furchtbar, wenn sich das jetzt verändert, selbst unter den gegebenen Umständen.

TamsenP: ja, die dinge haben sich verändert.

PaulGus: Wie?

TamsenP: sie entwickeln sich weiter.

PaulGus: Sei bitte nicht so schüchtern.

TamsenP: stephen hat mir einen heiratsantrag gemacht. paul, ich hätte dir das nie auf diese weise gesagt, wenn du mir eine wahl gelassen hättest.

PaulGus: Was hast du ihm geantwortet?

TamsenP: ich habe ja gesagt.

PaulGus: Herzlichen Glückwunsch. Wann ist die Hochzeit?

TamsenP: am 8. januar.

PaulGus: Das ist Elvis' Geburtstag.

TamsenP: ich will jetzt keine witze machen.

PaulGus: Das war kein Witz. Das ist wirklich Elvis' Geburtstag.

TamsenP: das habe ich nicht gemeint.

PaulGus: Meine Hände zittern. Warte einen Moment.

TamsenP: hallo?
PaulGus: Ziehst du nach Kalifornien?
TamsenP: das ist der plan.
PaulGus: Wann?
TamsenP: noch nicht sicher. vielleicht nächsten sommer. vielleicht früher.
PaulGus: Seine Ex und seine Kinder auch?
TamsenP: ja. sie ziehen nach den ferien um. wir haben uns alle kennengelernt, es sieht also so aus, als würden wir zu einer dieser komplizierten patchworkfamilien werden.
PaulGus: Vielleicht werde ich nach Grönland ziehen. Es sind nur etwas mehr als siebentausend Kilometer zu Fuß.
TamsenP: du wirst jemanden finden.
PaulGus: Sag das nicht, okay? Sag es einfach nicht.
TamsenP: in ordnung. du hast nichts falsch gemacht, weißt du. und ich weiß, dass du dich auf den sex konzentrieren wirst, aber das ist es auch nicht. lass mich das wiederholen: DAS IST ES AUCH NICHT. das hatte nichts damit zu tun.
PaulGus: Wenn du es sagst.
TamsenP: paul.
PaulGus: Ich liebe dich.
TamsenP: ich weiß. ich liebe dich auch.
PaulGus: Keine Anrufe.
TamsenP: ich glaube nicht. die machen es nur schlimmer.
PaulGus: Wir werden uns also nie wiedersehen?
TamsenP: ich weiß nicht. ich muss jetzt aufhören.
PaulGus: Nein.
TamsenP: es ist spät.
PaulGus: Ich liebe dich.
TamsenP: ich weiß.

PaulGus: Okay.
TamsenP: es wird dir gut gehen. das weiß ich.
PaulGus: Wenn du das sagst.
TamsenP: ich muss jetzt schluss machen. ich gehe offline.
PaulGus: Tam?
PaulGus: Tam?
PaulGus: Bist du da?

DREIUNDZWANZIGSTES KAPITEL

Abschied

Die Blätter wurden gelb und orangefarben und rot, dann fielen sie von den Bäumen. Der Wind blies sie über die Straßen von Northampton, an den Mädchen vom Smith College vorbei, die sich täglich eine weitere Schicht Kleidung überzogen, an den schwarz gekleideten Emos, die einander in dunklen Eingängen verstohlen verbotene Substanzen zusteckten, an den Schulterklopfern auf den Bürgersteigen und den Predigern an Straßenecken vorbei, an den Ladenbesitzern, die ihre Schaufenster in Vorbereitung auf Weihnachten ausmaßen, an den Autos mit Aufklebern, an den Häusern und Fabriken vorbei und hinaus in die Herbstlandschaft. Der Novemberregen fiel, als würde er nie aufhören, und die Straßen wurden rutschig und glänzend. Die Tage wurden kürzer und die Nächte länger, während die Sterne sich langsam in ihre Winterposition begaben. Paul arbeitete, aß, schlief, ging ins Kino, ging in Kneipen und behielt seine Routine bei, auch wenn er jetzt, zum ersten Mal in seinem Leben wusste, dass es genau das war, dieses Beibehalten der Routine, das ihn nirgendwohin gebracht hatte oder eigentlich noch weniger weit als nirgendwohin, weil er das Gefühl hatte, er wäre in ein tiefes Loch gefallen, aus dem er nie wieder entkommen konnte.

Er wusste nicht, wohin er sich wenden sollte, bis zu einem Abend.

PaulGus: Hey Dad. Hier ist dein Sohn Paul. Erinnerst du dich an mich?

HarrGus: JA

PaulGus: Hat Mom dir erzählt, dass ich zu Thanksgiving nach Hause komme?

HarrGus: JA

PaulGus: Wie geht es dir heute? Besser?

HarrGus: JA

PaulGus: Mir selbst geht's nicht so gut. Da gab es diese Frau, Tamsen, aber sie wohnt in Rhode Island, und die Fernbeziehung hat nicht funktioniert, also haben wir Schluss gemacht. Eigentlich steckte noch mehr dahinter als das.

HarrGus: JA

PaulGus: Ich empfinde es eigentlich wie ein Versagen. Sie war der erste Mensch, mit dem ich seit der Scheidung zusammen war. Der einzige Mensch. Sie war wirklich etwas Besonderes. Ich habe es verpatzt.

HarrGus: JA

PaulGus: Ich habe das Gefühl, dass ich etwas verändern muss. Einen Job suchen. Vielleicht umziehen.

HarrGus: NEIN

PaulGus: Was soll ich tun, Dad? Ich habe das Gefühl, dass ich nie glücklich sein werde. Ich weiß nicht, was ich tun soll. Ich funktioniere nicht wie ein normaler Mensch. Ich kriege es allein nicht in den Griff, aber nur wenn ich es in den Griff kriege, kann ich jemand anderen bekommen, der mir hilft. Ist das nicht ironisch?

HarrGus: JA

PaulGus: Tamsen hat es versucht, aber ich habe gemerkt, wie sehr es sie frustrierte. Es sollte Spaß sein, nicht Arbeit. Ich konnte ihr sagen, wie ich mich fühle, aber ich konnte es ihr nicht zeigen. Es war nur eine Frage der Zeit.

Ich habe nicht geglaubt, dass ich je so fertig sein könnte. Es ist wirklich ziemlich hoffnungslos.

PaulGus: Ich weiß, was du sagen würdest, wenn du sprechen könntest. Ich versuche, ehrlich zu mir selbst zu sein, aber ich habe das Gefühl, dass ich die Dinge nicht klar sehen kann. Ich bin wirklich durcheinander.

PaulGus: Dad?

PaulGus: Bist du noch da?

HarrGus: H

PaulGus: H?

PaulGus: Bist du da? Irgendwie kam hier der Buchstabe H an anstatt JA oder NEIN. Ich nehme an, da ist was mit dem ...

HarrGus: H

HarrGus: Ö

HarrGus: R

HarrGus: A

HarrGus: U

HarrGus: F

PaulGus: Hör auf?

HarrGus: Z

HarrGus: U

HarrGus: T

HarrGus: R

HarrGus: I

HarrGus: N

HarrGus: K

HarrGus: E

HarrGus: N

Er las die Nachricht seines Vaters.

Er las sie noch einmal.

Er las sie ein drittes Mal, dann sammelte er allen Alkohol, den er im Haus hatte, ein und kippte ihn ins Klo. Er pinkelte danach und spülte, er beobachtete, wie das Wasser in der Schüssel wirbelte. Er spülte noch einmal und ging ins Bett; er wusste ganz plötzlich, dass er nie wieder trinken würde, weil kein Grund dafür und alle Gründe dagegen sprachen. Er machte im Kopf eine Liste aller Dinge, die er wollte, Gesundheit und ein langes Leben, ein produktives Leben, anhaltende Kreativität, eine Beziehung, eine Familie – und dann fragte er sich, ob Alkohol ihm beim Erreichen dieser Ziele helfen würde, und die Antwort war jedes Mal nein, das würde er nicht. Er rechnete am Computer aus, dass er bei durchschnittlich fünf Drinks pro Tag über zwanzig Jahre – und das war eine vorsichtige Schätzung – in seinem Leben sechsunddreißigtausendfünfhundert Drinks gehabt hatte.

Er kannte seine Grenzen.

Wann es hieß, Abschied zu nehmen.

Das war die erste Veränderung.

VIERUNDZWANZIGSTES KAPITEL

Flucht aus Berlin

Er fing wieder mit dem Laufen an, die Motivation fürs Training, die er nach Stellas Tod verloren hatte, kehrte zurück. Das war die zweite Veränderung, auch wenn es kälter wurde und er weder die richtige Ausrüstung noch Kleidung hatte. Er lief fünf Mal pro Woche vier, fünf Kilometer. Eines Tages stoppte er noch mal, wie schnell er die hundert Yards lief. 29,7 Sekunden, immer noch miserabel, aber besser als beim letzten Mal.

Er ging wieder zum Yogakurs. Er bemühte sich, ruhig zu bleiben und auf seine Atmung zu achten, wie die Yogalehrerin es ihm beibrachte, aber er hatte das Gefühl, dass es ihm nicht glückte, das Gleichgewicht zwischen Aufmerksamkeit und Befangenheit zu finden. Aber er war geduldig, und vielleicht war das ja der Sinn des Ganzen.

Ein paar Veränderungen waren weniger willkommen als andere. Eines Tages, nachdem er in der Gegend um Meadows gelaufen war, ging er mit den Händen auf den Hüften neben dem Friedhof entlang, als er einen kleinen, schäbig aussehenden Terrier sah, anthrazitfarben, mit rundem Rücken und dickem Bauch, mit einer Schnauze voll drahtiger, weißer Schnurrbarthaare und einem fröhlichen Gesichtsausdruck, der mit seinem sieben Zentimeter langen Schwanz wedelte, während er den Inhalt einer umgekippten

Mülltonne beschnüffelte. Stella hatte sie einander mal vorgestellt, und er kannte den Namen des Hundes.

»Tobey?«, sagte Paul.

Der Hund drehte sich um und sah ihn an, der Schwanz wedelte nicht mehr, sondern hing herab.

»Ich bin's, Paul. Stellas Freund. Wir haben uns letzten Sommer kennengelernt, als ich bei meinem Auto Ölwechsel machte.«

Der Hund drehte sich leicht weg, behielt aber Augenkontakt.

»Was ist los?«, fragte Paul. »Wahrscheinlich hast du gehört, dass ich Stella einschläfern lassen musste.«

Als Paul einen Schritt nach vorn machte, machte der Hund einen vorsichtigen Schritt zurück.

»Hast du deine Zunge verschluckt?«, sagte Paul. »Ach komm schon.«

Der Terrier ignorierte ihn und durchstöberte weiter den Müll, doch als Paul noch einen Schritt auf ihn zumachte, lief der Hund davon. Einen Moment lang fragte sich Paul, ob er den falschen Hund erwischt hatte, irgendeine andere Promenadenmischung, die genau wie Tobey aussah, aber er wusste, dass es derselbe Hund war.

Er versuchte an diesem Vormittag, noch mit ein paar anderen Hunden zu kommunizieren, darunter ein Westie auf der Market Street, der sein Zuhause so unerschütterlich verteidigte, dass seine Vorderpfoten seit Jahren nicht mehr den Boden berührt hatten, der Hund war praktisch ein Zweibeiner, wie er da an seiner Kette riss und bellte und bellte, ohne dass Paul ein Wort verstand.

Das war offensichtlich die dritte Veränderung.

Er flog am Mittwoch vor Thanksgiving nach Hause. Bits, Eugene und die Jungs holten ihn am Flughafen ab und blieben bei ihm, während er darauf wartete, dass sein Gepäck über das Rollband kam. Bits sagte Paul, dass er bei ihnen schlafen würde und dass die Kinder ganz aufgeregt waren, weil ihr Lieblingsonkel zu Besuch kam. Auf der Fahrt schaute er in die immer noch gewohnte Landschaft. Die Bäume waren schwarz und kahl, die Stadt lag feierlich unter einem niedrigen Himmel.

Im Haus seiner Eltern sah er, dass Carl Handwerker beauftragt hatte, eine Rollstuhlrampe zu bauen. Sie sah robust und leider auch dauerhaft aus. Pauls Mutter umarmte ihn und sagte, dass es Harrold viel besser ging. Der alte Mann war in seinem Bett, unten im Sonnenzimmer, er saß da und schaute sich ein Footballspiel im Fernsehen an. Durch die Arbeit mit seiner Ergotherapeutin, verkündete Beverly, hatte Harrold die Beweglichkeit seines rechten Arms und seiner rechten Hand stark verbessert. Paul hatte gehofft, dass das Gesicht seines Vaters sich erhellen würde, aber Harrold war unfähig, seine Miene im eigentlichen Sinn zu erhellen. Und doch glaubte Paul, etwas in den Augen des alten Mannes zu entdecken. Vielleicht bildete er es sich auch ein.

Er ging ans Bett seines Vaters und nahm dessen rechte Hand, beugte sich vor und küsste den alten Herrn auf die Stirn.

»Hi Pops«, sagte Paul. »Schön, dich zu sehen. Du siehst toll aus.«

Sein Vater sah ihn an, dann drückte er drei Mal seine Hand.

»Ich weiß, was das bedeutet«, sagte Paul. Dann beugte er sich vor und flüsterte seinem Vater ins Ohr: »Ich habe getan, was du mir gesagt hast.«

Seine Mutter machte ihm ein Sandwich, und sie redeten, während er aß. Beverly erzählte ihm alles, was die Ärzte gesagt hatten, während Harrold Fernsehen schaute und mit der Fernbedienung zwischen einem Footballspiel und der Wiederholung einer alten Perry-Mason-Show hin und her schaltete. Beverly war froh, erzählen zu können, dass Harrolds Logopädin schätzte, dass er innerhalb von drei bis sechs Monaten wieder einfache Gedanken ausdrücken könne, auch wenn es ihm im Moment besser gefiel, die Computertastatur zu benutzen.

»Sie glaubt, dass vor allem seine Stimmung besser geworden ist«, sagte Beverly.

»Die neuen Medikamente wirken, nehme ich an«, sagte Paul.

»O nein, seine Antidepressiva wurden abgesetzt«, sagte Beverly. »Man nahm an, dass sie ihn in anderen Bereichen hemmten. Weißt du, ich habe versucht, mich über all das schlau zu machen, aber manche Dinge kann man einfach nicht erklären.«

Sie redeten weiter und leisteten Harrold Gesellschaft, bis Bits sagte, dass es Zeit war, zu gehen; sie musste für morgen noch viel backen. Sie ließ ihre Kinder Grandpa einen Abschiedskuss geben, dann küsste Paul seinen Vater auf die Stirn und sagte, dass er ihn morgen bei Truthahn und Pecannusstorte wiedersähe.

Sie fuhren zum Abendessen zu seiner Schwester nach Hause, bestellten Pizza und holten sie auf dem Weg ab. Er stellte seinen Koffer ins Gästezimmer, und dann saßen sie alle zusammen im Hobbyraum und schauten Football. Als seine Schwester ihm ein Bier anbot, lehnte er ab. Zu Anfang hatte er sich etwas unsicher gefühlt, und seine Hände hatten an den ersten Tagen ein bisschen gezittert, aber jetzt, da er seit zwei Wochen nichts mehr getrunken hatte, horchte er in sich hinein, ob sich etwas seltsam oder unnormal anfühlte, aber da war nichts. Er hatte erwartet, dass er eine Art von unstillbarem Verlangen nach Alkohol haben würde, aber er fühlte sich nicht durstiger als sonst, und er fühlte sich tatsächlich besser, klarer im Kopf. Er schlief besser und hatte beim Aufwachen keine Kopfschmerzen mehr. Der größte Unterschied war, dass die Zeit schleichend langsam zu vergehen schien. Er wusste, dass er nie wieder etwas trinken durfte, aber es schien nicht allzu schwierig zu werden. Er durfte ja auch keine Bleiche oder Frostschutzmittel trinken. Gift war Gift. Wenn ihm nicht jemand den Mund aufriss und Alkohol hineinkippte, würde er ihm nicht mehr schaden.

Nachdem die Kinder im Bett waren, gähnte sein Schwager Eugene mehrmals und sagte, er müsse ins Bett gehen, sodass Paul mit seiner Schwester allein blieb. Bits hatte zwei Kürbiskuchen gebacken, zwei Pecannusstorten und vier Laibe Bananenbrot. Paul konnte sich nicht vorstellen, dass ein Haus besser riechen konnte als ihres. Seine Schwester trug einen Bademantel über ihrem Flanellschlafanzug und Fleecesocken mit Ledersohlen.

»Darf ich dir eine persönliche Frage stellen?«, fragte sie und setzte sich neben ihn auf die Couch, die Füße schlug sie unter ihre Beine. Paul legte das Kreuzworträtsel, das er gerade löste, zur Seite.

»Klar«, sagte er.

»Geht's dir gut? Du wirkst ziemlich ruhig.«

»Es geht mir gut«, antwortete er. »Vielleicht war ich früher einfach lauter.«

»Was ist mit Tamsen passiert? Ich dachte, wir würden sie vielleicht kennenlernen.«

»Das hat nicht funktioniert.«

»O nein«, sagte Bits mitfühlend. »Warum?«

»Aus vielen Gründen«, erwiderte Paul. »Dummheit. Ignoranz. Feigheit. Und da spreche ich nur von mir. Ich vergesse wahrscheinlich etwas.« Er wusste, dass er das Trinken vergaß, das Selbstmitleid, die Impotenz, die Täuschung und die Tatsache, dass sie ihre Bindungsangst überwunden hatte, indem sie jemand anderen ausgewählt hatte, aber er war sich nicht sicher, ob seine Schwester all diese Informationen brauchte.

»Es tut mir leid, kleiner Bruder«, sagte seine Schwester. »Geht's dir gut?«

»Ich werde schon klarkommen.« Und er hoffte, dass es stimmte.

»Das ist schade«, meinte Bits. »Sie klang, als würde sie deinen Mist nicht akzeptieren.«

»Das hat sie auch nicht. Deswegen ist sie gegangen. Es war irgendwie lustig, aber kurz bevor sie mir gesagt hat, dass wir uns nicht mehr sehen sollten, hatte ich gerade gedacht, dass wir uns nicht mehr sehen sollten, aber als sie es sagte, dachte ich: ›Hey, du kannst nicht mit mir Schluss machen, ich wollte gerade mit dir Schluss machen.‹ Es war wie als Teenager. Allerdings schlimmer.«

»Hast du noch mal von ihr gehört?«, fragte Bits.

»Nein.«

»Was ist geschehen?«

»Ihr anderer Freund hat ihr jedenfalls einen Heiratsantrag gemacht«, sagte Paul. »Du musst zugeben, dass ich nicht gerade bestes Ehematerial bin.«

»Ich weiß nicht, wovon du sprichst. Warum sagst du das?«

»Versetz dich in ihre Lage«, bat Paul. »Was habe ich schon zu bieten? Ich habe kein Haus. Ich habe keinen Job. Ich bin nicht gerade der Inbegriff von finanzieller Sicherheit.« Er ließ so einiges aus. »Ich bin nur realistisch.«

»Entschuldige mal«, widersprach sie, »aber wenn du realistisch wärst, dann müsstest du auch all das Positive aufzählen. Du konzentrierst dich ausschließlich auf das Negative.«

»Und was für Positives wäre das genau?«, fragte Paul. »Denn ich glaube, dass ich eine Art Versager bin.«

»Das ist bloß dumm.« Bits schüttelte den Kopf. »Nimm's mir nicht übel. Ich weiß einfach nicht, warum du dich so siehst. Du bist derjenige, der das Haus verlassen hat und seinem Traum gefolgt ist. Das ist etwas völlig anderes als die Wege, die ich oder Carl eingeschlagen haben. Carl sagt, du bist immer deinem eigenen Instinkt gefolgt.«

»Das hat Carl gesagt?« Paul wirkte irritiert.

»Darf ich dich noch etwas fragen?« Seine Schwester hielt kurz inne. »Du musst nicht antworten, wenn du nicht möchtest. Hast du aufgehört zu trinken?«

»Das habe ich.« Er nickte.

»Geht's dir gut?«

»Bis jetzt war es ziemlich einfach«, gestand er. Er stellte sich vor, über eine Mauer zu springen, so wie eine Flucht aus Ostberlin in den Sechzigerjahren. Er hatte eine Entscheidung getroffen, und jetzt war er auf der richtigen Seite dieser Mauer. Wieder über die Mauer auf die falsche Seite zu springen war einfach nicht erlaubt, auch wenn er sich nicht mehr genau an all die Gründe erinnerte, warum er überhaupt mal über die Mauer gesprungen war. Es war egal, solange er auf dieser Seite der Mauer blieb. »Ich bin eigentlich sogar überrascht, wie einfach es war. Vielleicht hatte ich einfach Glück.«

»Würdest du dich denn als Alkoholiker bezeichnen?«

»Das würde ich, ja.«

»Hatte das etwas mit dem Ende deiner Beziehung zu Tamsen zu tun?«

»Indirekt.«

»Mit Karen?«

»Absolut.« Er lachte fast, wenn er daran dachte, wie oft er sich gesagt hatte, dass das Trinken nichts damit zu tun hatte, dass seine erste Ehe in die Brüche gegangen war. Wie hatte er sich so lange etwas vormachen können?

»Wollte Tamsen, dass du aufhörst?«, fragte Bits.

»Nein«, antwortete Paul. »Ich meine, vielleicht schon. Sie hat es nie erwähnt. Es war kein Ultimatum oder so.« Sie hatte ihm natürlich mehrfach gesagt, er solle sich selbst betrachten. Hatte sie das damit gemeint? »Tatsächlich habe ich aufgehört, weil Dad es mir gesagt hat.«

»Wirklich?«

»Wirklich.«

»Woher wusste er es?«

Das war eigentlich eine gute Frage. Je mehr er darüber nachdachte, umso mehr verwirrte sie ihn. Ja, woher wusste sein Vater, was er sagen musste? Vielleicht hatte er sein Problem nicht so erfolgreich, wie er dachte, vor seinem Vater verborgen, aber das erklärte es nicht.

»Ich sollte ins Bett gehen«, sagte seine Schwester. »Ich muss morgen früh zu Mom fahren und ihr mit dem Truthahn helfen. Es tut mir leid für dich. Aber ich bin auch stolz auf dich.«

In dieser Nacht dachte er an frühere Thanksgivingfeste und an die Frage, die seine Schwester gestellt hatte, wie der Alkoholismus seine Ehe beeinflusst hatte, er fand Papier und einen Stift und schrieb einen Brief. Er bemühte sich, so lesbar wie möglich zu schreiben. Er konnte sich nicht mehr daran erinnern, wann er das letzte Mal etwas von Hand geschrieben hatte, und das sah man seiner Schrift an.

Liebe Karen,
Alles Gute zu Thanksgiving für Dich und Kevin und alle anderen, die seit Kurzem zu Eurer Familie gehören. Ich hoffe, dass alle kommen konnten. Einer der merkwürdigen Effekte des Geschiedenseins ist, so viele Nichten und Neffen und Schwager und Schwägerinnen zu verlieren. – Irgendwie hatte ich das nicht erwartet. Sollte es sich ergeben, dann sag ihnen jedenfalls, dass ich hoffe, ihnen allen geht's gut. Olivia muss inzwischen doch schon den Führerschein haben.
Aber ich schreibe nicht deswegen. Zuerst möchte ich Dir danken, weil Du mir geholfen hast, Stella einschläfern zu lassen. Ich hätte es ohne Dich nicht geschafft. Und danke, dass Du meine Schwester angerufen hast. Es hat mich überrascht, dass Du Dir die Zeit genommen hast, aber Du hast mir immer mehr Mitgefühl entgegengebracht als ich Dir.
Aber auch deswegen schreibe ich eigentlich nicht.
Ich schreibe, weil ich heute Abend eine Art Erkenntnis hatte. Ich habe mit meiner Schwester gesprochen, und mir wurde klar, dass Du jedes Recht hattest, Dich während unserer Ehe einsam und ungeliebt zu fühlen. Ich habe Dich die ganze Zeit allein gelassen, und ich habe alles andere wichtiger genommen. Ich habe in einer Bar gesessen und gedacht: »Mann, ich wünschte, Karen wäre hier«, und dann habe ich Dir vorgeworfen, dass Du nicht mitgekommen bist, während Du zu Hause gesessen hast und Dich gefragt hast, warum Dein Ehemann nie da war. – Wie dumm war das bloß? Von mir, meine ich. Ich will keine Entschuldigungen suchen. Ich versuche nur, Dir zu sagen, dass ich verstehe, warum Du Dich gefühlt hast, wie Du Dich gefühlt hast. – Ich habe mit Dir gestritten und

Dir gesagt, Du hättest kein Recht, Dich so zu fühlen. Du hattest jedes Recht. Ich weiß nicht, wie Du Dich anders hättest fühlen können. Ich lag falsch und war blind, und das ist keine Entschuldigung, aber es tut mir so leid, Dir so viel Herzschmerzen verursacht zu haben. Ich kann es nicht mehr gutmachen, ich weiß, vielleicht kommt das hier ein bisschen zu spät, aber ich wollte, dass Du weißt, dass ich es weiß. Es tut mir wirklich leid. Ich wünsche Dir alles Glück der Welt.

Paul

PS. Ich hatte bei allem anderen recht, aber ich hatte hier unrecht. Ha-ha.

FÜNFUNDZWANZIGSTES KAPITEL

Pilgerreise

Seine Mutter rief am nächsten Morgen an, um zu sagen, dass der Truthahn um vier fertig wäre. Es gab eigentlich keinen Grund für diesen Anruf, weil es jedes Jahr dieselbe Zeit war. Um zwei waren alle da, früh genug für den traditionellen Vortruthahn-Spaziergang um den Lake Harriet. Carl hatte an diesem Morgen ein Zehnkilometerrennen gelaufen und entschuldigte sich. Paul schob den Rollstuhl seines Vaters, begleitet von Bits, Eugene, Katie, Elliot und B. J., der ein neues Rätsel für seinen Onkel Paul hatte: »Daves Mutter hat vier Kinder, das erste heißt Lala, das zweite Lili, das dritte Lulu. Wie heißt also das vierte? Nein, nicht Lolo, sondern Dave!«

Paul machte es nichts aus, von einem Sechsjährigen an der Nase herumgeführt zu werden.

Der Himmel war grau, es waren ungefähr sieben Grad, also waren sie alle warm angezogen, Harrold war in eine Fleecedecke gewickelt. Die Bäume trugen keine Blätter mehr, aber es hatte noch nicht geschneit. Nach seiner Pensionierung war Harrold täglich um den See gewandert. Während sie gingen, kamen ihnen andere Senioren der Seespaziergängergemeinschaft entgegen und grüßten ihn mit Namen. Einer sagte: »Willkommen zurück, Harrold.« Nahe des südöstlichen Strandes hatte sich eine große Gruppe Enten versammelt, die auf ihrem Weg in den Süden eine Pause machte. Eine alte Frau fütterte die Enten mit Mais und gab jedem der Kinder eine Handvoll Körner aus ihrem Sack, um es ihr nachzumachen.

Angesichts der Tatsache, dass dies sein See für Zenmeditationen war, war es unmöglich, nicht an Tamsen zu denken und daran, wo sie ihr Thanksgiving wohl verbrachte. Er erinnerte sich an kleine Dinge über sie. Wie sie im strömenden Regen im Auto ein Picknick gemacht hatten. Wie sie zehn Dollar im Einkaufszentrum gefunden und sie komplett bei Videospielen verpulvert hatte. Wie sie das Video von *The Music Man* ausgeliehen und bei jedem Lied mitgesungen hatten. Wie sie um drei Uhr morgens ein Telefonat beendet hatten, zu müde, um weitersprechen zu können. Er fragte sich, ob sie an ihn dachte. Er fragte sich, ob sie sich fragte, ob er an sie dachte. Er fragte sich, ob sie sich fragte, ob er sich fragte. Er wollte sie anrufen, aber er konnte es nicht.

Nie mehr.

Als sie nach Hause kamen, roch es im Haus nach Truthahn und Füllung, Süßkartoffeln und Mais. Paul goss sich ein großes Glas frisch gepressten Apfelsaft ein. Der süßscharfe Geschmack beim Schlucken war unvergleichlich. Um vier wurden sie zu Tisch gerufen, da standen sie und sangen in schräger Harmonie ein Gebet, außer Harrold, der mit geschlossenen Augen in seinem Rollstuhl saß, Bits hielt seine rechte Hand, Erica die linke.

Dann begann das große Fressen. »Habt keine Angst vor dem Kartoffelpüree«, sagte seine Mutter und ließ die Schüsseln am Tisch herumgehen. Es gab Truthahn, Füllung, Kartoffelbrei und Soße, Mais mit Sahne und Semmelbröseln, Süßkartoffeln mit kleinen Marshmellows darauf, grüne Bohnen mit Zwiebelringen aus der Konserve, Brötchen und Lefse, norwegisches Flachbrot, zwei Sorten Krautsalat, grüne Götterspeise, Cranberryrelish und Cranberrygelee. Paul beobachtete seine Mutter und seinen Vater, die Zärtlichkeit, die er sah, berührte ihn, aber machte ihn auch traurig. Wer würde ihn mit Cranberryrelish füttern, bei seinen letzten zwei, drei Thanksgivings, wer würde sein Kinn abwischen oder seine Hand halten? Irgendein Affe mit Haaren auf dem Rücken in einem billigen Pflegeheim, der in seinem Heimatland vorbestraft war, ganz sicher.

Igitt.

Doch hier, bei seiner Familie und bei seinen Nichten und Neffen, war die Vorstellung, alt zu werden, nicht ganz so beängstigend, wie sie es schon gewesen war.

Nachdem die Kürbiskuchen und Pecannusstorten weggeputzt worden waren, gingen die Männer in den Hobbyraum, um Football zu sehen, ein Spiel zwischen den Vikings und den Cowboys. In der Halbzeit wollten die Jungs nach draußen gehen und Football spielen, sie baten Paul, Carl und Eugene mitzuspielen. Carl lehnte ab, er sagte, er habe zu viel gegessen, um sich noch zu bewegen. Paul spielte eine halbe Stunde, dann hörte er auf und ging wieder hinein. Die Frauen saßen wieder am Esstisch, mit Kaffee. Im Hobbyraum fragte er seinen Bruder, wie es stand. Carl antwortete nicht.

»Weißt du, wer in Führung liegt?«, fragte Paul noch einmal.

Carl war fest eingeschlafen, er saß im Fernsehsessel ihres Vaters, nach hinten gelehnt, die Fernbedienung noch in der Hand. Paul zog sie vorsichtig zwischen seinen Fingern hervor und machte den Fernseher leiser, dann schaute er sich das Spiel vom Sofa aus an. Carl wachte eine halbe Stunde später auf.

»Was ist passiert?«, fragte er noch ganz tranig.

»Du bist eingepennt. Du hast mindestens eine Stunde geschlafen.«

»Habe ich das? Entschuldigung.«

»Warum Entschuldigung? Es ist das Tryptophan«, sagte Paul.

Sie schauten noch eine Minute schweigend fern.

»Ich glaube, ich brauche deine Hilfe«, presste Carl schließlich hervor.

»Okay.« Er erwartete, dass sein Bruder Müllsäcke voller Blätter zur Müllhalde fahren musste oder irgendetwas in der Art. »Wobei?«

»Bei allem.«

Paul schaute vom Fernsehen auf. »Was meinst du?«, fragte er. »Was läuft schief?«

»Na ja …« Carl schluckte, und wenn Paul sich nicht täuschte, dann sah er Feuchtigkeit in den Augenwinkeln seines Bruders, die dieser sofort mit dem Daumen wegwischte. »Ich bin mir nicht sicher, aber ich glaube, ich bin es selbst. Ich glaube, ich kann das nicht.«

»Was?«

»Glaubst du, du könntest dich um Dads Finanzen kümmern? Nur für eine Weile?«

Paul brauchte einen Moment, um zu glauben, was er da gerade hörte.

»Das meinst du nicht ernst, oder?«, fragte er, aber Carl schien keine Witze zu machen. »Hast du nicht mal gesagt, dass eine durchschnittliche Seegurke mehr über Geld wisse als ich?«

»Du kannst es nicht schlechter machen als ich«, gestand Carl.

»Was meinst du?«, fragte Paul. »Verlierst du Geld?«

Carl nickte.

»Viel?«

Er nickte noch einmal.

»Wie viel?«

Carl zuckte halbherzig mit den Schultern. »Sechsstellig. Es geht auf siebenstellig, sollte ich wohl sagen.«

»Wie?« Paul wusste, dass der Aktienmarkt im letzten August abgestürzt war, der Dow Jones war über Nacht um über dreihundertfünfzig Punkte gefallen, aus Gründen, um die Paul sich nicht gekümmert hatte, es hatte irgendetwas mit einer sich verschlechternden Wirtschaft in Russland zu tun, die mit Boris Jelzins politischer Zukunft zusammenhing und seiner neuen Nüchternheit. Er hatte sich darüber keine Sorgen gemacht, weil er dachte, Carl stünde darüber.

»Wenn ich gewusst hätte, dass ...«, sagte Carl. »Ich habe so viel recherchiert. Ich dachte ... alles läuft schief. Sie machen es zu leicht.«

»Wer tut das?«, fragte Paul, aber Carl antwortete nicht. Es war egal. »Weiß Dad Bescheid?«

Carl schüttelte den Kopf.

»Du hast ihn noch nie online gehabt?«

»Ich habe es vor ungefähr einem Monat versucht, aber er war noch nicht so weit.«

»Es ist in Ordnung, Carlos«, sagte Paul. »Es stört niemanden. Wir wissen, dass du dein Bestes tust.« Er hatte darüber gelesen, wie Leute versuchten, ihre Investitionen selbst durch Onlinetrading zu verwalten, wie süchtig das machen konnte und in welche Fallen manche Leute tappten. Carl hatte schon selbst verwaltet, lange bevor es das Internet gab.

»Ich kann nicht mehr durchschlafen«, sagte Carl. »Ich gehe vollkommen erschöpft ins Bett, und drei Stunden später bin ich hellwach. Dann denke ich, wenn ich sowieso schon wach bin, kann ich auch ein bisschen Arbeit erledigen. Ich kann es nicht. Mein Gedächtnis ist scheiße. Ich habe meine Bankkarte in den letzten zwei Monaten drei Mal verloren. Ich bin letzte Woche bei der Arbeit eingeschlafen. Erica und ich … es ist zu viel.«

Paul hörte seine Schwester und Erica in der Küche lachen.

»Vielleicht sollten wir es an Arnie Olmstead übergeben«, schlug Paul vor. »Ich bin mir sicher, dass er zur alten Schule gehört, aber er würde es besser machen als ich. Du hast absolut recht mit der Seegurke. Ich bin mir nicht sicher, dass ich so viel weiß wie eine unterdurchschnittliche Seegurke, von einer durchschnittlichen ganz zu schweigen.«

Carl nickte. Paul wurde klar, dass er wahrscheinlich schon denselben Gedanken gehabt hatte, sein Bruder aber sein Gesicht verloren hätte, wenn er direkt vor dem früheren Investmentberater seines Vaters hätte kapitulieren müssen. Er brauchte jemanden, der es für ihn tat.

»Soll ich ihn anrufen?«, fragte Paul.

Carl nickte noch einmal.

»Ich glaube, ich sollte wegen all dem Stress zu jemandem gehen«, sagte Carl. »Ich weiß, dass ich nicht weiterkomme, wenn ich alles allein zu erledigen versuche.«

»Das ist wahrscheinlich eine richtig gute Idee«, sagte Paul.

Sie hörten Schritte näher kommen, die Kinder rasten die Treppe herunter, lachten und kreischten.

»Ich wäre wirklich froh, wenn das zwischen uns beiden bliebe«, bat Carl. »Ich habe es nicht einmal Erica erzählt.«

»Macht nur«, sagte Paul, als die Kinder ankamen und fragten, ob sie einen Film sehen dürften, Katie hielt erwartungsvoll eine Kassette von *Toy Story* vor ihrer Brust. Paul und Carl überließen den Kindern die Kontrolle über den Fernseher. Howard kletterte seinem Vater auf den Schoß, während sich Elliot und B. J. zu Paul aufs Sofa setzten. Katie kuschelte sich auf ein Sitzkissen auf dem Boden und deckte sich mit einer von Beverlys Decken zu.

»Wenigstens«, sagte Paul zu seinem Bruder, »solltest du dir etwas besorgen, damit du schlafen kannst.«

»Das sollte ich.« Carl nickte, während auf dem Bildschirm die ersten Schriftzüge liefen, und starrte auf das Fernsehgerät. »Mann, ich hätte Pixar-Aktien kaufen sollen. Diese Jungs leisten eine wunderbare Arbeit.« Er sah Paul an. »Wir werden es mit Arnie besprechen. Aber sie leisten eine wunderbare Arbeit.«

Am nächsten Tag rief Paul Arnie Olmstead an und fragte ihn, ob er seine frühere Aufgabe als Harrolds Broker wieder übernehmen würde. Arnie ließ sich darauf ein. Sie sprachen noch ein paar Minuten über dies und jenes, dann sagte Arnie, er würde alle Papiere zusammensuchen.

SECHSUNDZWANZIGSTES KAPITEL

Alls

Er verbrachte die letzte Nacht im Haus seiner Eltern. Seine Mutter war im Sonnenzimmer, im Sessel, trug ihre Lesebrille und strickte an einem Pullover für Katie, den sie bis Weihnachten beenden wollte. Sein Vater sah ein Hockeymatch, die Montreal Canadiens gegen die Detroit Red Wings. Paul zog einen Stuhl aus dem Wohnzimmer heran und setzte sich neben seine Mutter. Er fühlte sich merkwürdig konzentriert und klar.

»Die Red Wings haben ganz schön viele Russen im Team«, sagte Paul. Sein Vater klickte auf JA.

»Wenn du den Sender wechseln willst, dann bin ich mir sicher, dass es deinem Vater recht ist«, sagte Pauls Mutter. Paul schaute seinen Vater an, der geradeaus auf den Bildschirm sah. Es schien ziemlich klar zu sein, dass er das Spiel sehen wollte.

»Das ist schon okay.« Paul winkte ab, und Beverly strickte weiter.

»Hast du mit Carl sprechen können?«, fragte sie.

»Ein bisschen.« Paul wunderte sich über die Frage.

»Wie wirkt er auf dich?«

»Eigentlich in Ordnung. Er macht sich zu viel Sorgen um Kleinigkeiten, wie immer.«

Er beobachtete ihre tanzenden Hände, die Nadeln, die in einem eisenbahnähnlichen Rhythmus klapperten.

»Carl bemüht sich so sehr«, sagte Beverly. »Erica hat gesagt, dass er kaum mehr schläft.«

»Ich weiß.« Paul hoffte, nichts sagen zu müssen, was Carl lieber verschwiegen hätte. »Wir haben darüber gesprochen.«

»Die ältesten Kinder haben immer so ein starkes Verantwortungsgefühl.« Beverly sah von ihrem Strickzeug auf und lächelte. »Es ist schön, dass ihr Jungs miteinander reden konntet. Ich glaube, dass er deine Meinung wirklich respektiert. Weißt du, was wir an Thanksgiving vergessen haben? Die Weihnachtswichtel auszulosen. Macht es dir was aus, wenn wir für dich einen Namen ziehen, wenn die anderen das nächste Mal hier sind? Ich dachte …«

»NEIN«, stand auf Harrolds Computerbildschirm.

Paul bemerkte, dass sein Vater sie ansah.

»Was nein?«, fragte Paul. »Es stört mich nicht, wirklich.«

»NEIN.«

»Nein?«

Harrold sah Beverly an, die ihn ansah. Sie schien verlegen, konzentrierte sich auf ihr Strickzeug. Als Harrold klar wurde, dass Beverly die Frage nicht beantworten würde, wandte er sich dem Computerbildschirm zu, nahm die Maus und führte den Cursor über die Tastatur und klickte, bis er seine Nachricht zusammenhatte.

»Sg alls«, tippte er.

Beverly sah ihn an.

»JA.«

»In Ordnung«, sagte sie. »Dein Vater und ich haben uns gestern Abend unterhalten. Es ist schon bemerkenswert, wie er es schafft, mir klarzumachen, woran er denkt. Jedenfalls möchte Harrold, dass ich dir eine Geschichte erzähle. Möchtest du einen Kakao? Mit oder ohne Marshmallows?«

»Mit«, sagte Paul. Was meinte sie damit, eine Geschichte?

Er sah seinen Vater an, der seine Augen geschlossen hatte. Es wirkte alles sehr ominös und unheilvoll. Hatte Harrold eine zweite Frau und Familie in Omaha? Hatten sie heimlich Clinton gewählt?

Seine Mutter legte ihr Strickzeug zur Seite und ging in die Küche, wo sie Wasser aufsetzte. Als sie mit dem Kakao zurückkam, gab sie Paul eine Tasse, stellte ihre auf den Sofatisch und ging zu ihrem Mann, sie schüttelte sein Kissen auf und gab ihm etwas Saft zu trinken. Als Harrold Schwierigkeiten hatte, den Strohhalm zwischen die Lippen zu bekommen, schob sie ihn mit der Hand in seinen Mund, dann strich sie sein Haar zurück und küsste ihn auf die Stirn.

»Also dann. Wie gesagt, da gibt's diese Geschichte, die ich auf Wunsch deines Vaters erzählen soll«, begann sie. »Sie könnte Verschiedenes erklären. Ich weiß nicht. Wir hoffen es jedenfalls. Du wirst sehen, dass wir schon länger daran gedacht haben, darüber zu sprechen. Anscheinend hatte er nach dem, was du ihm bei euren kleinen Online-Gesprächen erzählt hast, den Eindruck, dass du bereit dafür bist.«

Sie nahm ihr Strickzeug wieder in die Hand, die Nadeln klapperten. Ihre Hände hatten Altersflecken, und ihre Fingernägel hatten sich mit der Zeit verändert, aber die Finger waren immer noch schnell und geschickt.

»Wir haben immer gedacht, dass es nicht sinnvoll ist, Dingen zu lange nachzuhängen«, fuhr sie fort. »Wir wollten einfach nicht, dass sich jemand Sorgen über etwas macht, das gar nicht mehr aktuell ist. Es gibt eine Zeit und einen Ort, und dann verpasst man die Chance, und schließlich ist es so viel einfacher, die Vergangenheit ruhen zu lassen. Aber wenn dein Vater es dir erzählen möchte, dann erzähle ich es dir. Ich bin mir sicher, er würde es dir lieber selbst sagen. Ist das in Ordnung, Harrold?«

Harrold blinzelte.

»Mir was erzählen?«, fragte Paul. Ihr Zögern bereitete ihm Sorgen. Worüber konnte es so schwer sein zu reden? Hatte jemand eine Affäre gehabt? Lag unter den Dielen im Speicher etwas in Plastik eingewickelt, wovon er lieber nichts wusste? War Paul adoptiert oder als Säugling auf der Türschwelle gefunden worden, von Besuchern eines entfernten, verdammten Planeten dort gelassen, mit einem Brief, auf dem stand: »Bringen Sie ihm bei, seine Kräfte zum Wohle der Menschheit zu nutzen ...?« Auf eine merkwürdige Art und Weise fühlte er sich, als hätte er schon immer gewusst, dass es da etwas Großes gab, über das niemand sprach.

»Ich werde mich vielleicht bei ein paar Dingen vertun, aber ich werde mich bemühen. Wie genau erinnerst du dich an den Unfall?«

»An den Autounfall? Als ich drei war?«, fragte er.

»Ach, du warst zu klein. Du erinnerst dich nicht daran. Ich weiß nicht, warum ...«

Harrold sah sie an. Sein Blick schien sie zu bitten.

»Ich erinnere mich daran«, sagte Paul. »Ich erinnere mich allerdings nicht an den Unfall selbst, aber ich erinnere mich daran, dass ich bei Oma und Opa wohnte und wie ich euch im Krankenhaus besuchte. Ich erinnere mich daran, dass wir von einer Party nach Hause fuhren und Glatteis auf der Straße war ...«

Seine Mutter schüttelte den Kopf.

»Es gab kein Glatteis?«

»Ich weiß nicht, woher du das hast«, sagte sie. »Es war September.«

Im Fernsehen hatte einer der Red Wings ein Tor geschossen und reckte seine Faust in die Luft.

»Okay.« Paul trank einen Schluck Kakao. »Ich erinnere

mich nur daran, dass wir ins Schleudern kamen. Und gegen eine Brücke prallten. Richtig?«

Seine Mutter nickte.

»Du warst Gott sei Dank in einem Kindersitz. Wir hatten weder für Carl noch für Elizabeth Kindersitze.«

»Sie waren angeschnallt, oder?«

»Bits schon, dein Bruder nicht und dein Vater nicht. Ich hatte einen Gurt, aber nur einen Beckengurt.«

»Was ist denn passiert?«, fragte Paul. »Es war September? In meiner Erinnerung kamen wir von einer Weihnachtsfeier mit Dads Navy-Freunden nach Hause und gerieten auf Glatteis. Das stimmt also nicht?«

Sie schüttelte noch mal den Kopf.

»Es war das erste Septemberwochenende, Labor Day. Eine warme Sommernacht.« Sie schaute noch einmal zu ihrem Mann. Harrold starrte ins Nichts. »Wir fuhren von Madison, Wisconsin nach Hause, wo dein Vater ein Treffen mit Männern gehabt hatte, die mit ihm im Pazifik gewesen waren. Es war das erste Mal seit dem Krieg, dass sie sich getroffen haben. Wir blieben alle im Hotel. Ihr Kinder fandet das Schwimmbad toll. Wir waren jedenfalls auf dem Rückweg, und wir waren irgendwo in der Nähe von Baraboo. Oder war es Mauston? Ich denke, es war Baraboo oder nahe der Dells. Aber euer Vater hatte zu viel getrunken. Er hatte mich gebeten, zu fahren, aber auch ich hatte zu viel getrunken und war müde, weil ich den ganzen Tag hinter euch drei Kindern hergelaufen bin. Besonders hinter dir. Du warst so schnell.«

Paul sah seine Mutter an, dann seinen Vater.

»Was?«

»Wir hatten überlegt, in einem Motel zu übernachten, weißt du, es war halt in den Dells, und weil es ein verlängertes Wochenende war, waren alle Motelzimmer ausgebucht, also dachte dein Vater, wir sollten einfach nach Hause fahren.«

»Moment mal«, unterbrach Paul sie. »Du hast gesagt, ihr hattet zu viel getrunken?«

»Dein Vater fuhr betrunken Auto«, sagte Beverly. Sie seufzte laut, schloss für einen Augenblick die Augen und sah dann auf ihr Strickzeug.

»Was?«, wiederholte Paul. »Ihr trinkt nicht. Ihr habt nie getrunken.«

»Nein, das tun wir nicht«, bestätigte sie und schaute auf. »Aber früher schon.«

»Was? – Das muss ich erst mal begreifen. Du sagst, Dad ist betrunken Auto gefahren?«

Sie nickte. Er konnte es immer noch nicht glauben. Er erinnerte sich daran, dass seine Eltern nicht einmal bei der Kommunion den Wein tranken und stattdessen um Traubensaft baten. Wie sie bei Hochzeiten den Champagner ablehnten. Wie es im Haus nie eine Flasche Alkohol für Gäste gegeben hatte, und natürlich, wie sie ihn zusammengestaucht hatten, als sie bei ihm eine Bierfahne gerochen hatten, nachdem er von einer Highschoolparty nach Hause gekommen war, und wie sie alles taten, um ihn vom Trinken abzuhalten. Es ergab jetzt alles einen Sinn, aber er konnte sie sich immer noch nicht betrunken vorstellen.

»Und was ist passiert?«

»Dein Bruder sang sehr laut und hüpfte auf dem Rücksitz herum. Er stand auf der Rückbank und sang aus voller Kehle ›Neunundneunzig Flaschen Bier‹, und dein Vater versuchte, ihn zum Sitzen zu bewegen. Er drehte sich um, um Carl zur Ruhe zu bringen, und streckte den Arm nach hinten«, sie machte die Bewegung vor, ihr Arm hing in der Luft, »und als er sich wieder der Straße zuwandte, war es zu spät, um der Brücke noch auszuweichen. Gott hat uns in der Nacht gerettet, denn wenn du das Auto gesehen hättest …«

Sie schaute Harrold an. Er hatte die Augen geschlossen, schlief aber nicht.

»Carl wurde durch die Windschutzscheibe geschleudert. Elizabeth war in Ordnung, abgesehen von einem Schnitt über ihrem Auge. Dein Vater und ich wurden beide aus dem Wagen geschleudert. Was ich nicht verstehe, weil ich dachte, ich wäre angeschnallt gewesen, aber ich muss den Gurt wohl gelöst haben. Ich wünschte, ich könnte dir mehr sagen, aber von kurz vor dem Unfall bis zum Aufwachen im Krankenhaus fehlt mir die Erinnerung. Jedenfalls war das passiert.«

»Und Carl wurde durch die Windschutzscheibe geschleudert?«

»Das wurde mir so gesagt. Er hatte eine gebrochene Schulter, und ein paar Glassplitter mussten aus seiner Kopfhaut entfernt werden, aber es ging ihm gut. Er hat sich schnell wieder erholt. Er brachte mir immer Saft und half der Krankenschwester. – Erinnerst du dich daran, Harrold? Nein, ihm ging es gut. Und wie gesagt, dir ging's gut und Elizabeth auch. Es war wirklich ein Wunder. Wir haben Gott so oft dafür gedankt, dass niemand … es hätte so viel schlimmer sein können.«

Sie hob ihr Wollknäuel hoch, um zu sehen, wie viel noch übrig war. Paul dachte nach. Carl musste sieben Jahre alt gewesen sein und relativ viel mitbekommen haben. Er sagte immer, dass er sich nicht an den Unfall erinnerte. Paul fragte sich, ob das stimmte, und falls ja, ob Carl die Erinnerung verdrängt hatte, sie davon abhielt, in sein Bewusstsein zu dringen, bis sie keine andere Wahl hatte, als im Keller seines Unterbewusstseins zu leben, wo sie über die Jahre an Kraft gewann und Carls Gefühle und Weltsicht dominierte. Paul hatte ihn einen geborenen Spießer genannt, aber jetzt wurde ihm klar, dass er vielleicht nicht so geboren worden war.

»Jedenfalls haben wir danach nie wieder Alkohol getrunken«, sagte seine Muter.

»Das kann ich mir vorstellen.« Paul nickte.

»Ich weiß, dass du immer gedacht hast, wir wären bieder. Wir haben danach vieles verändert. Ich weiß, Paul, dass dir die Kirche nie viel bedeutet hat, aber für uns hat Gott zu uns gesprochen und uns eine zweite Chance gegeben, aber wenn er das getan hat, dann unter der Bedingung, dass wir bessere Christen werden. Er hat uns eine zweite Chance gegeben.«

»Ich hatte keine Ahnung«, sagte Paul.

Harrold sah seine Frau noch einmal an.

»Pastor Wilson hat uns zu Anfang viel geholfen«, fuhr seine Mutter fort. »Und wir haben viel mit einem Mann bei der Veteranenvereinigung, einem Psychologen gesprochen, außerdem ist dein Vater jahrelang zu Treffen gegangen. Ich musste bei euch Kindern bleiben.«

»Treffen bei den Anonymen Alkoholikern?«

Sie nickte.

»Wann?«

»Jeden Montagabend.«

»Ich dachte, er ginge zum Bowling. Wir dachten, er ginge zum Bowling. Wir haben ihm eine Bowlingkugel gekauft.«

Sie lächelte. »Diese Bowlingkugel war eines der besten Geschenke, die ihr ihm je gemacht habt.«

Paul erinnerte sich daran, wie die ganze Familie mal zum Bowling gegangen war und sein Vater nicht sehr gut gewesen war und kaum über hundert gekommen war, und er erinnerte sich daran, wie er gedacht hatte: Wow, für jemanden, der einmal wöchentlich bowlt, ist er wirklich schlecht. Jetzt ergab das alles einen Sinn.

»Es tut mir leid, wenn ich ein bisschen brauche, all das zu begreifen«, gestand er. »Ich kann mir eine Gruppe Navy-Kumpel vorstellen, die herumsitzen und sich betrinken und Kriegsgeschichten erzählen, aber ich habe mir immer vorgestellt, dass Dad der Typ war, der Eistee trank.«

Seine Mutter war schon vorher ernst gewesen, aber jetzt schaute sie düster drein.

»Ich glaube, du verstehst nicht, was ›Kriegsgeschichten erzählen‹ bedeutet«, sagte Beverly. »Es ist nicht so, als würde man sich Witze am Lagerfeuer erzählen. Damals hatten bereits zwei Freunde deines Vaters Selbstmord begangen. Deswegen gab es das Treffen. Sie hatten während des Krieges einige schreckliche Dinge gesehen. Ein Psychologe schlug vor, dass es eine gute Idee wäre, wenn alle zusammenkämen und darüber sprächen. Die Frauen blieben außen vor.«

»Weißt du, was passiert ist?«, fragte er. »Welche schrecklichen Dinge?«

Sie schüttelte den Kopf. Sie wusste die Antwort nicht.

»Ich dachte, es wäre richtig, nicht zu fragen«, sagte sie. »Vielleicht erzählt er es dir eines Tages, wenn's ihm wieder besser geht. Lass mich dir noch einen Kakao machen.«

Sie nahm seine Tasse und verließ das Zimmer. Während sie in der Küche war, sah Paul zu seinem Vater, der nach unten schaute.

»Dad?«, setzte Paul an. »Ich hatte ja keine Ahnung.«

Sein Vater starrte auf das Hockeyspiel.

»Würde es dich stören, wenn ich Carl und Bits erzähle, was Mom mir gesagt hat?«

»NEIN.«

»Nein, es würde dich nicht stören?«

»JA.«

»In Ordnung, dann werde ich das tun. Ich wollte morgen

früh vor dem Abflug noch zu Carl gehen. Weißt du, wenn du den Ton wieder anschalten willst, dann mach, es stört mich nicht. Ich weiß, dass es für dich nicht leicht ist …«

»KANST DU«, tippte sein Vater.

»Ja?«

»MIR VERGBEN?«

»Natürlich.«

Er sah, wie sein Vater den rechten Zeigefinger hob und hochhielt. Er sah aus wie ein Küken im Nest. Paul nahm die Hand seines Vaters und drückte sie, überrascht, wie fest sein Vater zurückdrückte. Drei Mal. Drei Mal drückte er. Paul legte seine Arme um den Hals seines Vaters und umarmte ihn, nicht zum ersten Mal, aber zum ersten Mal, seit er sechs Jahre alt war, als er verstanden hatte, dass Männer so etwas nicht tun.

SIEBENUNDZWANZIGSTES KAPITEL

Brüder

Paul fuhr am nächsten Morgen zu seinem Bruder. Minnesota im späten November war sowohl trostlos als auch hoffnungsvoll. Trostlos, weil die Bäume kahl und das Gras braun waren, aber voller Versprechen des kommenden Winters. Als Kind hatte Paul nach dem ersten Schnee Ausschau gehalten und sich danach gesehnt. Es war knapp unter null Grad. Er fuhr um Lake Harriet und dann Lake Calhoun herum. In einem Monat wären beide Seen zugefroren, und ein paar Wochen später würden Leute darauf Schlittschuh fahren.

Seiner Schwester hatte er am Telefon alles erzählt, was er am Abend vorher erfahren hatte. Sie hatten fast eine Stunde lang gesprochen. Sie war zunächst überrascht, aber dann sah sie, wie logisch alles war, ein Puzzleteil, von dem sie gar nicht wusste, dass es gefehlt hatte.

Pauls Bruder schnürte gerade ein paar Laufschuhe zu, er trug Trainingskleidung. Obwohl Paul die Panoramaroute gefahren war, war er eine halbe Stunde zu früh angekommen. Erica hatte Howie zum Fußballtraining gebracht und Katie zum Schlittschuhkurs. Carl sagte, er hatte gehofft, noch eine Runde zu laufen, bevor Paul ankam.

»Mach nur.« Paul lächelte. »Ich kann warten.«

»Willst du mitkommen?«, fragte Carl. »Bits hat mir erzählt, dass du jetzt auch läufst. Ich kann dir was leihen.«

Paul stimmte zu. Carl gab ihm eine Jogginghose, eine Kapuzenjacke und ein paar Socken und Schuhe, er hatte dieselbe Schuhgröße wie Paul. Sie machten in der Auffahrt ein paar Dehnübungen. Paul machte das eigentlich nur selten, aber er wusste, dass er es tun sollte. Der Himmel war wie eine Schieferplatte, aber es war windstill.

»Ich hasse es, gegen den Wind zu laufen«, sagte Paul zu Carl. »Es fühlt sich an, als wäre das gesamte Universum gegen mich.«

»Warum bist du dir sicher, dass es nicht so ist?«, erwiderte Carl und lachte. »Sag mir, wenn ich zu schnell laufe. Dreieinhalb, okay?«

Paul nickte.

Carl legte ein gutes Tempo vor, vielleicht ein bisschen schneller, als Paul sonst lief. Er fühlte sich stark, aber er fühlte sich auf den ersten Metern immer stark. Am Ende der Straße bogen sie nach links ab auf den Radweg am Mirror Lake entlang.

»Also, was wolltest du mir erzählen?«, fragte Carl. Paul hatte ihn am Telefon vorgewarnt, er hätte Neuigkeiten. »Hast du mit Arnie gesprochen?«

»Das habe ich«, antwortete Paul. »Es gibt noch ein bisschen Papierkram, aber das war's.«

»Wolltest du mir das erzählen?«

»Da ist noch was ...«

Paul erzählte Carl die Geschichte, die ihre Mutter ihm gestern Abend erzählt hatte, ohne etwas auszulassen. Carl hörte zu, er wurde etwas langsamer, während er sich konzentrierte, ohne ihn zu unterbrechen.

»Ziemlich interessant«, sagte Carl schließlich.

»Das ist eine Untertreibung«, stimmte Paul zu. »Erinnerst du dich an den Unfall?«

Zunächst antwortete Carl nicht.

»Ich erinnere mich daran, dass ich dachte, ich hätte etwas falsch gemacht.«

»Erinnerst du dich daran, dass du Mom und Dad jemals betrunken gesehen hast?«

Carl dachte nach.

»Ich erinnere mich daran, dass sie albern waren. Wenn sie betrunken gewesen waren, dann wusste ich das nicht.«

»Hat Dad je über den Krieg gesprochen? Mit mir nie.«

Carl überlegte noch einmal, sein Tempo blieb gleichmäßig und ruhig.

»Ich erinnere mich daran, dass er Albträume hatte«, sagte Carl. »Ich habe ihn gehört und hatte Angst. Er ist nie zum Bowling gegangen?«

»Anscheinend nicht.« Paul schüttelte den Kopf.

»Mom hat dir all das erzählt?«

»Dad wollte es so.«

Das Wasser des Sees war bewegt und ganz aufgewühlt, Wind kam auf. Die beiden liefen an einer schmalen Bucht vorbei, wo ein Dutzend Wildenten kurzfristig Unterschlupf gesucht hatten, bevor sie weiter nach Süden flogen. Ihre grünen Köpfe glänzten trotz des düsteren Wetters.

»Hast du letzte Nacht geschlafen?«, fragte Paul.

»Neun Stunden«, sagte Carl. »Triazolam. Null Komma zwei fünf Milligramm. Man braucht ungefähr eine Stunde, bis man ganz wach ist, aber es scheint zu funktionieren.«

Sie verließen den Radweg und liefen über eine Fußgängerbrücke, die zum Interlachen Country Club führte, dem berühmten Golfplatz, auf dem Bobby Jones 1930 die United States Open gewonnen hatte, eine Etappe auf seinem Weg zum Grand Slam. Obwohl es schon spät in der Saison war, gingen vier einsame Unermüdliche in der Ferne über den Hügel, die Golfwagen wirkten wie langsam grasende Tiere.

»Ich erinnere mich«, begann Carl.

»Woran erinnerst du dich?«

»Mom und Dad. Alkohol. Das muss es gewesen sein. Du hast in deinem Babybett geweint, und ich konnte Dad nicht aufwecken.«

»Wo war Mom?«

»Ich weiß es nicht.« Carl zuckte die Achseln. »Er muss eingeschlafen sein, als er eigentlich auf dich aufpassen sollte. Du hast geweint, und ich wusste nicht, was ich tun sollte. Ich habe bis jetzt nie daran gedacht.« Sie liefen. »Vielleicht erwähne ich das bei meiner Therapeutin.«

»Gehst du zu einer?«

Carl nickte. »Am Freitag. Eine Frau, die Erica kennt. Sie denkt, ich habe eine Zwangsstörung. Ich bin ziemlich nervös.«

»Das musst du nicht«, sagte Paul. »Es geht eigentlich darum, ihnen zuzuhören, solange du kannst, bis dir klar wird, dass sie eigentlich genauso große Idioten sind wie alle anderen. Dann bist du geheilt.«

»Sprichst du aus Erfahrung?«

»Karen und ich waren bei einem Paartherapeuten«, gestand Paul, während sie einen Hügel hinaufliefen, sie blieben auf dem Feldweg neben dem Fairway. »Verbrecherbande. Wenn sie echte Ärzte wären, würden sie wegen Kunstfehlern angeklagt, weil sie so viele Patienten verlieren. Ich habe übrigens mit dem Trinken aufgehört.«

»Bits hat's mir erzählt«, sagte Carl. »Es war auch höchste Zeit.«

»Stimmt.«

Oben auf dem Hügel wurden sie schneller, bewegten sich

nach unten auf das Grün zu, wo der Flaggenstock kurz vor dem Vorgrün im Gras steckte. Sie bogen am Grün rechts ab, in Richtung des neunten Lochs und zum fünfhundertachtzehn Yards entfernten Abschlagbereich. Schließlich kamen sie wieder zum Ufer des Mirror Lake. Sie sahen einen Mann in einem Holzkanu, der eine Angel zum Fliegenfischen in der Luft hin und her warf. Er sah aus wie ein wandelnder Angelkatalog.

»Vielleicht sollten wir mal zusammen zum Fliegenfischen gehen«, sagte Paul.

»Du gehst Fliegenfischen?«

»Ich habe es ein paar Mal probiert. Ich habe nichts gefangen«, gab Paul zu.

»Ich auch nicht.« Carl grinste. »Ich glaube, das ist ein großer Mist. Ich glaube, all die Typen, die behaupten, es sei die beste Art zu angeln, lügen, aber sie können es nicht zugeben, weil sie schon so viel Geld ausgegeben haben. Zeigt mir den Fisch.«

»Du könntest recht haben«, stimmte Paul zu.

»Paul«, begann Carl erneut, »ich habe nie gesagt, dass ich dich nicht für klug halte. Du bist wahrscheinlich der Klügste der Familie, was breitgefächerte Intelligenz angeht. Alles, was ich gemeint habe, als ich dich mit einer Seegurke verglichen habe, war, dass es unlogisch schien, dass du bei allem gleich schlau bist. Jeder ist bei bestimmten Dingen gut und bei anderen nicht. Ich glaube, ich war so eifersüchtig, weil du bei so vielen Dingen so viel besser warst.«

»Das ist lächerlich«, widersprach Paul. »Ich bin in nichts besser als du.«

»Nein«, beharrte Carl, *»das* ist lächerlich. Ich könnte kein Buch schreiben, selbst wenn mein Leben davon abhinge. Und streite nicht mit mir, das ist eines der Dinge, bei denen ich besser als du bin.«

»Bist du nicht.«

»Bin ich doch.«

»Bist du nicht.«

»Bin ich doch.«

Paul machte eine Pause.

»Leck mich ...«

»Touché. Ist es dir recht, wenn ich den letzten halben Kilometer sprinte?«, fragte Carl. »Ich versuche immer, mit einem Endspurt aufzuhören.«

»Ich auch.«

Als Carl das Tempo steigerte, blieb Paul neben ihm, obwohl ein Gespräch nun nicht mehr möglich war. Paul fühlte sich gut, stark, aufgekratzt. Als Carl wieder langsamer wurde, hielt Paul das Tempo, dann lief er ein paar Schritte voraus, während der Asphalt unter seinen Füßen vorbeiflog. Er spürte die Schwerelosigkeit, so wie er sich als Kind gefühlt hatte, wenn er über den Spielplatz flitzte.

Er zügelte das Tempo, als er zu weit vorauslief und ihm bewusst wurde, dass zwar eine Art von Sieg greifbar war, eine Chance, Carl wenigstens bei einem Rennen zu schlagen, es aber weder die Zeit noch der Ort dafür waren, Carl sich noch schlechter fühlen zu lassen, als er es ohnehin schon tat. Als Carl ihn wieder eingeholt hatte, versuchte Paul, neben ihm zu bleiben, bloß dass sein Bruder erneut langsamer wurde. Dann ging ihm ein Licht auf: *Carl* wollte *ihn* gewinnen lassen.

Paul wurde auch langsamer. Einen halben Block von Carls Haus entfernt gingen beide Männer, atemlos, die Hände auf den Hüften, die Herzen rasten.

Carl schaute Paul an. Paul sah seinem Bruder in die Augen. Carl zuckte mit den Augenbrauen.

»Depp«, sagte Paul und sprintete so schnell er konnte

auf das Haus zu, Carl neben ihm, beide Männer liefen mit höchster Geschwindigkeit, sie lachten in Wolken aus Wasserdampf hinein, hatten mehr Spaß miteinander, als sie es je vorher in ihrem Leben gehabt hatten.

ACHTUNDZWANZIGSTES KAPITEL

Every Mother's Child Is Gonna Spy – The Christmas Song Jedes Kind will spionieren

Das Wickenden Street Café war voller junger, glücklicher Leute, die Martinis tranken, Manhattans und Eistee. Paul fand einen Stuhl weiter hinten an der Theke, in einer dunklen Ecke, wo ihn niemand sehen würde, und bestellte nur eine Tasse entkoffeinierten Kaffee. Die Kellnerin grummelte missbilligend.

Es hatte den ganzen Weg von Northampton bis hierher geregnet, Schneeregen und Graupel wurden immer mehr zu Regen, je näher er Providence kam. Es war eine Art Last-Minute-Entscheidung gewesen, hinzufahren, aber das Ganze war heikel. Die Bühne am anderen Ende des Raums wurde mit bunten Spots beleuchtet. Ein Schlagzeuger und ein Bassist waren zu sehen, beide ungefähr fünfundzwanzig, sowie ein Pianist, der alt genug war, ihr Vater zu sein, der er vielleicht tatsächlich war, denn Paul fiel eine starke Ähnlichkeit auf. Die Bühne war mit winzigen, weißen Weihnachtslichtern geschmückt. Tamsen, am Mikrofon, hatte ein schwarzes Kleid mit einem Paillettentop an, das ihre Schultern frei ließ, und sie trug größere Ohrringe als sonst, aber sie musste ja auch strahlen, damit die Leute hinten im Raum sie auch noch sahen.

Paul wusste, dass er parteiisch war, aber er fand, dass sie toll klang, mit einer guten Tonlage und einer einzigartigen Phrasierung. Außerdem wirkte sie sehr selbstbewusst und unerschrocken, obwohl er sich vorstellen konnte, wie es in ihr aussah.

Er applaudierte, als sie fertig war. Die meisten Leute hörten tatsächlich zu und versuchten, während der Darbietung nicht zu reden. Tamsen machte der Applaus ein bisschen verlegen, aber es gefiel ihr auch. Sie starrte auf das Blatt Papier zu ihren Füßen, dann hob sie es auf und zeigte es dem Publikum.

»Ihr wollt wissen, warum ich den ganzen Abend auf dieses Stück Papier blinzle?«, fragte sie. »Eine solche Anfängerin bin ich, schaut es euch an. Es sieht leer aus, stimmt's? Für mich auch. Ich habe meine Setlist mit einem roten Stift geschrieben. Die Spots sind auch rot, meine Setlist ist nicht zu erkennen.«

Die Leute lachten. Ihr Bühnengeplapper wirkte natürlich und entspannt. Er wusste, dass sie auf der Bühne einfach nur sie selbst sein musste und so jedes Publikum um den Finger wickeln könnte. Er war stolz auf sie. Sheila Clark hatte ihr viel beigebracht. Sie wirkte so glücklich. Und das zu sehen war einer der Gründe, warum er gekommen war. Er entdeckte einen Mann, der ganz vorn an einem Tisch saß, ein leerer Stuhl neben ihm, und er vermutete, dass das wahrscheinlich Stephen war, ein nett aussehender Kerl in einem dunklen Rollkragenpullover. Paul wäre zu Stephen gegangen, um ihm die Hand zu schütteln und ihm zu gratulieren, aber er wollte nicht, dass Tamsen wusste, dass er da war. Sie sang »Don't Get Around Much Anymore« und »Old Folks« und »This Will Make You Laugh«. Nachdem sie mit dem Bassisten gesprochen hatte, sagte sie schließlich das letzte Lied an.

»Vielen Dank, dass ihr gekommen seid. Ihr habt keine Ahnung, wie viel es mir bedeutet, dass ihr hier seid. Wir wollten eigentlich gar kein Weihnachtslied bringen, weil ich weiß, dass ihr sie wahrscheinlich in jedem Aufzug und jedem Supermarkt hört, aber wir spielen dieses eine«, erklärte sie. »Geschrieben von Hugh Martin und Ralph Blane. Ursprünglich von Judy Garland gesungen in *Heimweh nach St. Louis*.«

»Have yourself a merry little Christmas«, begann sie. Paul hatte sich den Text des Liedes vorher noch nie so genau angehört. Es war eigentlich ziemlich traurig, wenn man aufmerksam hinhörte. Er wusste, dass es arrogant von ihm war, sich vorzustellen, dass sie das Lied direkt für ihn sang, aber er gab sich der Vorstellung hin.

Er ging schnell, bevor die Lichter angeschaltet wurden. In seiner Tasche befand sich eine zusammengeknüllte Serviette, auf die er eine Nachricht geschrieben hatte, um sie einer Kellnerin zu geben mit der Bitte, sie an die Sängerin weiterzureichen. Sie lautete:

Du wirst bald nur noch unter deinem Vornamen bekannt sein.

Paul

NEUNUNDZWANZIGSTES KAPITEL

Natur für Deppen

Als durch einen Preiskrieg zwischen Fluglinien und durch die niedrigsten Treibstoffpreise seit 1949 ein Rückflugticket nach Minnesota weniger als dreihundert Dollar kostete, kaufte Paul eines, in der Absicht, über Weihnachten nach Hause zu fliegen und seine Eltern zu überraschen. Nur seine Schwester Bits wusste Bescheid. Er musste noch Geschenke kaufen und fuhr ins Stadtzentrum. Es war kurz nach zwölf Uhr mittags, und es schneite leicht.

Weihnachten in Northampton bedeutete überfüllte Gehwege und weit entfernte Parkplätze, aber er konnte sich nicht beschweren. Die Ladenbesitzer auf der Main Street gingen mit so einem besonderen Schwung an die Sache, den nur nervöse Gier erklären konnte, und legten vorübergehend ihre kleinlichen Fehden bei, ausgenommen Stanley Prochaska, der geächtete Juwelier und städtische Geizhals, der sich beharrlich weigerte, sich an der Festbeleuchtung zu beteiligen: Ketten kleiner, weißer Lichter, die die Main Street ungefähr von Thanksgiving bis zum Valentinstag in ein Feenland verwandelten.

Paul kaufte ohne ein bestimmtes Ziel im Sinn ein. Er stand vor dem Schaufenster der WindSpirit-Galerie, einem Laden mit Kunst aus dem Westen und von Indianern. Er schaute sich Ringe, Armbänder, Broschen, Bildsteine und

Silber an und Ohrringe aus Stachelschweinstacheln und Federn; er dachte, er würde vielleicht etwas für seine Schwester finden, aber es war nicht ihr Stil. Er sah sie vor sich, wie sie sagte: »Wer bin ich – Pocahontas?«

Er ging weiter. Er erwarb einen Schal bei Betsy's Threads und ein paar Cremes von Kiehl's für seine Mutter, die feine Seifen und Hautpflegeprodukte mochte, sie aber nie für sich selbst kaufte, weil sie sie für zu extravagant hielt. Im Runner's Shop fand er einen Laufdress für seinen Bruder.

UPS hatte an diesem Morgen ein Päckchen von Carl gebracht, in dem Paul eine Plexiglaskugel fand, in dem ein von Harmon Killebrew signierter Baseball steckte, dabei lag eine Karte, auf der stand: »Das kommt nicht vom Weihnachtsmann, das ist nur ein Dankeschön für alles, was du für Dad und den Rest von uns getan hast. Carl.«

Er kaufte ein Furzkissen und eine Gummiratte für seinen Neffen Howard, dann reichte es ihm, und er ging in sein Büro, wo er seinen Bruder anrief. Er fragte ihn, ob er schon alles für Weihnachten gekauft habe, worauf Carl antwortete, dass er das schon seit Mittsommer erledigt hatte. Natürlich.

»Ich wollte mich nur für den Baseball bedanken«, sagte Paul. »Wusstest du, dass Harmon Killebrew in seiner Karriere über achttausendmal am Schlagmal gestanden und nicht einen Tropfball gemacht hat?«

»Seine Arme waren kräftiger als meine Beine«, meinte Carl.

»Danke, jedenfalls.«

»Na ja, du hast das toll mit Dad gemacht. Ich glaube nicht, dass ich das hätte tun können.«

»Was meinst du?«, fragte Paul. Er bettelte nur nach Komplimenten, das wusste er.

»Nur dass deine ruinierte Ehe sich bezahlt gemacht hat«,

frotzelte Carl. »All der Kram, den du über Karen und deine neue Freundin geschrieben hast. Ich glaube, dass das direkt in einen Teil von Dads Gehirn gedrungen ist, den er normalerweise nicht benutzt. Ich glaube, das hat ihn wirklich herausgefordert.«

Paul musste innehalten. Carl hatte die Onlinedialoge gelesen? Wieso war das was anderes, als Pauls Post zu lesen? Paul hatte keine Ahnung, dass die Dialoge gespeichert worden waren. Er erinnerte sich daran, dass er Carls Dateien gelesen und eine Kopie seiner PINs ausgedruckt hatte, er befand sich also kaum in einer Position, Carl die Verletzung seiner Privatsphäre vorzuwerfen. Er hatte keine Geheimnisse vor seinem Bruder. Offensichtlich nicht mehr. Carl würde sich nicht in jemand anderes als Carl verwandeln, zumindest nicht über Nacht. Man sollte vorsichtig sein, was man sich wünscht.

»Schön, dass ich helfen konnte«, sagte er.

Nachdem er aufgelegt hatte, hob Paul das Fernglas hoch, das neben dem Fenster lag, und schaute über die Straße, wo ein paar Polizisten nach Feierabend neben einem Sammeleimer der Heilsarmee Glöckchen läuteten, was wie ein Verstoß gegen das Prinzip der Trennung von Staat und Kirche wirkte, wenn auch für einen guten Zweck. Er machte sich an die Arbeit. Das Gute daran, selbstständig zu sein, ist, dass man die Arbeitszeit selbst bestimmen kann. Das Schlechte daran ist, dass man nie Urlaub oder einen freien Tag bekam. Heute fühlte er sich konzentriert und motiviert.

Manche Forscher glauben, dass die Benutzung von antibakteriellen und antimykotischen Desinfektionsmitteln tatsächlich zur Verbreitung von Bakterien führt. Eine antibakterielle Chemikalie namens Triclosan, die in den meisten der verkauften Desinfektionsmittel enthalten ist, tötet in Labortests zwar E.-coli-Bakterien, doch in ungefähr der Hälfte der Fälle, in denen Triclosan getestet wurde, überlebten mutierte Bakterienstämme das Triclosan und wuchsen, um die vorherigen Bakterienkulturen zu ersetzen. Mit anderen Worten: Putzen macht die Welt schmutziger. Auf eine ähnliche Weise hat die zu häufige Verschreibung von geläufigen Antibiotika wie Tetrazyklin oder Erythromicin zu mutierten Virenstämmen geführt, die allen bekannten Behandlungen widerstehen. Wir vergiften uns also durch gute Absichten.

Er hörte mit dem Schreiben auf, als das Telefon klingelte, aber er sah die Nummer. Der Anruf kam aus einem Callcenter von AT&T, seinem früheren Telefonanbieter, der ihn zum Zurückkommen animieren wollte. Er war versucht, abzuheben und dem Typ zu sagen: »Hey, nimm es wie ein Mann. Wenn ich einen Chevy kaufe, bekomme ich keinen Anruf von einem Ford-Verkäufer, der mich volljammert, warum ich einen Chevy gekauft habe.«

Er wandte sich wieder seiner Arbeit zu.

Die natürliche Auslese verlangt von allen Spezies, ihre eigenen Interessen immer an erste Stelle zu setzen. Wahrer Altruismus oder die Fähigkeit, die Interessen anderer über die eigenen zu stellen, jenseits von kooperativen Bemühungen, persönliche Reviere zu beschützen oder verwandten Nachwuchs zu verteidigen, wurde nur bei der menschlichen Spezies dokumentiert.

Er hob das Fernglas wieder hoch. Weiter unten auf der Straße, hinter den Polizisten, die die Glöckchen läuteten, spielte ein Straßenmusiker Folksongs und klimperte auf seiner Gitarre, sein Gesicht hatte er gen Himmel gereckt. Vielleicht lag es an der weihnachtlichen Stimmung, dass die Passanten freigiebig waren.

Manche Verhaltensforscher zweifeln daran, dass die menschliche Spezies zu wahrem Altruismus fähig ist. Als soziales Tier hat der Mensch gelernt, dass kooperatives Verhalten – selbst Dinge, die scheinbar altruistisch sind, wie die Armen zu speisen, zu spenden oder die Sterbenden zu pflegen – dem Individuum zugutekommt. Solche Handlungen stärken den sozialen Vertrag und stellen dadurch das Überleben des Nachwuchses sicher. Man könnte anführen, dass sogar jemand anscheinend so selbstloses wie Mutter Teresa in ihrem eigenen Interesse handelt, da unsere einzigartige Fähigkeit, das Vergehen von Zeit und damit unsere eigene Sterblichkeit zu begreifen, Eigeninteresse und Altruismus zu ein und demselben machen.

Sein Telefon klingelte schon wieder. Er schaute auf die Nummer.

»*Hi Paul. Hier ist deine Mutter. Ich wollte mich nur kurz melden. Im Moment brennt ein Feuer im Holzofen, und ich habe die Weihnachtsbeleuchtung angeschaltet. Carl kam her und hat mir beim Aufstellen des Baums geholfen. Deine Schwester kocht das Weihnachtsessen dieses Jahr in ihrem Haus, da werden wir also sein, solltest du anrufen wollen. Ich wünschte, du könntest hier sein. Harrold und ich haben bloß Makkaroni mit Käse gegessen, weil wir nur darauf Lust hatten. Ich wollte dir jedenfalls nur kurz sagen, dass wir an dich denken und wünschen, du würdest ein bisschen näher wohnen, damit wir uns öfter besuchen könnten. Wir lieben dich. Tschüss.*«

Er freute sich darauf, sie alle zu überraschen und das traditionelle Essen zu essen und all die traditionellen Rituale mitzumachen. Er hatte nicht mehr das Gefühl, dass alles nur fauler Zauber war, wie früher. Das Zuhause schien ein einladender Ort zu sein, jetzt, da die Geheimnisse gelüftet waren und alles offenlag.

Er wandte sich noch einmal seinem Computerbildschirm zu.

Während der Mensch die einzige bekannte Spezies ist, die altruistisches Verhalten zeigt, so ist er nicht die einzige, die lieben kann. Es wird angenommen, dass Elefanten Liebe kennen und erleben, dass sie ein Wissen um ihre eigene Sterblichkeit haben und auch Trauer empfinden, sie stehen oft für Tage an der Leiche eines verstorbenen Herdenmitglieds, streicheln den Körper und betrauern den Toten. Das einzige Beispiel von Liebe zwischen zwei Spezies ist das zwischen Hund und Mensch, eine Beziehung von gegenseitigem Nutzen, die über die Lebensspanne beider Spezies hinausgeht.

Auf der anderen Straßenseite sah er durch sein Fernglas einen jungen Vater, ungefähr halb so alt wie er selbst, der mit seiner Tochter, die einen rosafarbenen Schneeoverall trug, an der Hand spazieren ging. Paul wurde neidisch. Was sagte Hamlet? »Bereit sein ist alles.« Paul war geschockt, dass er sich gerade an etwas erinnert hatte, das sein Englischlehrer auf dem College gesagt hatte, aber es musste wohl früher oder später mal geschehen.

Er tippte weiter.

Ein Eichhörnchen, das nur eintausend Eicheln braucht, um durch den Winter zu kommen, und tatsächlich noch nie mehr gebraucht hat, wird trotzdem nicht Ende Oktober damit aufhören, Eicheln zu sammeln, auch wenn es dann eintausend zusammenhat. Es wird weiter Eicheln sammeln, die meisten werden schließlich entweder verrotten, wo es sie versteckt hat, oder schlicht vergessen. Das Eichhörnchen verbringt also einen entscheidenden Teil seines Lebens damit, sich unnötig Sorgen zu machen, ohne sich der Fülle um sich herum bewusst zu sein.

Er ließ die Rechtschreibprüfung über seine Arbeit laufen, überflog noch mal schnell, was er geschrieben hatte, und stellte dann etwas überrascht fest, dass er mit dem Buch fertig war. Er musste seinem Agenten eine Kopie zum Kommentieren schicken, und es würde noch Änderungen geben, aber für den Augenblick war er fertig. Es war gutes Timing, ein gutes Gefühl am Ende des Jahres. Er speicherte eine Kopie und schickte die Datei als Anhang einer E-Mail an Maury.

Er schaltete den Computer aus und schaute auf die Uhr. Es war halb sechs.

Er musste Zeit totschlagen, also ging er dorthin, wo er schon früher so viel davon totgeschlagen hatte, an all den Einkäufern vorbei, bis er einen bekannten Eingang erreichte. Das Schild an der Tür verkündete, dass heute die jährliche Weihnachtsfeier im Bay State stattfand, mit einem kompletten Büfett ab halb sechs. Er war nicht wieder dort gewesen, seit er trocken war, aber jetzt vermisste er seine alten Freunde.

Hinter der Theke hing eine Lichterkette. Die Musikbox war mit ein paar weihnachtlichen Liedern aufgefüllt worden, als erstes Bing Crosbys »White Christmas«, dann Burl Ives, der »Frosty the Snowman« sang, Elvis' »Blue Christmas«, Gene Autrys »Rudolph the Red-Nosed Reindeer«, die Chipmunks sangen »All I Want for Christmas Is My Two Front Teeth« und – vielleicht das ergreifendste von allen – John Lennons »Happy Xmas«. Einige Frauen am Tisch am Fenster trugen glänzende, schwarze Cocktailkleider, aber Pauls Freunde sahen genauso aus wie immer. O-Rings und Bender standen an der Theke. Brickman auch, er saß dort, wo die Theke an die Mauer stieß, und signalisierte so, dass er heute Abend seine Ruhe haben wollte. Bender rief laut Pauls Namen.

»Wo zum Teufel bist du denn gewesen?«, fragte Bender. Silent Neil kam näher. »Komm, ich geb dir ein Bier aus, was willst du trinken?«

»Tonic Water mit Zitronenlimo«, sagte Paul. Neil zog eine Augenbraue hoch.

»Das war's?«, fragte Bender. »Nur Tonic Water mit Zitronenlimo?«

»Das war's«, sagte Paul. »Ich will meine mädchenhafte Figur behalten. Wie geht's dir?«

»Was machst du, Mann? Lange nicht mehr gesehen. Wo warst du?«, unterbrach O-Rings.

»Unterwegs«, sagte Paul. »Dieses und jenes.«

»Wow, Mann.« O-Rings sah ihn einen Augenblick lang an. »Schön, dich zu sehen.« Paul erinnerte sich daran, dass er O-Rings in Kneipen überall in der Stadt gesehen und gedacht hatte: »Also, der Typ hat ein Problem, jedes Mal, wenn ich eine Kneipe betrete, ist er da.« Es ist ihm dann irgendwann klar geworden, dass er O-Rings nur deswegen in Kneipen sah, weil er selbst auch da war.

»Du trinkst nichts?«, fragte Bender.

»Jetzt nicht«, sagte Paul.

»Mein Arzt hat mir jeden Tag einen Drink erlaubt«, sagte

Bender. Er erhob sein Glas. »Dieser hier ist für Dienstag, dreizehnter Juni 2084.«

»Wie geht's euch?«, fragte Paul.

»Uns geht's gut«, antwortete Bender.

»Doyle nicht«, lallte O-Rings. »Es sei denn, man behauptet, dass es einem gut geht, wenn man in seinem Auto wohnt.«

»Doyle wohnt in seinem Auto?«

»Seine Freundin hat ihn vor einer Woche rausgeschmissen«, erklärte Bender. »Komm, ich geb dir einen aus.«

»Ich habe noch.« Paul hob sein Glas.

»Was soll denn dieser Gin und Tonic?«, fragte O-Rings. »Denkst du, es ist Sommer oder was?«

»Es ist nur Tonic Water«, sagte Paul. Er wollte O-Rings fragen, wie es seiner Frau und seinem Kind ginge. Er wollte ihm einen Song vorsingen: »Quit your ramblin' quit your gamblin' / Quit staying out late at night / Stay at home with your wife and your family / And sit back by the fireside light… Zieh nicht mehr herum, hör mit dem Glücksspiel auf, bleib nicht mehr bis spät in die Nacht weg, bleib zu Hause bei deiner Frau und deiner Familie und genieße das Kaminfeuer…«

Er schlenderte die Theke entlang und setzte sich auf den Barhocker neben Brickman.

»Hey Bricks«, begrüßte Paul ihn. »Hast du Lust auf Gesellschaft?«

»Scheiß Anwälte«, lallte Brickman. »Gottverdammte Scheißanwälte.«

»Was jetzt?«

»Sonias Anwalt sagt, sie will dreitausend Dollar monatlich. Lass dich bloß nie scheiden.«

»Ich bin schon geschieden.«

»Bist du?«, fragte Brickman. »Frauen sind scheiße.«

Paul sah Brickman an.

»Da kann ich dir nicht zustimmen, Mann«, erwiderte Paul.

»Dann scheiß auf dich.«

»Himmel, Bricks, komm runter«, sagte Paul.

»Dreitausend Dollar monatlich und alleiniges Sorgerecht«, fuhr Bricks fort. »Ich bin ein guter Vater. Ich bin ein *toller* Vater …«

Paul ging zur Musikbox, wo D. J. und Mickey ihn begrüßten. Er fragte sie, wie es ihrem Sohn ginge. Mickey sagte: »Frag nicht.«

»Wir haben ihn in ein Programm in Stockbridge geschickt«, sagte D. J. »Eine Art von rau-liebevollem Bootcamp. Ich würde mich nicht wundern, wenn er noch schlimmer dran ist, wenn er wieder rauskommt. Wir dürfen ihn nicht besuchen. Der Typ, der die Schule gegründet hat, ist größenwahnsinnig.«

»Warum habt ihr ihn dann dorthin geschickt?«, fragte Paul.

»Er war heroinsüchtig.« Mickey lachte. »Klasse, was? Er hat ein paar dumme Sachen gemacht, aber dass er so was tut, hätten wir nie erwartet.«

Warum lachte sie?

»Vaya con Dios.« Paul ging zum Büfett und füllte einen kleinen Pappteller mit Buffalowings. Er sah auf seine Uhr. Es waren erst zwanzig Minuten vergangen. Er hatte regelmäßig ganze Abende nur damit verbracht. Jetzt verging die Zeit unerträglich langsam. Früher war jeder Schluck ein Ereignis, das die Zeit markierte. Er war unendlich gelangweilt.

»Hast du das von McCoy gehört?«, fragte O-Rings und nahm sich mit den Fingern ein Stück Huhn vom Rechaud.

Paul wandte sich um. »Was ist mit ihm?«

»Er ist nach Paris gezogen. Vor drei Wochen.«

»Ehrlich?«

O-Rings nickte.

»Ich fass es nicht …«

»Hey Paul«, sagte O-Rings, »ich geb dir ein Bier aus, um auf McCoy zu trinken …«

»Ich trinke nicht …«

»Hey Neil – bring Paulie ein Bier!«, rief D. J.

Paul sah Neil an und schüttelte den Kopf.

Er zog Bilanz. Er sah Bender, Brickman, O-Rings, Mickey und Yvonne, alle mit erhobenen Gläsern, alle um halb sieben betrunken. Ihm wurde plötzlich klar, was offensichtlich hätte sein müssen. Alle seine Freunde waren Alkoholiker. Alle hatten Fehler, waren menschlich und auf ihre eigene Weise übel dran, alle entschlossen, die Party ihres Lebens weiterzufeiern, alle in ihrer eigenen, kleinen Welt verloren, ihrer persönlichen Suche nach dem nächsten Spaß, der nächsten glücklichen Stunde oder Minute oder Sekunde, aber sie waren gute Menschen, und er liebte sie und wünschte ihnen alles Gute, aber sie waren nicht mehr Teil seiner Welt. Genauer gesagt veränderte sich alles in Pauls neuer Welt, und in dieser Welt veränderte sich nichts.

Er entschuldigte sich und ging zur Toilette. Er sah auf, als Silent Neil hereinkam und sich an das Pissoir neben ihm stellte. Paul lächelte. Neil nickte.

»Bist du trocken?«, fragte Neil.

Paul stand wie unter Schock. »Wie bitte?«

»Bist du trocken?«, wiederholte Neil.

»Ja«, sagte Paul verdattert. Neil sprach tatsächlich mit ihm. Er hatte eine tiefe, volle Stimme, wie James Earl Jones, wenn Darth Vader aus den Südstaaten käme.

»Wirklich? Ist das eine endgültige Entscheidung?«

»Ja«, sagte Paul.

»Dann komm nicht wieder her. Sie werden dich nur wieder zu sich herunterziehen. Ich habe das hundertmal erlebt.«

»Sie sind meine Freunde.«

»Dann geh mit ihnen zum Mittagessen. Zum Frühstück. Aber komm nicht mehr hierher. Wenn du nüchtern bleiben willst, musst du dir neue Freunde suchen. Morgen Abend um sieben gibt's ein Treffen in der Unitarian Church, falls du kommen möchtest. Ich würde dich gern einführen.«

»AA?«

Neil nickte. Plötzlich wurde Paul klar, dass Silent Neil ein Spion war, ein Maulwurf, der tief hinter den feindlichen Linien arbeitete. »Komm bloß nicht mehr hierher. Ich meine es ernst.«

Neil ging.

Paul kehrte in die Bar zurück. Aus der Musikbox erklang Bing Crosby, »I'm dreaming of a white Christmas/ Just like the ones I used to know ...« Als Paul aus dem Fenster schaute, sah er, dass es schon wieder schneite. Yvonne mit den hellroten Haaren tröstete Brickman am Ende der Theke. D. J. und Mickey lachten über irgendwas. Bender baggerte die Mädels in den Cocktailkleidern an. O-Rings hatte spektakulären Erfolg am Flipper. Es fühlte sich wie der letzte Tag im Ferienlager an, und er stand auf dem Parkplatz und beobachtete, wie Busladungen voller Spielkameraden verschwanden, bloß dass er derjenige war, der sich fortbewegte, und sie nicht.

Paul winkte ihnen zu, als er zur Tür ging.

»Ich sehe euch alle später«, rief er. »Frohe Weihnachten euch allen.«

DREISSIGSTES KAPITEL

Ich dachte, du wärst tot

Paul bog rechts auf die Main Street ab, an einem Eckladen blieb er stehen, um sich ein Abendessen zu kaufen. Es schneite leicht, zarte Flocken, die sich im windlosen Himmel nur wenig bewegten. Alles war still und sauber. In seinem Kopf hörte er Bing Crosby singen: »May your days be merry and bright …« Ein Pioneer Valley Transit Authority Bus kämpfte sich durch den Schnee in Richtung Amherst. Weiter unten auf der Straße klingelte jemand mit einer Glocke.

Als er nach Hause kam, schaltete er den Fernseher an. CNN berichtete über den Versuch eines weiteren Milliardärs, die Erde in einem Ballon zu umrunden, und über den Anfang des Ramadan und den Rückruf von fünfunddreißig Millionen Pfund kontaminierter Hotdogs durch eine Fleischverpackungsfirma in Michigan – ihm fiel nur eine ein – und einen merkwürdigen Kälteeinbruch in Kalifornien, dem alle Orangen zum Opfer gefallen waren. In einem lokalen Sender erzählte ihm eine süße Reporterin in einer wuscheligen Weihnachtsmannmütze vor einem Einkaufszentrum, dass er nur noch drei Einkaufstage übrig hatte. Der Wetterkanal prophezeite, es sei noch mehr Schnee zu erwarten. Es sah aus, als würden Bing Crosbys Träume wahr werden.

Er verpackte gerade Geschenke auf dem Küchentisch, als es an der Tür klopfte. Er erwartete niemanden. Sein erster Gedanke war, dass jemand Probleme mit seinem Auto hatte. Als er die Tür öffnete, machte sein Herz einen Satz.

Es war Tamsen.

»Überraschung«, sagte sie. Er konnte sich keine größere Untertreibung vorstellen. Sein Herz raste. »Darf ich reinkommen? Ich störe dich doch nicht, oder?«

»Ich packe gerade Geschenke ein«, sagte er. Er tippte sich kurz an den Kopf, als einladende Geste. Wenn er schon eine Halluzination haben musste, dann war das genau die richtige. Er atmete tief ein, um sich zu beruhigen. Sie stampfte den Schnee von den Stiefeln und zog sie dann aus. »Möchtest du einen Kakao oder Kaffee oder sonst was?«, fragte er.

»Ein Kakao wäre toll.«

Sie trug Jeans und ihre schwarze Lederjacke mit einem schwarz-weißen Palästinensertuch um den Hals. Sie nahm ihren Mantel und ihren Schal ab, schüttelte ihr offenes Haar aus, es war länger als in seiner Erinnerung, und der Schnee darauf fiel zu Boden. Wie lange hatte sie vor seinem Haus gestanden? Sie trug einen Pullover mit einem irischen Zopfmuster unter ihrer Lederjacke, die sie an einen Haken der Garderobe hängte. Er wollte sie in die Arme nehmen, festhalten und küssen, er hatte sich noch nie im Leben etwas so sehr gewünscht, aber er hielt sich zurück. Es wurde immer wahrscheinlicher, dass sie keine Halluzination war.

Er machte zwei Tassen Wasser in der Mikrowelle heiß und kippte zwei Päckchen Instantkakao für Tamsen und sich selbst hinein. Sie nahm die Tasse entgegen und nippte daran. Er wünschte, er hätte Minimarshmallows. Er betrachtete ihre Lippen, die Form, die sie annahmen, als sie über ihren Kakao blies. Er hatte eine Kette mit Miniweihnachtslichtern an einen kleinen Weihnachtsbaum gehängt, den er in einem Supermarkt gekauft hatte, ein Skelett von einem Baum, eher ein dicker Traubenstamm, dessen Trauben schon alle gepflückt waren, als ein respektabler Nadelbaum, aber er hatte so ausgesehen, als brauche er ein gutes Zuhause, und er war billig gewesen. Er stand auf dem Tisch auf der anderen Seite des Sofas.

»Du hast einen Baum«, bemerkte sie.

»Mehr oder weniger.«

»Er ist hübsch«, sagte sie, obwohl er wusste, dass sie nur nett war. »Du brauchst Schmuck.«

Er und Karen hatten angefangen, Weihnachtsschmuck zu sammeln, aber er hatte keine Ahnung, wo der jetzt war. Es war egal. Er war so nutzlos wie sein alter Ehering.

Er wartete darauf, dass Tamsen noch etwas sagte. Es gab keinen Grund, anzunehmen, dass ihr Besuch etwas Gutes bedeutete. Er bemühte sich, zurückhaltend zu bleiben, auch wenn das schwierig war.

»Bist du auf der Durchreise?«, fragte er.

»Ich hatte etwas zu erledigen«, erwiderte sie. »Ich habe etwas für dich.«

Sie griff in ihre Tasche. Er dachte, dass sie nach einer Art Weihnachtsgeschenk suchte, und wünschte, er hätte etwas für sie gekauft, auch wenn er ihren Besuch kaum hätte vorhersehen können. Stattdessen gab sie ihm ein rotes Halstuch, und zwar das, das sie Stella geschenkt hatte, an dem Abend, als sie ihn im Bay State getroffen hatte.

Paul nahm es. »Wo hast du das gefunden?«

»Es war unter meinem Sofa«, erklärte Tamsen. »Es muss ihr im Schlaf vom Hals gefallen sein.«

Er befühlte den Stoff, dann hob er das Tuch an die Nase und schnüffelte. Die Baumwollfasern waren voll von Stellas Ohrenschmalz. Er lächelte, als er den Geruch wiedererkannte, ein bisschen wie Hefe und ganz sie.

»Ich weiß«, sagte Tamsen. »Ich hätte es fast gewaschen, aber dann dachte ich, dass es dir ungewaschen vielleicht besser gefallen würde.«

»Du hast recht«, stimmte er zu. »Ihr hätte die Ironie gefallen.«

»Ich finde immer noch Haare«, sagte Tamsen. »Aber ich hoffe irgendwie, dass ich nie das letzte finde.«

»Das wirst du nicht.« Paul lächelte. »Gestern ist mir ein Stück Käse auf den Boden gefallen, und ich hätte sie fast gerufen, damit sie es frisst. Es ist schwer, sich daran zu gewöhnen, dass sie nicht mehr da ist.«

»Ich weiß.« Tamsen nickte. »Sie fehlt mir. Ich denke oft an sie. Ich kann nicht durch eine Tür gehen, ohne mir vorzustellen, dass sie draußen wartet. Oder ich sitze in einem Sessel und möchte den Kopf drehen, weil ich das Gefühl habe, dass sie da knapp außer meiner Sichtweite sitzt. Es ist eine Präsenz. Oder eine Abwesenheit.«

Er nickte, um ihr zu sagen, dass er das Gefühl kannte.

»Ich weiß es zu schätzen, dass du den ganzen Weg hierhergefahren bist«, sagte Paul. Er fragte sich, warum sie das getan hatte. »Du hättest es schicken können.«

»Das hätte ich tun können«, stimmte sie zu. Sie drehte sich auf der Couch zu ihm um und legte ihre Beine unter sich. »Kannst du mir einen Gefallen tun? Ich möchte dir etwas erzählen und möchte, dass du einfach nur zuhörst. In Ordnung?«

»In Ordnung«, sagte er.

»Also«, begann sie. »Ich bin hergekommen, weil ich viel nachgedacht habe. Über uns. Ich meine, wenn ich an Stella denke, denke ich an uns. Und selbst wenn ich mir unser letztes Onlinegespräch durchlese, bin ich mir überhaupt nicht darüber im Klaren, was eigentlich passiert ist. Bist du das?«

»Du hast mit mir Schluss gemacht. Da bin ich mir ziemlich sicher. Du musstest mir das von Stephen erzählen.«

»Ja. Aber du hast mich auch weggeschoben. Auch schon vorher. Vor Stellas Tod.«

»Das habe ich«, gab er zu.

»Warum?«

»Ich bin mir nicht sicher.« Er überlegte. »Ich dachte, es wäre besser für dich, wenn ich mich selbst aus der Sache entfernte. Ich hatte das Gefühl, es wäre egoistisch, dir bei dem, was dich glücklich macht, im Weg zu stehen.«

»Und was wolltest *du*?«, fragte sie. »Du solltest für das kämpfen, was *du* möchtest. Warum hast du nicht gekämpft?«

»Das habe ich.«

»Wie?«

»Ich habe mich bemüht, netter zu sein.«

»Netter als wer?«

»Netter als Stephen. So kämpfen Leute aus Minnesota. Wir versuchen, unsere Gegner durch Nettsein zu schlagen.«

Er erinnerte sich an etwas, das Stella gesagt hatte: »Manchmal tust du so, als würdest du es nicht verdienen, glücklich zu sein. Als würde dich das Universum für etwas bestrafen. Du hast nichts Schlimmes getan. Du verdienst alles Glück, das du finden kannst. Du verdienst wahrscheinlich mehr, als du finden kannst.«

»Du weißt, was ich meine«, sagte Tamsen.

»Ich wollte, dass du dich für mich entscheidest«, gestand er. »Ich habe mich bemüht, wählbar zu sein. Vielleicht ist *liebenswert* ein anderes Wort dafür. Außer, dass du mich geliebt hast. Du hast mich nur nicht gewählt.«

»Das konnte ich nicht. Es war nicht sicher. Ich meine, es waren die falschen Umstände, um etwas anzufangen.«

»Ich weiß«, sagte er. »Ach, und ich habe übrigens mit dem Trinken aufgehört.«

»Ich weiß.«

»Woher?«

»Ich habe deine Schwester angerufen. Um zu fragen, wie's dir geht.«

»Sie hat mir nicht erzählt, dass du angerufen hast.«

»Ich habe sie darum gebeten.«

Einen Augenblick lang hatte er das Gefühl, als würden Tamsen und seine Schwester sich hinter seinem Rücken verbünden, aber dann wurde ihm klar, dass ihm die Vorstellung eigentlich ganz gut gefiel.

»Ich wollte dich ungefähr hundert Mal anrufen. Einfach, um mich zu melden.«

»Aber?«

»So macht man nicht mit jemandem Schluss«, sagte sie. »Ich habe meine Lektion gelernt, als ich geschieden wurde. Man kann nicht gleichzeitig etwas beenden und es am Leben erhalten. Man kann nicht in Kontakt bleiben. Man muss auf kalten Entzug gehen. Am Anfang ist es härter, aber auf lange Sicht ist es sanfter. Dann kommt man schneller darüber hinweg. Zumindest hat mir Caitlin das gesagt.«

»Sie war immer auf meiner Seite«, sagte Paul.

Tamsen lächelte.

»Darf ich dich etwas fragen.«

»Klar.«

»Warum hast du nie etwas über mein Trinken gesagt?«

»Denk bloß nicht, ich hätte nie daran gedacht«, sagte Tamsen. »Wahrscheinlich schon beim ersten Mittagessen.«

»Und warum hast du dann nichts gesagt?«

»Weil du dann aus den falschen Gründen aufgehört hättest. Du musstest es für dich selbst tun. Nicht, um mir zu gefallen. Oder um mich zu gewinnen. Ich wollte nicht der Pokal sein. Ich konnte den Mund nicht aufmachen. Klingt das irgendwie logisch?«

»Absolut logisch.« Paul nickte. Er begriff es. Man konnte nicht anderen Leuten die Verantwortung für die eigene Nüchternheit übertragen, genauso wenig wie man ihnen das eigene Versagen in die Schuhe schieben konnte. Er allein musste seine Probleme lösen, niemand sonst. Er wunderte sich, dass sie trotzdem so lange geblieben war.

»Ist es schwer?«

»Genau das verstehe ich nicht. Es ist nicht schwer. Ich weiß, es sollte es sein, aber ich denke kaum daran. Vielleicht übersehe ich etwas. Das Schwierigste war, wenn ich mich immer wieder gefragt habe: ›Soll ich noch einen trinken? Ja? Nein?‹ Für immer Nein zu sagen nimmt den Druck raus. Es wirkt irgendwie völlig klar, wie, na klar, ich werde nicht die Bleiche unter der Spüle trinken oder das Frostschutzmittel in meinem Auto, und ich werde keinen Alkohol trinken. Er kann mich nicht verletzen, außer ich lasse es zu, und warum sollte ich das?« Er zuckte mit den Schultern. »Vielleicht habe ich mich vorher noch nie wirklich für irgendetwas entschieden. Ich kenne viele Leute, die damit Probleme haben.«

»Ich freue mich wirklich für dich«, sagte sie. »Du wirkst anders.«

»Ehrlich?«, fragte er.

»Du wirkst glücklicher. Ruhiger.«

Er fand das interessant, weil er es genauso empfand, aber niemand sonst etwas bemerkt oder gesagt hatte, aber es hatte ihn auch niemand – inklusive Karen – wirklich so gesehen, wie Tamsen ihn sah. Er fragte sich, was sie jetzt sah und warum sie ihn auf diese Weise anschaute.

»Ich ziehe nicht nach Kalifornien«, verkündete sie.

»Ihr bleibt hier?«, fragte Paul.

»Ich bleibe … Stephen zieht weg.«

»Oh«, sagte Paul. »Das wird aber eine lange Pendelstrecke.«

Sie nippte an ihrem Kakao und schaute ihn über den Tassenrand hinweg an. Er wusste nicht, was dieser Blick bedeutete, bis sie ihn zweifelnd anblinzelte, wegen seiner offensichtlichen Dummheit. Als es ihm klar wurde, fiel es ihm, wie seine Mutter sagen würde, wie ein Stein von den Augen.

»Du heiratest Stephen nicht?«

Tamsen schüttelte langsam den Kopf, ihre Lippen waren gespitzt, als wolle sie sagen: »Ups.«

»Warum nicht?«

»Ich habe nichts Schlechtes über Stephen zu sagen. Aber ich liebe ihn nicht«, erklärte sie. »Er ist nicht mein Seelenverwandter.« Sie machte eine Pause. »Das bist du. Ich weiß nicht, ob du überhaupt an Seelenverwandtschaft glaubst, aber ich hatte irgendwie gehofft, dass du offen bist für diese Vorstellung. Ich hatte diese ganze Rede vorbereitet, und jetzt habe ich sie vergessen. Ich habe das Falsche getan und will es jetzt ungeschehen machen. Ich liebe dich wirklich. Das tue ich einfach. Und ich liebe Stephen nicht. Und ich glaube, dass du und ich … dass wir zusammen sein sollten. Wenn du mich noch willst.«

Ihm fielen mehrere Dinge ein, die er sagen könnte, darunter auch, sie mit beiden Händen am Kopf zu packen und zu schreien: »Willst du mich veräppeln?« Nachdem er schnell eine Reihe von Möglichkeiten durchgegangen war, entschied er – obwohl *entscheiden* nicht das richtige Wort war –, dass ein Kuss die beste Antwort wäre oder eher, dass ein Kuss unausweichlich war, der Impuls war unaufhaltsam. Sie umarmten und küssten sich.

»Ich nehme das als Zustimmung«, sagte Tamsen, als der Kuss vorüber war.

»Darf ich nur anmerken«, wandte Paul ein und hielt sie fest, genoss es, »sollte das deine Vorstellung von kaltem Entzug sein, dann machst du es nicht sehr gut.«

»Nein.« Sie schüttelte den Kopf und lachte.

Sie küssten sich noch einmal.

»Nur, damit ich es begreife.« Er lehnte sich zurück, um Luft zu holen. »Du wählst mich, richtig?«

»Ich wähle dich nicht«, widersprach Tamsen. »Das würde bedeuten, dass ich irgendeine Wahl hätte.«

»In anderen Worten, es hat funktioniert …«

»Was hat funktioniert?«

»Liebenswert zu sein.«

»Nein«, sagte sie. »Ich meine ja. Ich nehme an, das hat es.«

Sie küssten sich ein drittes Mal. Dieses Mal musste sie etwas sagen, zog sich zurück und strich ihre Haare hinter die Ohren.

»Also, das schlage ich vor«, setzte sie an. »Ich erinnere mich wieder an meine Rede. Wir fangen von vorn an. Ganz neu, als wäre nie was gewesen. Ein ganz neuer Beginn.«

»Keine Abmachungen mehr?«, fragte Paul.

»Alles null und nichtig. Totale Monogamie und völliges Engagement«, stimmte sie zu. »Und nichts fällt unter den Tisch. Ich meine, Paul, wir können es schnell oder langsam angehen, oder wie immer du willst, aber die Zukunft bleibt offen, unbegrenzt.«

»Es ist also was richtig Großes …« Er fühlte sich wie die Leute, die von Nahtoderfahrungen berichten, bei denen plötzlich ein weißes Licht am Ende eines Tunnels auftaucht, außer dass hinter dem Tor in diesem Fall nicht das Jenseits wartete, es war das Hier und Jetzt.

»Das ist richtig groß«, erwiderte sie. »So groß, wie's nur geht.«

»Das hier ist also sozusagen unsere erste Verabredung?«

»Klar.«

»Gehst du nach der ersten Verabredung mit einem Mann ins Bett?«

»Normalerweise nicht«, sagte sie, »aber ich bin bereit, eine Ausnahme zu machen. Darf ich noch sagen, dass es mir wirklich viel bedeutet hat, dass du zu meinem Auftritt gekommen bist.«

»Woher wusstest du das?«

»Stephen hat dich erkannt. Er hatte Fotos von uns gesehen«, sagte sie. »Warum hast du nichts gesagt.«

»Ich hatte Angst. Ich bin ein bisschen überrascht, dass er es dir gesagt hat.«

»Wie gesagt«, erwiderte Tamsen, »er ist ein guter Kerl. Wenn es dir recht ist, dann möchte ich lieber nicht mehr über ihn sprechen.«

»Mich stört's nicht.«

»Das habe ich mir schon gedacht.« Sie küsste ihn noch einmal. Es war sowohl bekannt als auch fremd. Er spürte, wie sie einander mit jedem Augenblick näherkamen. Er erinnerte sich an etwas, das er bei der Recherche für *Natur für Deppen* gelesen hatte: »Liebe ist eine einzige Seele, die in zwei Körpern wohnt.« Das war von Aristoteles. Komisch, dass man nie etwas über Frau Aristoteles hörte. Paul hatte sich vorher noch nie so gefühlt, aber er fühlte sich jetzt so. Er war ganz in Tamsen verloren und nicht so, dass man ihn finden müsste.

»Da ist so viel, das ich dir erzählen möchte«, sagte er. »Ich hatte ein interessantes Gespräch mit meinen Eltern …«

Sie legte einen Finger auf seine Lippen und brachte ihn zum Schweigen.

»Ich weiß. Deine Schwester hat's mir erzählt.«

»Bett?«

»Ich bin schon weit vor dir«, flüsterte sie.

Eine Stunde später, als Tamsen neben ihm fest schlief und leicht schnarchte, stand Paul auf, zog einen Bademantel an und ging ins Badezimmer, um zu pinkeln. Er putzte seine Zähne, sah sich im Spiegel an, trat dann einen Schritt zurück und klappte den Bademantel auf. Er drehte sich zur Seite. Sein Bauch war fast verschwunden. Er hatte fast dreißig Pfund verloren, seit er mit dem Laufen angefangen hatte. Er überlegte, Sit-ups zu seinem Training dazuzufügen, dann schloss er seinen Bademantel und dachte: Wem mache ich was vor?

Er schaltete das Licht aus, und erst als er sein dunkles Spiegelbild sah, erinnerte er sich an sein Alter Ego, Paul an der Decke. Er war offensichtlich weg. Er wurde nicht vermisst.

Er wollte gerade zurück ins Bett gehen, als ihm ein weiches, gelbliches Licht aus dem Wohnzimmer auffiel und er merkte, dass er vergessen hatte, das Licht auf der Veranda auszuschalten. Er ging auf Zehenspitzen ins Wohnzimmer und wollte es gerade ausschalten, als sein Blick auf das rote Halstuch auf dem Sofatisch fiel, immer noch zum Kreis gebunden. Er hob das Halstuch auf, fuhr mit dem Daumen über den Stoff, dann löste er den Knoten und faltete es zu einem Rechteck, glättete die Falten und legte es auf das Bücherregal, neben den Baseball, den sein Bruder ihm geschickt hatte. Er zog das Rollo zur Seite, um nach Tamsens Auto zu sehen, nicht unbedingt, um nachzuschauen, ob alles in Ordnung war, sondern mehr, weil er einen Beweis brauchte, dass es wirklich da war. Er hatte sich immer als Skeptiker gesehen, hatte an den Spruch geglaubt, wenn etwas zu gut wirkte, um wahr zu sein, war es wahrscheinlich auch nicht wahr. Das Schlüsselwort: *Wahrscheinlich.*

Aber manchmal war es möglicherweise doch wahr.

Er stellte den Thermostat zwei Grad hoch, normalerweise drehte er ihn nachts herunter, aber er wollte nicht, dass Tamsen morgen früh fror. Dann ging er nach draußen, um das Verandalicht zu löschen. Bevor er das tat, knotete er seinen Bademantel enger und öffnete die Haustür, um nachzusehen, wie viel Schnee er morgen früh schaufeln musste. Die kalte Nachtluft war reinigend. Er atmete durch die Nase ein, atmete tief mit geschlossenen Augen, füllte seine Lungen und atmete mit einer Dunstwolke aus.

Seine Hand lag auf dem Lichtschalter, als er nach unten auf den Schnee auf der Veranda schaute und etwas sah, das ihn einen Augenblick lang erschreckte: Fußspuren oder besser gesagt Pfotenspuren von einem mittelgroßen Hund.

Eine Erklärung, die ein Skeptiker bevorzugen würde, war, dass ein Streuner aus der Nachbarschaft auf die Veranda spaziert war, um nach Futter zu suchen oder einen interessanten Geruch zu ergründen, vielleicht sogar ein Coyote. Es war bekannt, dass Coyoten den Connecticut River entlangliefen und manchmal auch in eine Stadt spazierten, doch von seinem Platz aus konnte Paul keine Spuren sehen, die die Treppen hinauf- oder hinunterführten, wo der Schnee tiefer war. Eine zweite, geheimnisvollere Erklärung fiel Paul ein, eine, die er unter normalen Umständen als unwahrscheinlich abgetan hätte, doch heute Nacht waren einige unwahrscheinliche, außergewöhnliche Dinge geschehen.

Warum nicht?

»Gute Nacht, Stella«, sagte er und schloss dann die Tür.

Danksagung

Ich hatte viel Hilfe dabei, dieses Buch aus seiner ursprünglichen Form – oder dem Fehlen derselben – in diese Form zu bringen. Dazu gehört das Lesen, ganz oder teilweise, einmal oder mehrmals durch Familie und Freunde und die Schreibgruppe, der ich angehörte, sowie durch Agenten und Lektoren. Ich stehe bei all den weisen Lesern in der Schuld, die mir sagten, was funktionierte und was nicht oder was ihnen gefiel und was nicht. Dank an Dean Alberelli und Sarah London, Chuck Martin und Sarah Metcalf, David Hamilton und David Stern und meine Frau, Jennifer Gates, für die Hilfe bei der ersten Runde. Dank an Jennifer Gates, Cammie McGovern, Tony Maroullis, Karen Osborn und vor allem an Bluie Diehl und Jeannie Birdsall, die mir bei der zweiten Runde geholfen haben. Es wurde schwieriger, daher besonderen Dank an meine Agenten bei Lane Zachary und an Rachel Sussman und noch einmal an meine Frau, Jennifer Gates, für ihre Geduld genauso sehr wie für ihre kritischen Anmerkungen, die mich durch die letzten Überarbeitungen begleitet haben. Die letzte Version und Inspiration kam von Chuck Adams bei Algonquin, der sah, was getan werden musste, und der davon überzeugt war, dass ich es tun könnte, also: Danke an Chuck und an all die anderen Leute, mit denen ich bei Algonquin gearbeitet habe und die ihre Arbeit so gut machen.

Die Charaktere in dem Buch sind alle rein und unrein fiktiv, manche bestehen aus Eigenschaften, die ich bei Menschen in meinem Leben oder auf den Straßen von Northampton geliehen habe, allerdings habe ich meistens die wahren, guten Eigenschaften der Leute, die ich kenne und liebe, bewahrt und dann aus erzähltechnischen Gründen fiktive Fehler und/oder persönliche Probleme hinzugefügt. Ich habe auch eine Handvoll Ausdrücke und Bilder von Personen geschnorrt, die deswegen genannt werden sollten: Buddy Rubbish, Mark Patinkin, John Gorka, Bill Morrissey und Cliff Eberhardt.

Dank noch einmal an Jen für ihre Zeit, ihre Weisheit und ihren unerschütterlichen Glauben an mich, und an Jack, der mich dazu bringt, mich jeden Tag zu bemühen, ein besserer Mensch zu werden. Ewigen Dank an meine Familie in Minnesota für ihre Liebe und Unterstützung und an die Stadt Northampton und all die coolen, merkwürdigen Leute, die dort wohnen. Danke den Herstellern von Rolling Rock, Guinness Stout und Lagavulin Scotch Whiskey und an Bill Wilson. Letzter Dank an Keith Dempster, weil er mir einen Welpen namens Stella geschenkt hat, den besten Hund der ganzen Welt, und an Alice, die auch der beste Hund der ganzen Welt war, und an Lucy, die sich wirklich sehr bemüht, der beste Hund der ganzen Welt zu werden.